WILFRIED N'SONDÉ

FRAU DES HIMMELS UND DER STÜRME

Wilfried N'Sondé

FRAU DES HIMMELS UND DER STÜRME

Roman

Aus dem Französischen
von Brigitte Große

KOPF & KRAGEN

Die Übersetzung dieses Werkes wurde gefördert durch das Centre national du livre (CNL).

Dieses Buch erscheint im Rahmen des Förderprogramms des Institut Français.

Die Arbeit der Übersetzerin am vorliegenden Text wurde vom Deutschen Übersetzerfonds gefördert im Rahmen des Programms „NEUSTART KULTUR“ der Beauftragten der Bundesregierung für Kultur und Medien.

CO_2-Kompensation
2023 Printprodukt
mit FirstClimate.com

Deutsche Erstausgabe 2023
Die Originalausgabe erschien 2021 unter dem Titel
Femme du ciel et des tempêtes bei Actes Sud.

Herausgeber: René Koch
www.kopfundkragen-verlag.de

Übersetzerin: Brigitte Große
Lektorat: Katharina Gerhardt
Satz und Korrektorat: Buch-Werkstatt GmbH, Bad Aibling
Umschlaggestaltung: Ruben August Fischer
Illustration: Ignacia Ossandón
Druck und Bindung: CPI books GmbH, Leck
ISBN (Hardcover) 978-3-949729-10-2
ISBN (E-Book) 978-3-949729-11-9

Für Marina, Tochter Burjatiens …
die jetzt auf der anderen Seite der Wolken weilt.

Uns erschien die Erde sanft, und wir lebten erfüllt von den Wohltaten des Großen Mysteriums. Die Lakota wussten seit je: Wenn der Respekt, der allem gebührt, was wächst und lebt, in Vergessenheit gerät, wird auch der Mensch nicht mehr respektiert.

Standing Bear
Chief Lakota (Sioux)

Die sintflutartigen Regenfälle hatten vor ein paar Stunden aufgehört, als Num beschloss, sein Zelt zu verlassen. Er zog die Stiefel und den langen Mantel aus Rentierfell an und blickte forschend zum Horizont. Das Tempo, in dem sich die dicken, trägen Wolken durch das Grau schoben, verriet ihm, dass die Aufhellung eine Weile dauern würde – jetzt war es Zeit! Er holte Luft und ging hinaus, dem trüben und immer noch bedrohlich tief hängenden Himmel entgegen. Auch die heftigen Böen, die auf ihrem Weg über das Nordpolarmeer und die Moore rundum immer mehr Kälte eingesammelt hatten, konnten ihn bei seinen ersten Schritten über die durchnässte Ebene nicht entmutigen. Er runzelte die Stirn, senkte den Kopf und sprach sich selbst leise Mut zu: »Nur zu, diesmal wird's!« Dann schritt er beherzt weiter aus. Wegen des schlechten Wetters in den letzten Tagen hatte er viel zu lange vor dem Ofen gesessen und endlose Stunden trübselig wartend und schlotternd im Halbdunkel seiner Behausung zugebracht. Jetzt konnte ihn nichts mehr daran hindern, auf den Gipfel des Hügels zu steigen, um sich dort in Gebet und Meditation zu versenken. Schon fast einen Monat lang hatte er sich Tag für Tag beklommenen Herzens diesen Gang auferlegt, damit die Ahnen seine Klage endlich vernahmen und vor allem bald erhörten. Und jedes Mal war er enttäuscht zurückgekehrt, ohne ein Zeichen, ohne eine Antwort erhalten zu haben. Doch er blieb hartnäckig und gab nicht auf, denn die Hilfe der Ahnen war seine letzte Hoffnung.

Nur das regelmäßige Pfeifen und Heulen der Böen, unter denen sich die wenigen Büsche der Ebene duckten, durchbrach die Stille, in der die Minuten quälend langsam vergingen. Auch Num duckte und krümmte sich auf seiner Wanderung. Zum Schutz zog er sich die weite Kapuze über den Kopf, dann bohrte er seinen Blick einen Moment lang in den Matsch, ballte die in die Ärmel zurückgezogenen Hände zu Fäusten und richtete sich, jetzt noch entschiedener, mühsam auf. Doch rund hundert Meter vor dem Aufstieg nahm das Toben des Windes weiter an Heftigkeit zu und bremste ihn in seinem Schwung. Mit Wut im Bauch drehte und wendete sich der Schamane, kam aber nicht voran. Wie ungerecht waren doch die vielen Hindernisse auf seinem Weg und das Wüten der Elemente, wo er doch gar nichts für sich wollte, es ging ihm nicht um Aufmerksamkeit für seine Person! Sein unermüdliches Flehen sollte die Mächte des Jenseits zum Eingreifen bewegen, um diesen wunderbaren Ort im Westen der noch unberührten, wilden Jamal-Halbinsel vor der Zerstörung zu schützen und dessen Harmonie für immer zu bewahren. Zum Schutz der Tiere, der Pflanzen und der Erde, auf der sie gediehen. Num sammelte all seine Kräfte, raffte sich noch einmal auf und setzte seinen Weg fort. Jetzt begann der schwierige Aufstieg durch den Morast an der Flanke des Hügels.

Außer Atem und mit schmerzendem Rücken erklomm der Schamane ein paar Meter des Hanges, legte dann eine Pause ein, hockte sich hin und verschränkte die Arme auf den Knien. Während er sich mit dem Ärmelaufschlag den Schweiß von der Stirn wischte, begann es auf einmal unter seinen Füßen zu rumoren. Die durchweichte Erde bebte bedrohlich und geriet ins Rutschen. Ein schlechtes Vorzeichen, dachte er. Was hatte er bloß verbrochen, dass die tobende Natur ihm so seine Schwäche vor Augen führen musste? Musste sie ihn daran erinnern, was für ein unbedeutendes Stäubchen er war, verloren im grenzenlosen Universum? Helle Angst befiel ihn. Mutterseelenallein in dieser ausweglosen Lage, konzentrierte sich der Sechzigjährige darauf, das Adrenalin, das seine Adern flutete, im Griff zu behalten und stoisch Ruhe zu bewahren, obwohl seine Schuhe langsam im Torf versanken. Er musste unbedingt positive Energien mobilisieren, um die wachsende Panik im Zaum zu halten. Schon wieder wurde ihm, dem Einsiedler, eine Prüfung auferlegt, die für Normalsterbliche unerträglich wäre! Er versuchte, sie zu bestehen, doch noch immer drang ein tiefes Grollen aus dem Inneren des Berges. Plötzlich rissen die Mineralschichten auf, und der felsige Untergrund spaltete sich mit einem ohrenbetäubenden Knall. Verzweifelt versuchte der Schamane, den Willen der Materie zu deuten und den Sinn dieser von weither kommenden Botschaft zu verstehen. Doch er hörte nichts in dem Getöse, nur das dumpfe Pochen seines Blutes in den Schläfen angesichts der Gefahr der totalen Vernichtung. Isoliert und machtlos inmitten des großen Ganzen, im Herzen des Chaos, suchte Num Zuflucht in einer tiefen Trance, als auf einmal ein Strom aus Kies und Schlamm aus den Eingeweiden der Erde brach und sich ein breites Bett bis zum Fuß des Hügels bahnte. Dem Schamanen blieb nur noch eine letzte Hoffnung: Er würde sich von den Elementen tragen lassen, ihre Bewegungen und Entscheidungen respektieren und, wenn nun sein letztes Stündlein geschlagen haben sollte, die Weltengrenzen überschreiten und mit Frieden im Herzen durch die Wolken gehen.

In seiner Levitation zwischen dem Gipfel des Hügels und dem brodelnden Moor, das ihn in den Abgrund zu saugen drohte, vernahm Num ein Flüstern, als ob Mutter Erde nach ihm riefe. Irgendwann geriet der Aufruhr ins Stocken. Nachdem ein gewaltiger Erdrutsch große Placken aus dem bebenden Hang etwa fünfzehn Meter in die Tiefe gerissen hatte, versiegte der Strom aus Kies und Schlamm, und die Erde kam langsam zur Ruhe. Auch der Schamane fand wieder festen Halt. Die Füße im braunen Wasser, stand er vor Sedimenten, die seit Jahrtausenden kein Tageslicht gesehen hatten.

Ein leuchtender Punkt aus der Tiefe interessierte und faszinierte Num. Er widerstand dem Schillern, das sich immer stärker ausdehnte, bis es ihn umhüllte und an sich zog. In seiner Meditation flüsterte ihm eine Stimme ein, sich dem Punkt zu nähern und seine Finger in den Lehm zu tauchen. Kaum hatte er den Boden berührt, zog dieser sich zurück und gab eine etwa dreißig Zentimeter große Öffnung frei. Ein feiner goldener Strahl, dessen Bahn Num mit zusammengekniffenen Augen folgte, fiel in den Hohlraum darunter, streifte die Spitze eines Elfenbeinzepters und blieb auf den Silberplättchen eines prunkvollen Brustschmucks liegen. Num zuckte erschrocken zurück, begann dann aber das Grab in der winzigen Höhle genauer zu erforschen.

Vor ihm lagen die sterblichen Überreste einer Frau, und zwar dergestalt, dass sie ihn, auf ihre Ellbogen gestützt, anzusehen schien. Als Erstes fielen ihm ihr hübsch geflochtenes lockiges Haar und ihre dunkle Hautfarbe auf. Die reichen Grabbeigaben, der Schmuck aus kunstvoll durchbohrten Perlen und Muscheln, auf dessen Fragmenten ihr Körper gebettet war, ließen ihn an eine afrikanische Königin aus längst vergangenen Zeiten denken.

Offenbar hatte es ihn an jenen Ort verschlagen, an dem sich die irdische Welt und das Jenseits trafen. Endlich konnte er Kontakt mit dem Gedächtnis der Toten aufnehmen! Num dankte dem Himmel für den vorwitzigen Sonnenstrahl, dessen zarte Berührung die im Permafrost begrabene Frau wiedererweckt hatte. Als das volle Tageslicht auf das Grab fiel, löste sich ein durchscheinender Schatten von der Toten und schwebte eine Weile über dem Skelett mit dem üppigen Haar und der über die Knochen gespannten Haut, die dem Zahn der Zeit widerstanden hatten – nach einer Ewigkeit im Schattenreich war ihre Seele wieder zurück in der Welt der Lebenden. Wie hypnotisiert grub Num mit bloßen Händen die Füße der Toten aus und reckte den Kopf, um ins Innere des Grabes zu sehen. Das Schillern wurde immer stärker, bis es zu einem Strahlen anschwoll, das den furchtsamen alten Mann verstörte. Vergebens versuchte er, sich aus der extremen Helligkeit zu lösen, und beruhigte sich erst, als sie wieder abnahm.

Die Frau eröffnete Num die Erinnerung eines sehr alten Volkes. Bilder entstanden und strömten in einer ununterbrochenen Flut auf seine Seele ein. Sie führte ihn von ihrem Heiligtum aus auf eine Reise durch die Jahrtausende, die seit ihrem Tod vergangen waren, eine Reise rückwärts bis in jene unvordenklichen Zeiten, da Fischer, Jäger und Sammler den Winden und den Jahreszeiten folgten – Nomaden in einer gerecht verteilten Welt, achtsame, bedachte Wanderer, die sich bescheiden in das fügten, was die Natur ihnen gewährte, und ihr Respekt erwiesen, indem sie nie mehr Raum in Anspruch nahmen, als sie für ihr Überleben brauchten. Voller Begeisterung erkannte Num in den Herzen der Frauen und Männer jener Zeit seine eigene Verbundenheit mit dem Frieden der Schöpfung wieder. Wie er waren sie empfänglich für das Gemurmel der Steine, das Rauschen der Bäche, die Gesänge der Wale und die Rufe der Wölfe im Unterholz. Sie errieten die Vorzeichen eines Gewitters und konnten den betörenden Duft einer Süßwasserrinne in einer Grotte riechen. Dass diese

Frau aus einer weit zurückliegenden Epoche seine Faszination für das Lebendige teilte, das ihn umgab und die Grundlage seiner Existenz bildete, erfüllte ihn mit Begeisterung.

Ein unerhörter Dialog entspann sich zwischen der aus den gefrorenen Finsternissen Auferstandenen und dem Schamanen. Freudig öffnete Num dieser Frau, die die Grenzen der Zeit überschritten hatte, sein Herz. Und sie sah hinter seiner Heiterkeit die schmerzhafte Prüfung, der er ausgesetzt war, seine Bedrängnis. Ihn quälten Fragen, die ohne Antwort blieben. Er litt, weil er sich als Einziger gegen das Unheil stemmte, das seine Zuflucht am Rand des Arktischen Ozeans bedrohte, den wunderbaren Ort, an den er sich zurückgezogen hatte, um dem räuberischen Wahn der Menschen zu entfliehen. Tief bewegt von der für ihn offensichtlichen Tatsache, dass sein Gegenüber dem Land der Ahnen entstammte, wollte Num der Frau kein Körnchen seines Wissens vorenthalten und ihr alles erzählen, was seit Kurzem den Himmel über der viel geliebten Erde verdunkelte und das natürliche Gleichgewicht in diesem Landstrich bedrohte. Also berichtete er von der Bedrängnis, in die sein Rückzugsort geraten war, seit Satelliten große Gasfelder im Boden entdeckt hatten. Die Nachricht hatte ein ungeheures Interesse für dieses vergessene Fleckchen Erde hervorgerufen, da dessen natürliche Ressourcen einen enormen Wirtschaftsaufschwung versprachen. Nach kurzer Diskussion hatte die Regierung der Russischen Föderation die Einrichtung einer gigantischen Baustelle bewilligt, um das graue Gold zu heben, von dem die Erde überquoll. Der erste Spatenstich sollte in zwei Wochen stattfinden.

Bedrückt berichtete der Schamane, dass sie die Erde misshandeln und ihr den Bauch aufschlitzen wollten. Hunderte von Rentieren würden demnächst von den Nenzen in dieser Gegend vorbeigetrieben und durch die verschmutzte Umwelt vergiftet werden, wodurch auch das Überleben der letzten Nomadenfamilien auf dem Spiel stünde. Um das zu verhindern, müsste etwas passieren, und zwar schnell. Denn wenn nicht bald etwas geschehe, würde die Industrie den natürlichen Lebensraum unzähliger Arten zerstören. Der Schamane sah sich in der Pflicht zu kämpfen, hatte aber mit fortschreitendem Alter jede Neigung zum Konflikt in sich abgetötet und sich in seiner friedfertigen Haltung eingerichtet. Verzweifelt ob seiner Unfähigkeit, Maßnahmen gegen die drohende Einrichtung der Baustelle zu ergreifen, hatte er sich der stillen Versenkung und Meditation verschrieben. Er dankte dem Geist der Verstorbenen, dass sie sein Flehen erhört hatte, und bat sie um Unterstützung und Rat für sein Vorhaben, die Wahnsinnigen aufzuhalten, die wild entschlossen waren, die Natur zu plündern, um ihre unersättliche Gier nach Reichtum zu befriedigen.

An der Freude, die er empfand, merkte Num, dass die Tote seinen Schmerz teilte und ihr das Gleichgewicht der Erde genauso am Herzen lag wie ihm. Sie erkannte das Ausmaß seiner Erwartungen, doch die Fremdartigkeit und vor allem die extreme Gewalt seiner Epoche schienen ihr kaum überwindbar. Er müsste die durch sie wirkenden Energien des Jenseits kanalisieren, um zu verhindern, dass die Harmonie seiner so lange verschonten letzten Bleibe vernichtet würde. Sie wusste noch nicht, wie sie vorgehen wollte, die Aufgabe, die sie zu bewältigen hatte, war enorm … Und die Zeit drängte.

Num jedenfalls zweifelte nicht mehr – seine Hoffnung kehrte zurück.

Der Schamane taufte die rätselhafte Frau aus dem Eis »Afrikanerin der Arktis«. Die Begegnung mit ihr hatte ungewöhnliche Gefühle in ihm ausgelöst, ja, ihn in einen wahren Taumel versetzt, und der verblüffende Austausch hatte ihn neu belebt. Als Erstes verschloss er den Eingang zur Höhle, in der sich das Grab befand, sorgfältig mit Erde. Dann prägte er sich die Lage am Hang, etwa zehn Meter über dem Fluss, genauestens ein, als Orientierungspunkt diente ihm die Stelle, an der der Erdrutsch fast einen rechten Winkel in die Böschung gerissen hatte.

Schließlich machte sich Num, der sonst eher gemächlich unterwegs war, in höchster Eile auf den Weg ins Tal. Der Anblick des Heiligtums würde für immer in sein Gedächtnis eingraviert bleiben. Die kostbaren Gegenstände, die man der Toten mit ins Grab gegeben hatte, zeigten, dass hier einer herausragenden Persönlichkeit von den Ihren feierlich die Ehre erwiesen worden war, einer Frau, die sich entweder durch einen besonderen gesellschaftlichen Rang oder durch politische oder spirituelle Macht ausgezeichnet hatte – sie musste eine Königin oder eine Prinzessin gewesen sein. Viel faszinierender war für Num allerdings, dass diese Tote eine ungeahnte, unermessliche Seite der Geschichte seines Volkes und der Menschheit insgesamt verkörperte.

Ein breites Lächeln erhellte sein Gesicht, die innere Erregung trieb ihn voran; er ging mit großen Schritten den Fluss entlang, als hätte ihn ein Wirbelwind erfasst, und aus dieser Hochstimmung erwuchsen Mut und Auflehnung. Er fühlte sich nicht mehr so hilflos und schlecht gerüstet gegenüber den mächtigen Feinden, die auf ihn und sein Tun als Schamane verächtlich herabsahen. Er war bereit, sich ihnen entgegenzustellen, auch wenn sie noch so viel Geld und Energie einsetzen würden, um ihre Ziele zu erreichen. In seinem Kopf überstürzten sich die Gedanken, jetzt, da er nicht mehr darauf angewiesen war, auf der Grundlage stummer Fossilien oder Knochen aus einer fernen Vergangenheit gewagte Schlussfolgerungen für die Zukunft zu ziehen, sondern das Privileg hatte, direkt aus dem Wissen jener zu schöpfen, die ihm in dieser Welt vorangegangen waren. Bestimmt verfügte die verehrungswürdige Ahnin über magische Kräfte, die sie in die Lage versetzten, widerstrebende Interessen zu versöhnen oder auszugleichen und allen Menschen Respekt einzuflößen. Außerdem hatte sie mit Sicherheit tiefer und weiter reichende Ziele als diese Handvoll Opportunisten mit ihren niedrigen materiellen Bedürfnissen, die nichts anderes wollten, als das wunderbare Land am Ende der Welt in ein Industriegebiet zu verwandeln. Nums Fund würde das Gewissen der Menschen wachrütteln. Das war seine größte Hoffnung: dass diese Vereinigung der sichtbaren mit der unsichtbaren Welt die Kraft hätte, den Umgang mit der Natur zu verändern. Beflügelt von seiner Begeisterung, wollte er noch einmal den Schritt beschleunigen, aber die Anstrengungen des Tages und die Wucht der Gefühle, die über ihn hereingebrochen waren, hatten ihn erschöpft. Er blieb stehen und begann zu lachen, bis ihm die Luft ausging. Dann öffnete er seinen Mantel, füllte die Lunge mit frischer Luft und hob bewundernd den Blick gen Himmel.

Die Magie seines Landes, dessen unvergleichlicher Zauber lag in der unglaublichen Wandelbarkeit der Natur. Das stundenlange Toben der Elemente, all das Graue, Windige, Eisige, war vergessen und hatte einer blendenden Helligkeit Platz gemacht. Zu Nums größtem Entzücken kamen nun zahllose Vögel, die vor dem Dröhnen des Erdrutschs geflohen waren, in die Tundra zurück. Myriaden bunter Flügel flatterten über den Wolken, trugen die kleinen Körper über die Böschungen am Wasserlauf entlang in die Ferne, bis hin zum Ozean. Hier, an den Rändern der Halbinsel, fand gerade eine außergewöhnliche Versammlung statt. Der Schamane breitete die Arme aus und hieß das ganze Volk willkommen, das aus rund zwanzig verschiedenen Arten bestand, die in Frieden miteinander lebten und sich gegenseitig beschützten. Möwen und Seeschwalben, die ihn anschwebten wie Schneeflocken vom Himmel, Tausende Regenpfeifer und Schnepfen trippelten zu den Wassersäumen, um nach Futter zu suchen, und viele, viele andere zwitscherten, pfiffen und schnatterten fröhlich durcheinander. Auf einer Welle schaukelte eine Handvoll Enten, darüber tanzten welche um einen der letzten Eisflecken. Überall prunkte das Leben, üppig, frei und wild. Am liebsten hätte Num jedem dieser Vögel versprochen, dass alles bis in alle Ewigkeit so bleiben würde, wie es war.

Plötzlich fuhr ein Falke auf das Völkchen nieder, aber nach einem Moment der Panik wurde er von allen Seiten angegriffen, bis er gezwungen war, den Rückzug anzutreten. Dann versuchte es der hungrige Raubvogel bei den Jungen, aber die klugen, geselligen Weibchen bildeten schnell einen Schwarm, der mit synchronisierten Flügelschlägen eine wassersprühende Wolke aufwirbelte. Das verwirrte den

Angreifer und vertrieb ihn schließlich. Voller Rührung beobachtete der Schamane, wie sich das Vogelvolk nach seinem Sieg einer Art groß angelegter Entspannungsübung hingab, die aus einer Choreografie von mehr oder weniger organisierten Tänzen und Exerzitien zu einer zunächst undefinierbaren Kakofonie bestand. Eine Hundertschaft flog auf ihn zu, und je näher sie kam, desto deutlicher nahm er Muster in diesem Klangteppich wahr. Er streckte den Vögeln die Hände entgegen und drehte sich um sich selbst, um sie zu grüßen, als sie die Wiesen und Sümpfe der weiten Ebene überflogen, und verbeugte sich vor denen, die sich lärmend in seiner Nähe niederließen und drei, vier Minuten lang lauthals die schönsten Melodien anstimmten. Hundert Meter entfernt antworteten andere mit kraftvollen Gesängen. Wieder andere kreisten über ihm in der Luft und steuerten vom Wind unterstützte Rhythmen bei. Vom Ufer des Flusses kamen verschwommenere, fast unhörbare Klänge, die von den letzten, die über der Ebene schwebten, etwas lauter wiederaufgenommen wurden. Mit geschlossenen Augen, aber in ständiger Bewegung, lauschte Num der magischen Sinfonie der Vogelstimmen, bis er sich schließlich wieder in Bewegung setzte. Die Musik begleitete ihn noch eine Weile den Fluss entlang Richtung Westen, wurde schwächer und verflüchtigte sich; doch der Zauber, dessen Zeuge er geworden war, bestärkte ihn in seiner Entschlossenheit. Das Entzücken, in das ihn dieses gemeinschaftliche Erlebnis versetzt hatte, war es wirklich wert, Tote wiederzuerwecken und um ihr Eingreifen zu bitten.

Der Schamane deutete das Schauspiel, dem er gerade beigewohnt hatte, als Ermunterung durch die Natur, die seinen Austausch mit dem Jenseits offenbar guthieß. Bevor er sich in der Dämmerung des endlosen Tages wieder in sein Zelt zurückzog, versenkte er seinen Blick in die orangefarbenen Töne der untergehenden Sonne. Dann rief er den Geist der afrikanischen Eiskönigin an und ließ ihn in seinen Körper und seine Seele eindringen. Die Stimme aus dem Jenseits ermahnte ihn, in Zukunft aufmerksam auf ihre Zeichen zu achten. Diesem Appell gehorchend, konzentrierte sich Num darauf, sein ganzes Wesen für die Sprache der Ahnen empfänglich zu machen. Dann gab er sich einer ausgedehnten Innenschau hin, die erst endete, als der goldene Flügel der Mitternachtssonne den Horizont streifte. Die Botschaft war klar: Mit diesem Chor aus verschiedenen Liedern hatte das Volk des Himmels die Tundra zu seinem Spielplatz erkoren und dem Schamanen aufgetragen, sich an dieser Inszenierung der Macht gegenseitiger Hilfe ein Beispiel zu nehmen. Num versicherte der vergessenen Königin, dass er seine erste Aufgabe verstanden hatte: sich aus seiner Einsamkeit zu lösen, positive Kräfte um sich zu sammeln und Verbündete zu finden.

Als Erstes dachte Num an Laurent Joubert, einen französischen Zoologen, mit dem er sich im vergangenen Sommer angefreundet hatte, einen fähigen Wissenschaftler und Universitätsprofessor, der sich um die Geschicke der Jamal-Halbinsel ernsthaft Sorgen machte. Seine Forschungsarbeiten hatten ergeben, dass das Ökosystem zwar noch halbwegs intakt war, aber aufgrund der rasanten Industrialisierung im Osten der Region schon bedenkliche Verhaltensänderungen bei einigen Zugvögeln zu beobachten waren. Num, der ohnehin schon um das Land fürchtete, in dem er lebte, war davon so bestürzt, dass Laurent sich zurückhielt, um ihn zu schonen, doch seine wichtigste Botschaft, dass eine Ausweitung der menschlichen Aktivitäten katastrophale Auswirkungen auf Flora und Fauna dieses Landstrichs haben würde, hatte er ihm eindringlich genug vermittelt. Um ihn zu beruhigen, hatte er Num versprochen, dass er wiederkäme, um die Veränderungen genauer zu analysieren, sobald er das Geld für eine weitere Forschungsreise zusammenhätte. Nun war Laurent zwar kein Archäologe, dennoch hoffte Num, dass die Entdeckung einer jahrtausendealten Begräbnisstätte sein Interesse wecken und vielleicht einen entscheidenden Anstoß liefern könnte, eine neue Expedition zusammen mit Paläontologen und Anthropologen zu organisieren. Außerdem blieb Num gar nichts anderes übrig, als diesen Ausländer um Unterstützung zu bitten, denn den Experten seines eigenen

Landes traute er nicht mehr, in seinen Augen waren das nichts als Vasallen im Dienste reicher Industrieller.

Num schmiedete einen Plan. So wie er die Gesetze der Russischen Föderation verstand, war der Staat, falls ein Bewohner des Nordens ein mit der Geschichte seines Volkes verknüpftes Überbleibsel auf seinem Boden fand, dazu verpflichtet, dieses als historisches, kulturelles und spirituelles Erbe zu bewahren. Könnten die Beziehungen zwischen den heutigen Nenzen und der Afrikanerin der Arktis bewiesen werden, dann vereinte der Ort des Grabmals genügend Kriterien auf sich, um als sakrale Stätte, als anerkanntes Heiligtum unter Schutz gestellt zu werden; damit wäre auch die Erdgasförderung in der Region ausgeschlossen. Ursprünglich hatte er vorgehabt, das Regionalbüro der Vereinigung der indigenen Völker Nordsibiriens, einer mächtigen NGO, um juristische Hilfe zu bitten, um die Menschenrechte und vitalen Interessen der Nenzen auf der Jamal-Halbinsel zu bewahren. Doch nach ausführlichen Erwägungen war ihm die Chance, die Anwälte der NGO von seinem Vorhaben zu überzeugen, lächerlich gering erschienen. Sollten jedoch westliche Experten vor Ort die Echtheit und den Wert seiner Entdeckung bestätigen, wären das gewichtige Argumente, von denen sich die Organisation vielleicht dazu bringen ließe, den Beginn der Bauarbeiten zu verhindern. Num gehörte selbst dem Volk der Nenzen an, das schon immer auf der Jamal-Halbinsel gelebt hatte, war aber wie viele andere als Kind seiner Familie entrissen worden und fern seiner Herkunftsgemeinde aufgewachsen, sodass er sich als Fremder fühlte. Vor rund zehn Jahren erst war er zurückgekehrt, um den Ruhestand in seiner Heimat zu genießen, hatte sich in die Einsamkeit zurückgezogen und sein Leben der

Meditation und Versenkung geweiht. Andere Mitglieder seines Volkes traf er nur zu den seltenen Gelegenheiten, wenn er in die Stadt kam, um seinen Neffen Mischa Malewitsch zu besuchen. Es war ihm ein Anliegen, sich nützlich zu machen, um zu zeigen, dass er sich trotz seiner russischen Erziehung nicht für etwas Besseres hielt. Viele schätzten ihn für seine Freundlichkeit und seinen guten Rat, und ein paar von den Alten wunderten sich, dass es ihm trotz der Unkenntnis ihrer Kultur gelang, die Handlungen und Haltungen der Schamanen von einst wieder aufleben zu lassen. Für die letzten noch nomadisch lebenden Nenzen verkörperte er seine Rolle glaubhaft, im Gegensatz zu jenen Scharlatanen, die, besonders wenn Touristen im Anmarsch waren, mit fantastischen Zauberbehängen klimperten und sich maskierten, um ihre geschminkten Augen besonders wirkungsvoll zur Geltung zu bringen. Diese Schausteller lieferten Folklorejüngern die perfekte Bestätigung ihrer Vorurteile über indigene Völker und lebten davon wie die Maden im Speck. Außerdem behaupteten sie gern, dass sie über magische Kräfte verfügten, und verbreiteten Angst und Schrecken unter den Leuten, um sie auszunehmen und unwissend zu halten.

Die erfolgreich sesshaft gewordenen Nenzen wiederum, die städtischen Notabeln, verspotteten Num als Verrückten, der sich für erleuchtet halte und pausenlos Unsinn aus längst vergangenen Zeiten schwafle. Von wieder anderen, nach deren Ansicht er es ohnehin an Respekt vor den Traditionen fehlen ließ, wurde ihm vorgeworfen, dass er sich, nachdem er seinen russischen Vornamen Aljoscha abgelegt hatte, Num nannte – wie konnte ein so unbedeutender Mensch den Namen einer Gottheit annehmen? Dieser Exzentriker diente ihnen als weiteres Beispiel für die Verkommenheit der im 20. Jahrhundert von der Sowjetmacht Zwangsassimilierten.

Der alte Mann wusste nur zu gut, dass seine Stimme wenig zählte. Um der Nachricht von seiner Entdeckung die erhoffte Sprengkraft zu verleihen, mussten andere sie verkünden. Deshalb beschloss Num, am nächsten Tag bei Sonnenaufgang in die Stadt zu reisen, um sich von dort aus mit Laurent in Verbindung zu setzen.

Uralte menschliche Überbleibsel so weit nördlich des Polarkreises! Die Nachricht von diesem sensationellen Fund riss Laurent endgültig aus seiner Umnebelung durch den letzten Rausch, der ihn vor ein paar Stunden niedergestreckt und in einen kurzen, schweren Schlaf versenkt hatte. Als die Internetverbindung mit Sibirien abbrach, war seine Überraschung vollkommen. Er fragte sich, ob das ein Hoax war oder ein Streich, den ihm der Alkohol gespielt hatte, aber nein, er hatte schon richtig verstanden! Ein paarmal wiederholte er aus dem Gedächtnis die Sätze, die sein Gegenüber klar und deutlich ausgesprochen hatte. Auch wenn Num ein eher ungewöhnlicher Schamane war, weil er Nenzisch mit russischem Akzent sprach und mit dem Brauchtum seines Volkes fremdelte, war er doch keiner, der Leute in Tausenden Kilometern Entfernung aufscheuchte, um ihnen Lügenmärchen zu erzählen. Nachdem Ton und Bild sich verabschiedet hatten, begann Laurent auf seinem Schreibtischstuhl zu wippen. Eine grandiose Idee schoss ihm durch den Kopf: Wenn die Information sich als zuverlässig erwiese, wäre das eine wahre Revolution, ein wissenschaftliches Erdbeben. Es klingelte kurz, dann war die Verbindung wieder tot. Frustriert schlug Laurent mit den flachen Händen auf den Tisch, stand auf und massierte sich die Schläfen, um eine heraufziehende Migräne zu vertreiben. Er machte ein paar Schritte in seinem dunklen, kalten Zimmer und blieb dann stehen, um seine Gedanken zu ordnen. Vor ein paar Jahren, erinnerte er sich, war im Westen der Jamal-Halbinsel das Skelett eines jungen Mammuts ausgegraben worden, das dort seit rund zehntausend Jahren lag. Aus welcher Zeit wohl die Grabstätte stammte, die der alte Schamane entdeckt hatte? Bestimmt war sie auch Tausende Jahre alt. Daran hatte Num, der ganz gut Französisch sprach, keinen Zweifel gelassen: dass diese Leiche gewiss aus der Vorgeschichte stammte. Der Forscher wagte es kaum zu glauben. Noch nie hatte jemand die Möglichkeit menschlichen Lebens auf diesem Gebiet in einer so weit zurückliegenden Epoche für möglich gehalten. Ausnahmsweise hatte der Klimawandel einmal sein Gutes.

Laurent Joubert hatte sich auf die Analyse der Auswirkungen menschlicher Aktivitäten auf die arktische Tier- und Pflanzenwelt spezialisiert. Seit zwanzig Jahren erforschte er die Gefahren, die nicht nur die Balance der hochempfindlichen Ökosysteme langfristig bedrohten, sondern katastrophale Auswirkungen auf die ganze Welt haben würden. Das schmelzende Packeis und die Erderwärmung führten nicht nur dazu, dass das Habitat der nördlich des Polarkreises lebenden Tierarten allmählich verschwand, sondern auch zu einem gefährlichen globalen Anstieg des Meeresspiegels. Laurent hatte schon oft Alarm geschlagen, doch außerhalb akademischer Kreise waren seine Warnungen ungehört verhallt. Der Fund eines prähistorischen Menschen in diesem vergessenen Landstrich, das war ihm sofort klar, wäre ein Trumpf, der alles verändern würde. Mit dieser Geschichte könnte man auch ein breiteres Publikum erreichen und den Ergebnissen seiner Studien ein weltweites Echo verschaffen. Als das Signal eines neuerlichen Anrufs ertönte, eilte Laurent an seinen Rechner. Num hatte die Zwangspause genutzt, um die französischen Worte, mit denen er seinen Freund überzeugen wollte, sorgfältig abzuwägen.

»Tut mir leid, Laurent, dass die Verbindung hier so oft zusammenbricht ... Was ich noch ergänzen wollte: Es handelt sich um eine Frauenleiche, die sich in einem exzellenten Zustand befindet. Die Pigmentierung ihrer Epidermis ist erhalten geblieben. Es ist unglaublich, aber ihre dunkle Haut und die geflochtenen krausen Haare lassen keinen Zweifel zu: Die da seit Jahrtausenden in unserer Erde ruht, ist eine Afrikanerin!«

Num fuhr mit der eindringlichen Beschreibung des Grabmals fort, erwähnte die möglicherweise königliche Abstammung der Toten, das wahrscheinlich aus dem Stoßzahn eines Mammuts kunstvoll geschnitzte Elfenbeinzepter, das prächtige lange Collier aus Perlen und Silber auf ihrer Brust ... dann überlagerten metallische Geräusche den Ton der Übertragung, die immer unverständlicher wurde, bis sie von Neuem abbrach; Störungen verzerrten das Bild, das schließlich erstarrte und dann endgültig schwarz wurde.

Laurent verschlug es den Atem. Handelte es sich hier womöglich um die Entdeckung des Jahrhunderts? Was Num berichtete, war unglaublich, er musste unbedingt mehr darüber erfahren. Dass ihn gerade jetzt, wo sich die Fragen in seinem Kopf überschlugen, die Technik im Stich lassen musste! Er konnte nichts anderes tun als warten, bis sich auf dem schwarzen Rechteck vor ihm wieder etwas tat. Vor Erregung hielt es ihn nicht mehr auf seinem Platz, er war wie von Sinnen: Etwas Außergewöhnliches brach sich gerade Bahn. Er riss das Fenster auf, um sich ein wenig abzukühlen, stützte sich auf die Brüstung und beugte sich hinaus.

Eine Weile lang ließ er den Blick über die Dächer des an die Bergflanke geschmiegten Dorfs in der Auvergne schweifen, in das er sich zurückgezogen hatte. Und mit einem Mal erschienen ihm die Hänge mit den tief eingeschnittenen Tälern, die Flüsse im Lauf der Jahrhunderte gegraben hatten und die heute von spärlichem Gebüsch und kleinen Wäldchen bestanden waren, in einem ganz neuen Licht. Fasziniert betrachtete er die wellige Landschaft, folgte den Verzweigungen der Wasserläufe, die die Erde mit Leben versorgten – wie der Blutkreislauf den Menschen, dachte er. Er staunte über die nackten Böschungen, die ihn an die Textur menschlichen Gewebes erinnerten. Die Form mancher Felsen wirkte wie ein Oberschenkelknochen oder ein Schienbein, und die zerklüftete, geschwungene Linie eines Bergkamms krümmte sich wie eine Wirbelsäule. Und als die Zweige des Fichtenwaldes im Wind tanzten wie feines lockiges Haar, riss Laurent verblüfft die Augen auf. Er trat einen Schritt vom Fenster zurück, um seine anscheinend vom Rausch entstellte Wahrnehmung geradezurücken, und überraschte sich dabei, dass ihm die leicht aufgeworfene Trasse eines Weges unter dem Gipfel wie ein lockendes Lächeln vorkam. Verwirrung machte sich im Kopf des Forschers breit, der eigentlich zutiefst vom Rationalismus der Wissenschaft durchdrungen war. Er fuhr sich ein paarmal mit beiden Händen übers Gesicht, um den Eindruck zu verscheuchen, der sich ihm wie eine Selbstverständlichkeit präsentierte: Das Bergpanorama, das er auswendig zu kennen glaubte, verwandelte sich vor seinen Augen in die sanften Rundungen eines weiblichen Körpers. Seine Wahrnehmung, deren Verfälschung er nur allzu gern dem Einfluss des Alkohols zugeschrieben hätte, gaukelte ihm vor, dass die rätselhafte, aus dem Permafrost erstandene Dame bis in die Auvergne gereist war, um sich dort in die Hügelkette vor seinem Fenster zu schmiegen. Er rieb sich die Augen.

Als das erste Glimmen der Morgendämmerung den Horizont wie mit einem Feuerschein überzog, ließ die Verschmelzung von lebhaftem Rot mit den letzten blauen Flecken des Nachthimmels die Landschaft noch unwirklicher erscheinen. Ihm war, als ob die aus dem Eis befreite Frau nach ihm riefe und ihn sanft, aber unwiderstehlich aufforderte, ihr zu folgen. Und in dem Maße, wie sein Sichtfeld vom Morgenlicht geflutet wurde, offenbarten sich ihm die majestätisch gerundeten Formen einer riesigen Nackten. Dieses Bild von unvergleichlicher Schönheit deutete er als ein Zeichen, das sein Leben in eine neue Richtung lenken und ihm eine bessere Zukunft verheißen sollte.

Er schlug sich mit der Hand an die kahle Stirn und schüttelte den Kopf, um die Halluzinationen loszuwerden und wieder zu sich zu kommen. Er musste jetzt klar denken. Sein Mobiltelefon zeigte 5.37 Uhr, die Gedanken überstürzten sich in seinem Kopf, und wieder einmal bereute er, so viel getrunken zu haben. Es war immer dasselbe mit ihm. Nach ein paar Gläsern verlor er die Kontrolle und konnte nicht mehr aufhören, sondern musste einfach weitertrinken, bis er in das schwarze Loch stürzte, in dem schon der Kater auf ihn lauerte. Und jetzt fiel er auch noch ins Delirium!

Als auf seinem Bildschirm das Gesicht seines alten Freundes erschienen war, hatte Laurent zunächst nichts anderes erwartet als den üblichen Austausch von Höflichkeiten und neuesten Nachrichten. Er fand es amüsant, dass der Mann aus der Tundra sich endlich dazu durchgerungen hatte, die Technik des 21. Jahrhunderts zu nutzen. Und dann dieser

Paukenschlag! Laurent stützte sich auf die Armlehnen seines Schreibtischstuhls und näherte sein Gesicht dem Bildschirm – immer noch nichts. Endlich klingelte es, und Laurent nahm den Anruf an.

»Du musst so schnell wie möglich wiederkommen, mein Freund. Und vor allem: Bring noch andere Spezialisten mit, ich würde zu gern wissen, ob man beweisen kann, dass diese Frau wirklich eine Ahnherrin meines Volkes ist. Dann nämlich dürfte niemand mehr Fabriken bei uns errichten, verstehst du, Laurent, niemand! Das ist sehr wichtig, musst du wissen. In zwei Wochen schon soll hier eine Baustelle entstehen.«

»Unglaublich, was du erzählst. Du kannst sicher sein, dass ich Himmel und Erde in Bewegung setzen werde, um wiederzukommen.«

»Gut, ich zähle auf dich, bis bald!«

Die Verbindung brach ab, doch diesmal hielt Laurent es nicht für nötig, sie wiederherzustellen. Er kannte den schweigsamen Schamanen, der seine Worte stets bedacht und sparsam einsetzte, gut genug, um zu wissen: Er hatte gesagt, was er zu sagen hatte. Jetzt war es an ihm, dem Wissenschaftler, darauf zu reagieren.

Reglos saß Num im Schneidersitz auf dem Gipfel des Hügels ein paar Meter über dem Fluss. Wie gern thronte er hier, über dieser einzigartigen, beeindruckenden Landschaft, die eine solche Kraft und Ruhe ausstrahlte, um sich zu versenken und sich der mystischen Sphäre der unsichtbaren Welt anzunähern. So weit das Auge reichte, breitete sich über die Anhöhen und das darunter liegende Tal ein bezaubernder Schleier in den leuchtenden, warmen Farben der ersten Blüten, die im Wind auf ihren Stängeln nickten. Die höchsten Gipfel waren noch von einem Hauch Schnee bedeckt, doch überall sonst hatte das Leben die schrecklichen dunklen Wintermonate vergessen lassen. Manche Gipfel hatten ihren Eismantel abgelegt, und die orangefarbenen Strahlen der Polarsonne spiegelten sich in den Fluten der Bäche an ihren Hängen. In der Ferne verlor sich das da und dort schon ziemlich löchrige Packeis in einer Reihe unterschiedlich großer Seen und traf schließlich auf den azurblauen Streifen eines Meeresarms. Als ein Walrücken unvermutet zwischen den Eisbergen auftauchte, musste der Schamane lächeln. Er konnte sich nicht sattsehen an diesem Schauspiel, das ihn in Entzücken versetzte: Hier zeigte die Natur sich beharrlich und widerständig angesichts all des Leids, das ihr die Menschen zufügten. Er segnete den Himmel, der ihm wieder einmal das Privileg gewährte, die Rückkehr der schönen Sommertage nach den langen Wintermonaten mitzuerleben.

Als er bemerkte, dass sich jemand von hinten näherte, beendete er seine Meditation und drehte sich blinzelnd um.

»Wolltest du mich überraschen, Mischa Malewitsch?«

Erstaunt, die Stimme des wortkargen Mannes zu hören, der für gewöhnlich lieber schwieg, blieb Mischa sicherheitshalber ein paar Schritte vor ihm stehen, die typischen O-Beine der Jäger, die Stunden damit verbringen, Fährten im Schnee zu verfolgen und dem Wild auf unebenen Wegen durch die Steppe hinterherzujagen, fest in die Erde gestemmt. Er kniff die Augen zusammen und sah ihn scheu an. Mischas Haut war von Kindheit an durch die harten Winter und intensiven Sonnenstrahlen gegerbt, seine Augen versanken fast zwischen den hohen Jochbeinen und den Lidfalten. Mit dem weiten Parka und der etwas zu großen Mütze wirkte er viel kleiner, als er eigentlich war. Wie der alte Mann wohl sein Kommen bemerkt hatte, obwohl er von ihm abgewandt dasaß?

»Der Sommer hat offenbar deine Zunge gelöst, lieber Onkel. Wie ist es dir seit dem letzten Mal ergangen?«, fragte er unsicher.

Obwohl er ihn mochte, war Mischa der große Bruder seiner Mutter stets ein wenig fremd geblieben. Aljoscha, der Num genannt werden wollte, war als einer der ersten Indigenen von den Sowjets zum Kampfhubschrauberpiloten ausgebildet worden, ein leuchtendes Vorbild für alle Nordvölker, ein Tapferer unter den Tapferen, ein von der staatlichen Propaganda gerühmtes Musterbeispiel für die Jugend und das Regime, ein Star der Tundra. Nur leider hatte der so bewunderte Onkel den Verstand verloren, nachdem er jahrelang bei der Roten Armee in Afghanistan gedient hatte, so sah es jedenfalls der Neffe. Danach hatte er sich in archaische Vorstellungen verrannt und war in einen pseudotraditionellen Mystizismus abgeglitten, was dazu führte, dass er einsam in einem altmodischen Zelt lebte und wirres Zeug von sich gab.

Mischa zog ein Feuerzeug und eine Zigarette aus der Tasche und steckte sich diese zwischen die Lippen. Num warf ihm einen missbilligenden Blick zu, woraufhin der junge Mann sich eines Besseren besann und den Kopf senkte.

»Entschuldige, Onkel, der Helikopter fliegt bald. Es ist noch ein Platz frei, du solltest mit mir kommen.«

Genau genommen pflegte Mischa die Beziehung zu seinem Onkel nur, weil er es seiner Mutter auf dem Sterbebett versprochen hatte. Wie oft musste er sich heute schämen für den alten Mann, der einmal sein Idol gewesen war! Er hatte ihn schwer enttäuscht.

»Ich lausche lieber den Melodien von Steinen und Wind, die mir heute am angenehmsten in den Ohren klingen, und lasse mich von ihnen erfüllen. Flieg du nur, lieber Neffe, aber pass gut auf dich auf!«

»Du weißt doch genau, lieber Onkel, dass bald die Kräne, die Bagger, die Zugmaschinen und die ganzen anderen Geräte kommen werden und du dann nur noch Baustellenlärm hörst. Es wird dir das Herz zerreißen.«

Mit seinen fünfundzwanzig Jahren träumte Mischa von einem Dasein, wie er es aus dem Internet kannte. Er beneidete die Frauen und Männer auf seinem Bildschirm um ihr leichtes, bequemes Leben, die moderne Einrichtung ihrer Wohnungen oder die mit den neuesten technischen Geräten ausgestatteten Häuser. Wie sie wollte er Markenkleidung tragen und um die Welt reisen. Er freute sich auf alles, was die Zukunft bringen würde: die Gasförderanlage, Hochhäuser, in denen man wohnen könnte, Läden, eine Klinik und die ganze Infrastruktur, die hier entstehen sollte. Bald wäre der Horizont gespickt mit Stahlträgern, ein Hubschrauberlandeplatz würde gebaut und die Tundra zur Landebahn. Mischa konnte es kaum erwarten, dass die Stille der Tundra, die ihn seit je umgab, vom Brausen der Moderne übertönt würde. Er sehnte sich nach dem Fortschritt, der ihm eine feste Arbeit versprach. Ohne innere Überzeugung und nur, um nicht als Verräter seiner Mutter dazustehen, wiederholte er seine Einladung.

»Komm mit mir, bevor es zu spät ist! Du wirst sehen, du kannst bei mir wohnen, ich verdiene das Geld, und wir werden lernen, zusammenzuleben.«

»Die Stadt macht mich nicht glücklich.«

»Als du das letzte Mal da warst, hast du ganz zufrieden gewirkt.«

»Da hatte ich gerade mit meinem französischen Freund gesprochen, bevor ich dich traf.«

Der leise Spott in Nums Stimme irritierte Mischa. Er misstraute diesem ausländischen Zoologen, der ständig dumme Fragen stellte und mit seinem Gerede vom Klimawandel Angst und Schrecken säen wollte. Als er das letzte Mal da war, war es zu einem heftigen Streit zwischen ihm und Mischas Freunden gekommen. Sie stießen gerade mit Wodka auf ihre kostbare Beute an, einen Mammutstoßzahn von fast achtzig Kilo, dessen Verkauf ihnen so viel Geld einbringen würde, dass sie sich einen Urlaub in einem schicken Resort auf der Krim mit Discos, eleganten Restaurants und ukrainischen Prostituierten leisten könnten, eine Woche lang nur saufen und Party. Der Franzose behauptete, dass das Mammut quasi das Wappentier der Vorgeschichte sei und deshalb einen unschätzbaren Wert für die Menschheit darstelle, unendlich viel höher als der Schwarzmarktpreis für das Elfenbein. Mischa musste ihn schleunigst wegbringen, damit seine vom Alkohol enthemmten Jagdgenossen, die eine Anzeige bei den Behörden fürchteten, ihn nicht lynchten.

»Du weißt, dass der Typ bei uns nicht willkommen ist!«, sagte Mischa zu seinem Onkel.

Der wandte den Kopf und bohrte seinen Blick so tief in die Augen seines Neffen, dass dieser zusammenzuckte und seine Fäuste noch ein wenig tiefer in den Taschen vergrub. Num schwieg eine Weile, er schien nach Worten zu suchen. Als er schließlich zu sprechen begann, war der Ton seiner Stimme ein anderer geworden.

»Mischa, seit Ewigkeiten ruht eine afrikanische Königin in unserer Erde am Fluss, unsere Ahnin, die wiedererwacht ist, um zu verhindern, dass deine Moskauer Freunde unser Land zerstören!«

Wäre Mischa nicht so verblüfft gewesen von dem merkwürdigen Tremolo in der Stimme seines Onkels, hätte er dessen Aussage einfach als den üblichen Unfug abgetan, den er öfter von sich gab, wahrscheinlich weil er wieder ohne zu essen oder zu trinken stundenlang draußen unterwegs gewesen war. Doch diesmal trat er einen Schritt zurück, räusperte sich und setzte zu einer Erwiderung an.

»Was redest du, Onkel? Hier findet man nur prähistorische Tiere! Woher soll denn so eine Afrikanerin kommen? Du bist schon ziemlich verwirrt!«

»Der Norden, der hohe Norden, die grenzenlose Weite in dem nach jeder Polarnacht wiedergeborenen Licht übt eine unwiderstehliche Anziehung aus, Mischa Malewitsch. Sie und ihr Volk waren wahrscheinlich unter den Ersten, die hierherkamen! Ihre Überreste beweisen, dass Menschen vor sehr langer Zeit aus Afrika in den Norden gezogen sind, angelockt von unserem magischen Land. Seit Beginn der Zeiten besitzt es eine besondere Energie, es ist das Land der Eingeweihten, die den Göttern nahe sein wollen.«

Mischa machte große Augen, er verstand überhaupt nichts mehr. Am meisten irritierte ihn die Exaltiertheit seines Onkels, der noch seltsamer war als sonst und ihm damit gehörig auf die Nerven ging. Gern hätte er zu ihm gesagt, er solle aufhören, so viel Quatsch zu reden, aber er hielt sich zurück, dazu zwang ihn der Respekt, den man den Älteren schuldete. Also schüttelte er nur den Kopf und spielte nervös mit dem Zigarettenpäckchen in seiner Tasche.

»Meine Moskauer Freunde bringen uns den Fortschritt, Onkel. Was hast du dagegen?«

»Unter deinem Fortschritt leiden schon Millionen Menschen, Mischa, ganz abgesehen von den Pflanzen und Tieren. Schau dir doch an, was sie im Osten der Halbinsel angerichtet haben, diese Riesenfabriken, es ist eine Katastrophe! All das darf keinesfalls zu uns kommen.«

»Sondern? Sollen wir einfach weitermachen wie bisher, das Eis aufhacken, um etwas zwischen die Zähne zu kriegen, ewig im Dreck und im Trangestank leben? Tagaus, tagein Lederhemden und Fellmäntel tragen? Und immer diese eisige Kälte und die Mückenhölle im Sommer! Und das ewige Rentierfleisch, an dem Haare und schwarze Fettreste kleben! Haben wir nicht auch das Recht auf ein Leben, wie es die Leute in den reichen Ländern führen, die alles haben, was man braucht! Bald kriege ich auch ein regelmäßiges Einkommen und kann mir alles leisten, wovon ich bisher geträumt habe. Jedenfalls gehört alles, was unter der Erde liegt, prähistorisch hin oder her, dem Staat, und der Staat will dasselbe wie ich, nämlich den Fortschritt!«

Num breitete die Arme aus und hob sie feierlich gen Himmel.

»Die Königin ist der Erde entstiegen, der Permafrost hat sie freigegeben«, verkündete er triumphierend. »Alles unter der Erde gehört dem Staat, alles darauf den Indigenen – so bestimmt es das russische Gesetz. Aber es hilft ja nichts, Neffe, sei froh! Die Afrikanerin der Arktis ist wiedergekommen, um das Land und seine Kinder zu retten, dich eingeschlossen. Bis heute hat sich nie jemand um uns geschert, wir haben für niemanden gezählt. So, und nun hat unsere Fürstin den ganzen langen Weg zurückgelegt, um sich zu uns zu gesellen, und alle Welt wird sich für sie interessieren, glaub mir, angefangen bei meinem französischen Freund. Der kommt bald, um mir in meinem Kampf zur Seite zu stehen. Dann bin ich nicht mehr der Einzige, der uns beschützt. Verstehst du das denn nicht? Die Zeit drängt!«

Als Mischa sich endlich seine Zigarette anzündete, zitterte er. Seine kühnsten Träume drohten sich in Luft aufzulösen. Nachdenklich und in großer Sorge stieg er vom Hügel herab, hin- und hergerissen zwischen der Überzeugung, dass sein Onkel Quatsch erzählte, und dem unangenehmen Gefühl, dass er irgendeinen perfiden Plan ausheckte, um die Ankunft der Moderne zu verhindern.

Dabei hielt er von seinem Onkel eigentlich genauso wenig wie die führenden Leute vom Verein zum Schutz der Rechte der Nenzen, die sich die Bewahrung des Erbes auf die Fahnen geschrieben hatten. Aber dass der Alte einen ausländischen Experten ins Boot holen wollte, könnte tatsächlich das Projekt gefährden, von dem die Erfüllung seiner Träume abhing. Mischa arbeitete nämlich für Sergej, einen Manager des Erdgasunternehmens, das auf der Jamal-Halbinsel das Gasfeld ausbeuten sollte. Nachdem Sergej die nötigen Genehmigungen eingeholt hatte, war er mit der Überwachung der Arbeiten vor Ort beauftragt worden.

In seiner Angst verfluchte Mischa dieses aus der Vergangenheit aufgetauchte Grab, das sich dank seinem Onkel zwischen ihn und den Vorarbeiterjob mit dem fantastischen Gehalt schob, den ihm der superreiche Russe versprochen hatte. Trotz Gewissensbissen verabschiedete er sich erst mal von der Idee, den Onkel zu sich zu holen. Er musste sich jetzt um seine eigenen Interessen kümmern – Pech für den Bruder seiner Mutter, zum Henker mit der Familie! Er stand so kurz vor dem Ziel und musste die drängendsten Gefahren für das Projekt abwenden, und das hieß: in die Hauptstadt fahren und den Chef warnen, auch auf das Risiko hin, ihn wegen nichts und wieder nichts zu behelligen, nur weil der verrückte Alte Hirngespinste hatte. Aber nichts und niemand durfte den Fortschritt aufhalten, der für Mischa das Wichtigste war.

Dass Mischa im Zorn gegangen war, ohne sich von ihm zu verabschieden, gab Num einen Stich ins Herz, allerdings freute es ihn, dass er ihn so verunsichert hatte. Irgendwann würde es dem Sohn seiner Schwester wie Schuppen von den Augen fallen, er würde nicht ewig mit Blindheit geschlagen sein, tröstete er sich. Irgendwann würde er erkennen, wie vergänglich die Segnungen der Moderne waren, und sich an seiner Seite einreihen. Die Afrikanerin der Arktis hatte ihre Wirkung nicht verfehlt und Zweifel in seinem Herzen gesät. Die Furcht hatte das Lager gewechselt, der Bau der Fabrik war nun kein Selbstgänger mehr. Gestern hatte er noch am Rande der Verzweiflung gestanden und keinen Ausweg gesehen, heute hatte er Mischa in seinen Überzeugungen erschüttert, und der würde nicht zögern, seine mächtigen Freunde in Moskau zu informieren. Vielleicht, so Nums Hoffnung, würden auch deren Gewissheiten Risse bekommen, wenn sie von seiner Entdeckung erfuhren.

Lächelnd kehrte er zu seinem Zelt zurück. Obwohl er seinen Neffen aufrichtig liebte, bedauerte er, dass der wie viele andere junge Leute den Ahnenkult verworfen hatte und sich von ausländischem Flitterkram blenden ließ. Und am schlimmsten war es für ihn mit anzusehen, wie der Sohn seiner Schwester gesetz- und gewissenlose Banditen zu den Überresten von Mammuts führte, die durch die vom Klimawandel beschleunigte Permafrostschmelze da und dort freigelegt wurden. Diese Wildererbanden landeten mit ihren Helikoptern im Westen der Halbinsel, zerwühlten und plünderten die Böden auf ihrer rücksichtslosen Jagd nach Elfenbein und ließen nach ihren Raubzügen das Land vermüllt zurück, voller Plastiktüten, zerbrochener Wodkaflaschen und Zigarettenstummel.

Mit Kummer im Herzen blickte der Schamane in die Ferne, aufs Polarmeer hinaus, und dachte an den Konflikt, der ihn und seinen Neffen entzweite. Zwei Kinder aus ein und derselben Familie der Tundra, unfähig, sich gemeinsam an dem überirdischen Licht zu erfreuen, das durch die Spiegelung der Sonne auf der Oberfläche des Ozeans entstand: als ob Sternenstaub auf den Wellen schillerte. Num atmete tief ein und aus. Die Konfrontation würde sich nicht vermeiden lassen, dachte er traurig, und sie würde bitter werden – ein Bruderkrieg.

Sorgenvoll strich der ergraute Mann über die Tastatur seines Rechners. Hoffentlich hatten die prähistorischen Überreste, von denen Num erzählt hatte, die Jahrtausende wohlbehalten überstanden! Und selbst wenn – wie lange würde das noch so bleiben, jetzt, da das Eis sie nicht mehr schützte? Noch wusste er wenig darüber. Und doch hatte er trotz aller Zweifel so ein Gespür, dass er sich die Gelegenheit nicht entgehen lassen sollte. Schon das erste Hindernis, das er zu überwinden hatte, war keine Kleinigkeit: Da die Zeit drängte, müsste er in ein paar Tagen eine Forschungsreise auf die Beine stellen, die normalerweise monatelange Vorbereitungen erforderte. Er wusste noch nicht, wie er es anpacken sollte, aber er wollte sein Glück versuchen. Sich in dieses Abenteuer zu stürzen schien ihm der beste Weg, die Lethargie, in der er seit Längerem dümpelte, hinter sich zu lassen und aus seiner freiwilligen Abgeschiedenheit auszubrechen. Mit über fünfzig wollte er die – vielleicht einzigartige – Gelegenheit beim Schopf packen, sein Leben infrage zu stellen und die Unbekümmertheit und den Mut zu finden, ausgetretene Pfade zu verlassen und dieses Wagnis einzugehen.

Davor hatte er sich wochenlang in seinem von den Eltern geerbten Zweitwohnsitz in einem Dorf im Département Puy-de-Dôme verkrochen, über sein verkorkstes Liebesleben und die stagnierende Karriere nachgegrübelt und sich allabendlich betrunken. Nach vielversprechenden Anfängen war sein Berufsleben inzwischen in der Routine erstickt. Dabei hatte es so glänzend angefangen, er hatte die Sprossen der Karriereleiter im Laufschritt genommen: In wenigen Jahren war er vom wissenschaftlichen Mitarbeiter zum Assistenzprofessor und schließlich zum ordentlichen Professor aufgestiegen. Und konnte neben seiner ansehnlichen Stellung auch eine beeindruckende Zahl von Publikationen vorweisen: drei Bücher, rund vierzig Artikel in Fachzeitschriften und unzählige Veröffentlichungen zu anspruchsvollen Themen. Er hatte Seminare an Partnerinstitutionen seiner Universität abgehalten, an zahlreichen Kolloquien auf der ganzen Welt teilgenommen, allerdings auch eine enorme Frustration angesammelt.

Mittlerweile hielt er das alles für sinnlose Energieverschwendung, denn ungeachtet des Lobs seiner Kollegen interessierten seine Schriften nur ein paar Spezialisten und demotivierte Studierende, deren mangelndes Engagement er genauso beklagte wie deren klägliche Leistungen. Es langweilte ihn zunehmend, sich Vorlesungen aus den Fingern zu saugen, die kaum jemand hören wollte; und seine Zeit damit zu vergeuden, wissenschaftliche Arbeiten zu verfassen, die kaum jemand lesen wollte, reizte ihn auch nicht sonderlich. Die Forschungsreisen in den Norden Grönlands, nach Sibirien oder ans äußerste Ende Norwegens, die er seit etwa fünfzehn Jahren unternahm, waren immer schwieriger zu finanzieren. Das bisschen Geld, das ihm die Universität zur Verfügung stellte, wurde im gleichen Maße weniger wie seine bescheidenen privaten Mittel. Die Erforschung der verheerenden Auswirkungen des Klimawandels auf Flora und Fauna und die Lebensumstände der indigenen Völker war nicht gerade ein Publikumsrenner und ging zudem den zuständigen Politikern auf die Nerven.

Wenn allerdings die Begräbnisstätte, die Num entdeckt hatte, wirklich so besonders war, wie der behauptete, wäre das ein Forschungsgegenstand, der das Zeug hätte, die Massen zu elektrisieren, die Aufmerksamkeit der gesamten akademischen Welt auf ihn zu lenken und vielleicht sogar die entsprechenden Stellen auf ihn aufmerksam zu machen. Die Kunde von einer Schwarzen Königin aus prähistorischer Zeit jenseits des Polarkreises würde niemanden kaltlassen und ein weltweites Echo auslösen. Und was die Wissenschaft betraf, so könnte die Afrikanerin der Arktis noch größere Erschütterungen auslösen als der Australopithecus namens Lucy, dessen Skelett im 20. Jahrhundert aus der Erde Äthiopiens geborgen wurde, und sämtliche aktuellen Lehrmeinungen auf den Kopf stellen. Die geheimnisvolle Dame aus dem Eis würde zu den verrücktesten Vermutungen, den wildesten Debatten und den kühnsten Spekulationen Anlass geben – was für eine Chance für einen Forscher, dem es an Anerkennung fehlte!

Dann würde er sich nicht mehr mit deskriptiven Methoden wie Inventar und Zählung begnügen, wie er es bisher in den nördlichsten Regionen der Welt gehandhabt hatte. Nein, er würde sich die Entdeckung der prähistorischen Grabstätte ans Revers heften, was ihm eine herausragende Möglichkeit böte, aus der Anonymität der Akademikerkreise herauszutreten und seiner Karriere neuen Schwung zu verleihen. So könnte er nicht nur seine Qualitäten als Mann der Praxis demonstrieren, sondern womöglich auch finanzstarke, einflussreiche Spender überzeugen, die Stiftung, von der er träumte, mit ein paar Hunderttausend Euro auszustatten, was ihm erlauben würde, sich hauptberuflich der Planung und Durchführung von Forschungsreisen zu widmen. Der Grabfund würde damit zu einem Instrument für die Verwirklichung seiner Ambitionen. Mithilfe der Stiftung könnte er innovative Studien zur Prävention klimabedingter Gefahren durchführen, die Bevölkerung dafür sensibilisieren und die Entscheider in Wirtschaft und Politik beeinflussen. Er würde zu einer geachteten Instanz weit über den universitären Rahmen hinaus, Massenmedien würden ihn nach seinen Erkenntnissen fragen und diese auf der ganzen Welt verbreiten, und das würde schließlich – und darum ging es ja eigentlich – auch seinem Schamanenfreund dabei helfen, die Natur in diesem wunderbaren Land im Westen der Jamal-Halbinsel zu schützen. Die Beweise für die Existenz dieser Fürstin oder Königin würden sicherlich ausreichen, um die Verteidiger der Rechte der Nenzen zu mobilisieren und die Aktivitäten zu stoppen, die den Ahnen die ewige Ruhe rauben könnten.

Draußen strahlte die Julisonne vom Himmel und kündigte nach der langen, nur selten von Aufhellungen unterbrochenen Regenphase einen schönen Tag an. Laurent bekam ein immer klareres Bild von dieser Frau aus einer anderen Zeit, das sich blitzschnell in seinem Kopf eingenistet hatte. Das Grab der rätselhaften Afrikanerin im tausendjährigen Eis ließ seinen Elan wiedererwachen, er fühlte eine neue Kraft in sich, als könnte er Bäume ausreißen. Dass ausgerechnet eine Frau so einen positiven Einfluss auf sein Leben haben könnte, hätte er kaum für möglich gehalten. Eine fast euphorische Begeisterung erfüllte ihn, doch er zwang sich, auf dem Boden zu bleiben: Wenn er diese einzigartige Chance ergreifen wollte, musste er klar denken können. Als Erstes benötigte er dringend anthropologisches und medizinisches Fachwissen, das er selbst nicht hatte, um den soziokulturellen Kontext des Fundorts sowie das Alter der Leiche anhand ihrer Knochen und Zähne zu bestimmen. Er musste Nums Bericht auf Glaubwürdigkeit überprüfen, von der Überlegung zur Tat schreiten und in Windeseile eine Expedition organisieren. Wenn Num dieses Grab nicht in einer Trance, einer Halluzination oder im Nebel einer Vision begegnet war, sondern sein Bericht Hand und Fuß hatte, dann, davon war Laurent überzeugt, war das der Stoff für eine ganz neue Erzählung von den Ursprüngen der Menschheit.

Für eine erste Sichtung der prähistorischen Dame würden zwei Mitarbeiter reichen. Menschliche Überreste waren so etwas wie der Heilige Gral für jeden Archäologen oder Anthropologen, trotzdem sah Laurent keine Chance, mit seinen beschränkten Mitteln eine ausgewiesene Koryphäe für sein Projekt zu gewinnen. Er brauchte qualifizierte Wissenschaftler, die so begeisterungsfähig waren, dass sie an die unwahrscheinliche Geschichte von der Afrikanerin im Eis glaubten, und so unerfahren, dass sie kein angemessenes Honorar dafür verlangten. Num hatte sich eine Untersuchung des sozialen Umfelds der Toten auf mögliche kulturelle Verbindungen zwischen ihr und der aktuellen Bevölkerung gewünscht. Dazu fiel Laurent Silvère Mabanza ein, der eine brillante Dissertation in Anthropologie geschrieben hatte; Laurent hatte den vielversprechenden kongolesischen Studenten in Lyon kennengelernt und war ihm freundschaftlich verbunden geblieben. Und was die medizinische Expertise betraf, würde er wegen ihrer außergewöhnlichen intellektuellen Fähigkeiten Cosima fragen müssen …

Cosima Meyer-Yamazaki. Laurent hielt in seinen Überlegungen inne. Bei der gemeinsamen Vorbereitung einer Expedition in den hohen Norden hatte er sich glühend in die junge Frau mit deutscher Mutter und japanischem Vater verliebt und sich dabei – wie er später feststellen sollte – dermaßen danebenbenommen, dass sie Hals über Kopf nach Berlin zurückkehrte und jeden Kontakt zu ihm abbrach. Cosima … Sie war eine leidenschaftliche Verheißung gewesen, eine mögliche Alternative zu seinem öden Leben. Von übermächtigen Gefühlen und Empfindungen berauscht, hatte er seine Faszination durch sie nur in lächerlichen Albernheiten und unangemessenen Gesten ausdrücken können. Letztlich war er ihr dankbar, dass sie seine romantischen Textnachrichten an seine damalige Frau weitergeleitet hatte. Das war der Anstoß gewesen, endlich die Scheidung einzureichen, aus der ehelichen Wohnung in Croix-Rousse auszuziehen und sich zwei Autostunden von der Universität entfernt in den Bergen niederzulassen. Der Monotonie einer reizlos gewordenen Ehe zu entfliehen und einen Neuanfang zu wagen.

Nun musste er nur noch die richtigen Worte finden, um Cosimas Vertrauen wiederzugewinnen. Abgesehen davon, dass ihre medizinischen Kompetenzen fachliche Lücken stopfen würden, war er es sich ohnehin schuldig, ihr die Reise nach Sibirien anzutragen, dachte Laurent, einerseits, um die Verletzungen wiedergutzumachen, die er ihr, wenn auch unabsichtlich, zugefügt hatte, andererseits, um ihr zu beweisen, dass er stets ehrlich zu ihr gewesen war. Außerdem kannte er sie gut genug, um anzunehmen, dass die Aussicht auf eine konkrete Aktion, mit der sich die Pläne skrupelloser Industrieller vereiteln ließen, sie für das Projekt einnehmen und womöglich auch ihre Haltung ihm gegenüber beeinflussen würde. Auf einmal erhielt Laurents Euphorie einen Dämpfer, sein Nachdenken hatte ein mögliches Hindernis ausgemacht: Was, wenn seine damaligen Fehler Cosima davon abhielten, Ja zu sagen? Laurent beschloss, mit dem Schwierigsten anzufangen: Cosima zu überzeugen.

Er holte tief Luft, wappnete sich innerlich und griff zum Telefon. Das Kontaktbild mit dem tiefen Blick aus graublauen Augen ließ ihn gleich wieder schmachten. Erleichtert hörte er es klingeln, die Nummer war also noch aktiv, sein Herz klopfte zum Zerspringen. Seine Hände zitterten ein wenig.

Durch die Vorhänge sickerten Sonnenstrahlen in das noch dunkle Zimmer und wärmten Cosimas Gesicht, ohne sie zu wecken. Erst der regelmäßige Piepton eines Lastwagens störte ihren leichten Schlummer, brummelnd stopfte sie sich die Decke zwischen die Schenkel und legte sich das Kissen auf den Kopf, um das Gerumpel der Mülleimer, die über den Bürgersteig und das Straßenpflaster gerollt und dann in den Wagen gekippt wurden, etwas zu dämpfen. Ihre Briefe an die Stadtverwaltung, man möge die motorisierten Monster außer Dienst und die Müllabfuhr auf gesündere, weniger lärmintensive Methoden umstellen, waren unbeantwortet geblieben. Seufzend nahm Cosima sich vor, die Verantwortlichen weiter zu quälen und wenn nötig vor Gericht zu zerren, bis diese Idioten, die nicht einsehen wollten, wie schädlich Lärmverschmutzung war, endlich Vernunft annahmen. Als es vorbei war, kuschelte sie sich noch einmal unter die Decke. Cosima liebte die Berührung der warmen Bettwäsche, besonders morgens, dem einzigen Moment des Tages, den sie seit einiger Zeit wirklich schätzte. Sie genoss ihre Benommenheit, das wunderbare Gefühl, sich treiben zu lassen, eine Sorglosigkeit, die sie während des restlichen Tages schmerzlich vermisste. Mit geschlossenen Augen versuchte sie den Moment so lange wie möglich auszukosten und den Zeitpunkt des Aufstehens hinauszuzögern. Seit ihrer überstürzten Rückkehr aus Frankreich fürchtete sie negative Gedanken und Anfälle von Bitterkeit oder Zorn – Zeichen einer tiefen Traurigkeit, die sie nicht loswurde. Die schmerzliche Enttäuschung, die ihren Aufenthalt im Département Rhône beendet hatte, erschien ihr als Versagen, das die Bilanz ihrer ersten dreißig Lebensjahre verdunkelte.

Bis dahin, von der Grundschule bis zum Abschluss ihres Medizinstudiums, hatte sie stets geglänzt mit ihrem lebhaften, bisweilen rebellischen, aber stets weiterführenden Verstand. Mit ihrem Sinn für Zusammenhänge und ihrer Beharrlichkeit erschloss sie sich alle möglichen Felder, auch außerhalb der Universität. So legte ihr der Direktor der Musikschule, an der sie Cello lernte, eine berufliche Laufbahn als Orchestermusikerin ans Herz. Doch ihr kartesianisches Denken, ihre Leidenschaft für angewandte Wissenschaft und ihr Wunsch nach einer Arbeit im Gesundheitsbereich hatten über ihre künstlerischen Neigungen den Sieg davongetragen. Von ihren Lehrern gelobt und von ihren Klassenkameradinnen bewundert, hatte Cosima stets versucht, die Erwartungen ihrer Mutter zu erfüllen. Sie liebte diese Frau, die in bescheidenen Verhältnissen lebte, weil sie ihre beruflichen Ambitionen und privaten Träume für die Zukunft ihrer einzigen Tochter zurückgestellt hatte.

Als frischgebackene Ärztin fand Cosima eine Stelle am Institut für Rechtsmedizin an der Charité in Berlin. Sie wäre vor Freude darüber fast geplatzt, böte sich ihr dort doch die Gelegenheit, durch objektive, strenge Schlussfolgerungen Einfluss auf die Wirklichkeit zu nehmen. Ihr Enthusiasmus scheiterte allerdings bald am Einerlei des Berufsalltags mit seinen Gemeinheiten, bürokratischen Hindernissen und dem herrschenden Sexismus. Die Krönung ihrer noch jungen Karriere waren ihre spektakulären Erkenntnisse im Fall eines vermeintlichen Selbstmords in einem Seniorenheim. Aufgrund einer minutiösen Autopsie – einer der ersten, die sie durchführte – gelang ihr der Nachweis, dass es sich dabei um einen als Selbstmord getarnten Mord handelte. Mehrere Pflegekräfte wurden verurteilt, außerdem kamen bei der Gelegenheit noch weitere Unregelmäßigkeiten in städtischen Einrichtungen ans Licht. Zu Cosimas Verblüffung jedoch reklamierte ihr Vorgesetzter den Erfolg dieser Arbeit für das gesamte Team. Die mehrheitlich männlichen Kollegen unterstellten ihr übertriebene Ambitionen und begegneten ihr mit Misstrauen. Statt beglückwünscht wurde sie geschnitten und von da an nur noch mit langweiliger Routinearbeit eingedeckt.

Eine ähnliche Enttäuschung erlebte sie bei ihrer nächsten Stelle an der Universität in Lyon. Gleich nachdem sie Laurent Joubert kennengelernt hatte, fragte er sie, ob sie ihm ehrenamtlich dabei helfen wolle, Sponsoren für eine Expedition in den Norden Grönlands zu finden. Sie sagte begeistert Ja, vor allem, da er ihr das Angebot machte, die Reise als Teamärztin zu begleiten. Die Vielfalt ihrer Aufgaben überzeugte sie ebenso wie die Aussicht auf die Verwirklichung ihres alten Traums: den hohen Norden zu entdecken und die schädlichen Auswirkungen des Klimawandels auf Flora und Fauna mit eigenen Augen zu sehen. Sie versprach sich davon sowohl ein außergewöhnliches Abenteuer als auch die Möglichkeit, ihren Blick für die Auswirkungen menschlichen Handelns auf die Umwelt zu schärfen, was in ihren Augen zu einer globalen Katastrophe führte.

Mit dieser Perspektive mietete Cosima für ein paar Monate eine kleine Wohnung am Ufer der Rhône. Sie freute sich auf die Arbeit und erwartete sich anregende Diskussionen mit einem zurückhaltenden Intellektuellen, der dieselben Ziele verfolgte wie sie und sie als wichtige Gesprächspartnerin ansah. Ihr gefielen die Zeichen seiner Wertschätzung, das totale Gegenteil der kränkenden Herablassung ihrer Kollegen in Berlin, wo sie sich nach ihrem sensationellen Einstieg zwei Jahre nur gelangweilt hatte. Beflügelt von der geistigen Übereinstimmung, die bald zwischen ihnen entstand, sah sie sich schon an vorderster Front im Kampf für die Umwelt und träumte von Eisbergen und Mitternachtssonne. Eifrig und unermüdlich warb sie für die Expedition, die im Sommer stattfinden sollte, Mittel ein und erreichte dank ihrer Anstrengungen in Rekordzeit vielversprechende Ergebnisse. So hatte sie die prinzipielle Zusage einer Investmentbank, einer berühmten Modedesignerin und eines Start-ups im Bereich der Spitzenforschung an erneuerbaren Energien quasi in der Tasche – alle waren sehr angetan von dem Projekt und bereit, es finanziell zu unterstützen. Beeindruckt von Cosimas Intelligenz und Effizienz, die einen noch größeren Spielraum für künftige Forschungsreisen versprach, war Laurent des Lobes voll für seine junge Kollegin. Aber je unverzichtbarer ihm ihre Fähigkeiten für die Verwirklichung seiner Projekte erschienen, umso mehr bedeutete sie ihm auch persönlich.

Die Enttäuschung war vorprogrammiert. Nachdem sich Cosima anfangs über seine Komplimente gefreut hatte, weil sie darin eine Anerkennung ihrer Erfolge sah, wurde ihr seine Begeisterung bald lästig. Sie begnügte sich mit einem Stirnrunzeln, wenn er allzu leidenschaftlich von ihr schwärmte, doch bald kamen noch anzügliche Blicke, ein vieldeutiges Lächeln und für ihren Geschmack etwas zu häufige Berührungen hinzu. Trotzdem regte sie sich nicht allzu sehr darüber auf, solange er die Grenze der Kollegialität nicht überschritt. Eines Abends aber, als sie gerade das Büro verlassen wollte, gestand er ihr, nachdem er ihre Erfolge wieder einmal gelobt und gepriesen hatte, dass er sich auf den ersten Blick in sie verliebt habe. Dann flüsterte er ihr Peinlichkeiten ins Ohr, die sie schockierten. Er habe sie beobachtet: Wenn sie ihm gegenüber an ihrem Schreibtisch sitze und konzentriert auf den Bildschirm starre, mische sich in ihren azurblauen Augen der strahlende Blick der Wölfin mit der Melancholie eines Schlittenhundes. Als sie daraufhin wie angewurzelt stehen blieb, nahm er sie im Taumel seiner Gefühle um die Taille, drückte sie an sich, betatschte ihre Brüste und Hüften und presste ihr schließlich seine Lippen auf den Mund. Von diesem Angriff überrumpelt, war Cosima zunächst wie vom Schlag gerührt. Sie fasste sich aber schnell wieder, entwand sich seiner Umarmung, ohrfeigte ihn und floh. Danach schrieb er ihr flammende Textnachrichten, in denen er sie um Vergebung für seine Entgleisung bat, aber auch seine tiefen Gefühle für sie beschwor. Das hörte erst auf, nachdem sie alles seiner Frau erzählt und ihm gedroht hatte, ihn wegen sexueller Belästigung anzuzeigen.

Nie hätte Cosima so ein Verhalten von einem Mann der Wissenschaft erwartet, schon gar nicht von Laurent, den sie mochte und schätzte. Dass er es offenbar nur auf ihren Körper abgesehen hatte, kränkte und verletzte sie. Sie hasste sich für ihre Naivität und machte sich bittere Vorwürfe, auf ihn hereingefallen zu sein. Sie wollte ihre Fähigkeiten anerkannt wissen, ihren Scharfsinn und die Persönlichkeit, die sie im Zuge ihres Studiums, ihrer Lektüren und Erfahrungen geschaffen hatte. Von Jugend an war sie den ekelhaften Blicken der Männer ausgesetzt gewesen, die immer auf ihre

Brüste glotzten, wenn sie mit ihnen sprach. Seit vielen Jahren kämpfte sie gegen die gesellschaftliche Tendenz, Frauen auf ihre körperliche Erscheinung zu reduzieren. Nach diesem ernüchternden Vorfall war ihr klar, dass sie mit Laurent nicht mehr zusammenarbeiten könnte; also ließ sie alles stehen und liegen und kehrte überstürzt nach Berlin zurück. Dass er sie dazu gezwungen hatte, würde sie ihm nie verzeihen.

Sergej genoss den ersten der vierzehn Urlaubstage, die er sich ausnahmsweise genehmigte, bevor unter prunkvollen Feierlichkeiten der Grundstein für seine Riesenbaustelle gelegt würde. Er und seine Geschäftspartner hatten vor ein paar Monaten einen höchst lukrativen Vertrag über die Gasförderung im Westen der Jamal-Halbinsel abgeschlossen. Als operativer Leiter vor Ort könnte er sich nicht nur weiter bereichern, sondern auch in der russischen Mafia-Hierarchie ein paar Stufen überspringen und zum Löwen werden, was so viel bedeutete wie keinem mehr etwas zu schulden und neben den skrupellosesten Bossen an der Spitze der Angstpyramide zu stehen. Später, wenn er sich Schritt für Schritt aus der Welt des organisierten Verbrechens zurückzöge, um in ein ruhigeres Fahrwasser zu gelangen, böte sich ihm vielleicht die Chance, in die legale Wirtschaft zu wechseln. Jedenfalls warteten dort oben im hohen Norden, jenseits des Polarkreises, die höheren Weihen auf ihn. Die PR-Abteilung arbeitete rund um die Uhr daran, Prominente auf die Gästeliste zu setzen, auch beim Präsidenten der Russischen Föderation hatte man vorgefühlt, und da es noch keine Absage gegeben hatte, wurde mit dem Kommen des Staatschefs gerechnet. Das wäre der vorläufige Gipfel von Sergejs Karriere, der als junger Wolf aus dem Nichts gekommen war und bald die bedeutendsten Persönlichkeiten des Landes willkommen heißen würde. Darauf wollte er bestens vorbereitet sein, und um vor den ins Haus stehenden Aufregungen etwas Ruhe und Entspannung zu finden, wollte er sich für eine Weile in seine rund hundert Kilometer von Moskau entfernte Datscha zurückziehen.

Am Tag vor seiner Ankunft war ein gigantisches Paket geliefert worden – sein neuestes Gadget, das ein Vermögen gekostet hatte: ein Curved TV mit extrem hoher Bildqualität und zahlreichen neuartigen Features, deren Erkundung er kaum erwarten konnte. Der Apparat thronte bereits im hundert Quadratmeter großen Wohnzimmer mit Panoramafenster, das auf ein bewaldetes Grundstück mit einer Lichtung hinausging. Der faszinierend gewölbte Bildschirm – es war der größte, den es zurzeit auf dem Markt gab, wie man ihm versichert hatte – maß sechs mal zwei Meter und verhieß ein sensationelles Seherlebnis. Damit wollte er sich erst einmal ausführlich beschäftigen. Er schaltete auf Splitscreen – er liebte es, dieses Wort auf Englisch auszusprechen –, und sofort erschien ein Dutzend unterschiedlicher Szenen auf dem geschwungenen schwarzen Bildschirm. Seine Augen glitzerten vor kindlich-naivem Vergnügen. Er drehte sich um, nahm vorsichtig eine DVD vom Beistelltisch und schob sie in den Player.

Der Sechzigjährige hatte an alles gedacht: Ein seidener Bademantel streichelte seinen nackten Körper, links ein Wodka auf Eis in Reichweite auf einem Marmortisch, rechts eine Havanna; er nahm einen Schluck und kniff die Augen zusammen, während er es sich auf den weichen Polstern seines Ledersessels gemütlich machte. Beste Voraussetzungen also für einen ungestörten Genuss der Aufnahme von Schostakowitschs Siebter, genannt Leningrader Sinfonie, seinem Lieblingsstück, deren erste Bilder schon über den Bildschirm flimmerten: Ankunft des Orchesters, Applaus, die ersten Noten. Die Hi-Fi-Lautsprecher gaben jeden Akkord bis in die feinsten Nuancen seiner Klangverästelungen wieder und verstärkten die Wirkung des machtvollen ersten Satzes, der den Angriff auf die im Zweiten Weltkrieg besetzte sowjetische Stadt Leningrad zum Thema hatte. Immer, wenn er das hörte, hämmerte Sergejs Herz zum Zerspringen, und Tränen traten ihm in die Augen – was für eine mitreißende Hymne auf das Heldentum! Wie sie den Sinn für die Ehre, den Mut in schwierigen Zeiten und schließlich den Triumph feierte, der nur durch mitleidlose Züchtigung der Feinde zu erringen war – diese Musik beschrieb Sergejs Leben! Er gab sich ganz der Tonfülle über dem strengen Rhythmus hin. Bald hielt es ihn nicht mehr in seinem Sessel, er stemmte sich auf den Lehnen nach oben und ließ den Blick über die gesamte Breite des riesigen Bildschirms streifen.

Dann drehte er leiser und rief herrisch: »Wird's bald, Jelena?«

Im Schlafzimmer überprüfte eine junge Ukrainerin noch einmal ihre Frisur, deckte die dunklen Schatten unter den traurigen Augen ab und schlüpfte in ein sehr kurzes, durchsichtiges rosa Negligé. Als sich Sergej zu ihr umdrehte, begann sie mit aufgesetztem Lächeln ihren Hintern in dem roten Spitzenstring zu schwingen, während sie unsicher auf hohen Absätzen zu ihm hinstakste.

»Ich komme, Liebster, ich komm ja schon!«

Sergej schleuderte ihr einen tödlichen Blick aus gierigen, blutunterlaufenen Augen entgegen und ließ sich dann, die Arme auf den Lehnen, tief in seinen Sessel sinken.

»Los!«

Sie ging in die Knie und näherte sich dem grauen Busch unter dem aufgedunsenen, geröteten Unterleib. Brüsk stieß Sergej sie von sich.

»Was machst du da? Hör doch wenigstens erst mal zu und lass die Musik auf dich wirken!«

Resigniert senkte Jelena den Kopf und wartete. Sergej lauschte mit geschlossenen Augen, und als der triumphale Schlusssatz der Sinfonie begann, holte er lange und tief Luft und sagte: »Jetzt!«

Sein vom Alkohol vernebelter Blick belebte sich unter Jelenas Zärtlichkeiten und wanderte zwischen den romantischen Aufwallungen, die gedämpft aus den Boxen drangen, und den energischen Bewegungen von Dirigent und Orchester während der düsteren Passagen hin und her. Am Ende des Stücks krallte Sergej seine mit Gold und Edelsteinen beringten Finger in Jelenas blondes Haar und stöhnte auf.

Doch die Lust währte nicht lange. Irgendetwas irritierte ihn und raubte ihm die Konzentration. Ach, Mischa Malewitsch, sein Handlanger für die Reisen nach Sibirien, wollte ihn dringend sprechen. Dabei störte dieser Trottel wahrscheinlich nur, weil er mal wieder ein paar Rubel abzocken wollte, um sich zu besaufen oder die Dienste einer Edelnutte in Anspruch zu nehmen. Bis die Baustelle stand, ermahnte sich Sergej, müsste er diesen nutzlosen Blutsauger noch durchfüttern, um kein Risiko einzugehen. Diese Nenzen waren ja wirklich zu dumm zu allem, wie alle Indigenen, aber eine Weile lang müsste er es noch erdulden, dass Mischa auf seinen empfindlichen Nerven herumtrampelte. Der wäre womöglich in der Lage, alles zu sabotieren, wenn er sich über ihn ärgerte. Sergej seufzte. Dieser Rohling konnte jeden Moment hereinplatzen. Er zog Jelenas Kopf an den Haaren hoch und schimpfte: »Was soll das werden? Los, weiter! Und streng dich ein bisschen an, verdammt!«

Jelena fror, und auch mit noch so viel Schnaps oder Koks ließen sich die Demütigungen, die sie tagtäglich einstecken musste, nicht mehr auslöschen. Wie charmant er sie damals eingewickelt hatte, als sie noch Sekretärin war! Aber von dem Tag an, wo sie seinen Avancen nachgegeben hatte und in seinem Bett gelandet war, war aus der zarten Romanze ein brutaler Albtraum geworden. Sie fragte sich immer noch, warum er sie statt mit Aufmerksamkeiten mit Grausamkeiten traktierte, als müsste er sie zur bezahlten Sexpuppe herabwürdigen und seine Beziehung zu ihr in den Schmutz ziehen.

Sergejs rasanter Aufstieg unter dem Doppelsiegel von Einsamkeit und Misstrauen hatte ihn dazu gebracht, Freundschaft und Liebe als Gefühlsduseleien für Weicheier abzutun. Nur seine drei Pitbulls, Castro, Stalin und Mao, die ergebenen, treuen Hüter seines riesigen Gartens, waren seines Vertrauens würdig, ja, er hegte sogar eine Art Zuneigung für sie. Sergej schloss die Augen, versuchte sich noch einmal zu entspannen, da klingelte es. Fluchend stieß er Jelena zurück, die mit dem Kopf aufs Parkett fiel und aufschrie.

»Das darf doch nicht wahr sein, nie hat man seine Ruhe! Und du fällst auch gleich um! Hopp, hopp, mach die Tür auf, und keine Angst, ist ja nur Mischa … Der ist der Letzte, der mich umbringen würde. Los, beeil dich!«

Eilig ging er ins Schlafzimmer, um sich anzuziehen, kam wieder und zündete sich seine Zigarre an. Jelena hatte sich mühsam erhoben, in ihrem Kopf drehte sich alles. Mechanisch tat sie, was Sergej ihr befohlen hatte, erleichtert, dass ihre Qual nun zu Ende war. Doch sie fürchtete sich auch ein bisschen vor Mischa, er war ihr nicht geheuer, weil ihr seine Gedankenwelt verschlossen blieb. Für sie war er bloß einer von diesen unberechenbaren, heimtückischen Eingeborenen. Nie hatte sie ihn lächeln gesehen, und sie fragte sich, ob es ihm Spaß machte, ihr Angst einzujagen, wenn er sie mit den verstohlenen, begehrlichen Blicken einer läufigen Bestie musterte. Sie hätte sich gern etwas übergezogen, bevor sie ihm die Tür öffnete, aber wenn sie nicht gleich machte, was er sagte, bekam Sergej Wutanfälle, die ihr noch gefährlicher erschienen, als halb nackt einem Mann gegenüberzutreten, der wahrscheinlich nur davon träumte, ihr Gewalt anzutun.

Vor einiger Zeit hatte sich Laurent mit Silvère Mabanza angefreundet, einem schüchternen jungen Mann, der ihn nach einem seiner Vorträge einmal angesprochen hatte. Er hatte ihm seine Bewunderung ausgedrückt und ihn gebeten, die Gefahren zu schildern, die er für die indigenen Völker im hohen Norden sah. Daraus hatte sich ein regelmäßiger Austausch zwischen ihnen entwickelt, zunächst per E-Mail. Später besuchte Silvère Laurent ab und zu im Büro, und Laurent erwies Silvère die Ehre, bei der Verteidigung seiner Dissertation dabei zu sein, bevor er ihm zur Erlangung der Doktorwürde in Anthropologie gratulierte. Silvère war ein brillanter Kopf und beeindruckte Laurent durch sein stringentes Denken, das er auch in seiner Arbeit bewies. Kurz darauf empfahl ihn Laurent einem Kindheitsfreund, dem hochrangigen Mitglied einer NGO, die sich der Entwicklung der Landwirtschaft in den Schwemmebenen Zentralafrikas verschrieben hatte. Dankbar und mit großer Begeisterung nahm Silvère einen Posten als Berater im Norden des Kongo, an den Ufern des gleichnamigen Flusses, an. Er war gespannt darauf, seine theoretischen Kenntnisse mit den Traditionen der dort ansässigen Bauern zu verknüpfen und diese zu ermutigen, den althergebrachten Gebräuchen, die auf der Achtung und Erhaltung des natürlichen Gleichgewichts beruhten, treu zu bleiben. Er konnte es kaum erwarten, Afrika kennenzulernen, den Kontinent, von dem er abstammte, und malte sich in den leuchtendsten Farben aus, wie es wäre, monatelang in das Leben der Menschen dort einzutauchen.

Sein Vater riet ihm davon ab. Er hatte fünf Kinder allein großgezogen und nahm die karge Bezahlung, die sein Jüngster erhalten sollte, mit einem Stirnrunzeln zur Kenntnis. Wozu er jahrelang studiert habe, wenn er dann für einen Hungerlohn schuften und das elende Leben seines Vaters führen wolle, dem der Zugang zu akademischer Bildung und einer glänzenden Karriere verwehrt geblieben war? Geld interessiere ihn nicht, erwiderte Silvère, ihm sei es wichtiger, einen tieferen Sinn in seinem Beruf zu finden, und die Aufträge der NGO erlaubten ihm die Entfaltung in einem Bereich, der ihn schon immer fasziniert habe: die Aufrechterhaltung oder Wiederherstellung der Harmonie zwischen Mensch und Natur. Mit feinem Takt würdigte der Vater zunächst Silvères noble Absichten, gab aber zu bedenken, er müsse auch realistisch sein. Mit den Jahren würde ihn die Realität einholen, die materiellen Probleme würden mehr werden und am Ende seine Existenz untergraben. Schließlich würde er unter den täglichen Frustrationen eines ärmlichen Lebens bitter werden und jene beneiden, die ein komfortables Auskommen hätten und sich alles leisten könnten, was die moderne Welt zu bieten habe.

Silvère, der ein sanftes, friedfertiges Wesen hatte und sehr an seiner Familie hing, verzichtete und gab seine Pläne auf. Stattdessen ließ er sich in einer achtzehn Monate dauernden Ausbildung zum Versicherungsvertreter umschulen. Seine Aufgabe war es nun, neue Kunden zu werben, Verträge abzuschließen, Kontakte zu pflegen und zu mehren. Gebildet und eloquent, besaß Silvère eine natürliche Begabung, das

Vertrauen der Menschen zu gewinnen, die gern bei ihm unterschrieben und ihm so hohe Provisionen verschafften. Irgendwann ermutigte ihn der Generalagent seiner Firma, sein Portfolio durch die Aufnahme von Finanzprodukten zu erweitern. Und auch als Anlageberater glänzte Silvère. Bald jonglierte er mit großen Geldsummen, die er durch kluge Anlagen zu vermehren verstand, was ihm zusätzliche Prämien einbrachte. Seine Beziehung zu anderen erschöpfte sich in Kalkulation, der Evaluierung seiner Gewinnspannen und der Erwartung hoher Renditen. Sein Ehrgeiz zielte darauf, immer mehr zu verdienen, Materielles anzuhäufen und Frauen zu beeindrucken, die sich in rascher Folge in seinem Bett abwechselten. Er hatte sich weit entfernt von seinen ursprünglichen Träumen.

Doch nach einem Jahr war er es leid, für eine Null mehr in seiner Bilanz tagtäglich am Firmensitz anzutanzen, die Empfangsdame zu begrüßen, einzustempeln, mit dem Aufzug in den siebzehnten Stock zu fahren, auf dem Bürostuhl Platz zu nehmen, den Rechner einzuschalten und die immer gleichen Tätigkeiten auszuführen. Er nahm wieder Kontakt zu Laurent Joubert auf und klagte ihm sein Leid. Silvère beneidete seinen früheren Mentor, der sein Leben der Erhaltung der Natur widmen konnte, während er seinen Berufswunsch aufgegeben hatte. Die harte Arbeit hatte ihm seine Träume ausgetrieben, er kümmerte dahin, morgens quälte er sich aus dem Bett, er hatte auf nichts mehr Lust und verlor die Freude an allem.

Bis eines Tages sein Körper ihm den Dienst aufkündigte, vor der Bürotür erstarrte und sich weigerte, dem Befehl des Gehirns zum Weitergehen zu folgen. Arm- und Beinmuskeln verkrampften sich, eine eindringliche Stimme befahl ihm, den Nordpol zu retten, dann geriet alles durcheinander. Er sah nur noch Packeis um sich herum und schlug mit geballten Fäusten auf näher kommende Eisberge ein. Dann sei er, wie Kollegen den Rettungssanitätern berichteten, brüllend mit dem Kopf gegen die geschlossene Tür seines Büros gerannt, habe unzusammenhängendes Zeug gebrabbelt und immer wieder davon geredet, dass er eine in einem Land aus Eis verirrte Frau retten müsse. Unter dem Ansturm der Halluzinationen verlor er den Boden unter den Füßen, alle dachten, er sei im Drogenrausch. Dann Schreie, Handgemenge mit der Security, die ihn zu Boden rang und die Psychiatrie verständigte. Er sah Krankenpfleger in weißen Kitteln auf ihn zulaufen, dann fiel er in ein schwarzes Loch. Die Ärzte diagnostizierten Burn-out, spulten methodisch ihr Behandlungsprotokoll ab und pumpten ihn schließlich mit Antidepressiva voll.

Auch nach seiner Entlassung suchten ihn immer wieder dieselben Bilder heim. Wenn sie sein Hirn bestürmten, beschleunigte sich sein Puls, das Blut pochte in seinen Adern, Hals und Stirn glühten wie im Fieber, sein Denken setzte aus, und seine Wahrnehmung der Welt änderte sich. Vor seinen Augen tauchten verschwommene Silhouetten auf. Eine wachsende Angst raubte ihm den Atem, er hatte das beunruhigende Gefühl, unbekannte Kräfte versuchten, seinen Sinn und Verstand zu trüben und Einfluss auf sein Handeln zu nehmen. Um die lästigen Eindringlinge zu vertreiben, saß er oft minutenlang regungslos da, den Kopf zwischen den Händen eingeklemmt wie in einem Schraubstock, und bemühte sich vergebens um Konzentration. Diese Anstrengungen erschöpften ihn dermaßen, dass er irgendwann aufgab. Wenn es vorbei war, fühlte er sich leer und schwach und verfiel in einen Zustand schrecklicher Niedergeschlagenheit. Ihn ängstigte das Gefühl, die Kontrolle über sich zu verlieren, und er fürchtete eine Wiederkehr seiner Wahnanfälle, die stets mit einer Einweisung und hoch dosierten Beruhigungsmitteln endeten.

Die konventionelle Medizin konnte ihm offenbar nicht helfen. Die schmerzlichen Erschütterungen seiner Seele entzogen sich jeder rationalen Erklärung, und auf seine Sinne war auch kein Verlass. Also beschloss er, sich anderen Wahrnehmungsweisen zu öffnen: Er erinnerte sich an die Märchen, die ihm seine Mutter erzählt hatte, als er noch klein war, spannende Geschichten über Magie, Heiler und Trancen, beängstigende oder fantastische Momente des Eintauchens in die Geheimnisse der unsichtbaren Welt im Land der Bakongo. Vielleicht wäre das ein Ausweg aus seinem Dahindämmern.

Um die rätselhaften Bilder in seinem Inneren zu verstehen, in denen der Nordpol und das Packeis eine große Rolle spielten, müsste er nach seinen Ursprüngen suchen und sich ins Land seiner Ahnen begeben. Vielleicht erwachten diese ja aus ihrer ewigen Ruhe, um ihn zu heilen und von diesen Heimsuchungen zu befreien.

Es war schon Anfang Juli, doch der Sommer ließ noch auf sich warten, die Temperaturen in Berlin blieben recht niedrig für die Jahreszeit, Feuchtigkeit und Kühle schwängerten nach nächtlichen Schauern die Luft über Friedrichshain, und da es laut Wettervorhersage düster und regnerisch bleiben sollte, hatte Cosima das Gefühl, es würde überhaupt nicht mehr hell, und blieb einfach liegen. In ihrer Melancholie rollte sie sich minutenlang in ihrer Decke ein, um sich in der tröstlichen Wärme ihres Betts zu verkriechen oder besser noch aufzulösen. Wochen waren vergangen, aber sie hatte immer noch das quälende Gefühl von etwas Unabgeschlossenem. Als das Tageslicht schließlich in ihre Einzimmerwohnung drang, kroch sie widerwillig aus ihrem Alkoven, fuhr sich mit den Fingern durch die zerzausten kurzen Haare und warf einen schnellen Blick auf das Mobiltelefon am Fußende. Drei eingegangene Anrufe und eine Nachricht aus Frankreich machten sie stutzig. Als sie merkte, dass alle von dem Mann stammten, dessen Daten sie gleich nach ihrer Ankunft in Berlin gelöscht hatte, verkrampfte sich etwas in ihrem Bauch.

Als das Telefon klingelte, zuckte sie zusammen, aber sie ignorierte es und ging in ihr schmales Bad, um sich unter der Dusche zu entspannen und die anregende Wirkung des kalten Wassers zu genießen. Doch das wiederkehrende Pling, das sie an den verpassten Anruf erinnerte, ging ihr schließlich so sehr auf die Nerven, dass sie seufzend ihre Waschungen abkürzte. Eilig trocknete sie sich ab und nahm, kaum dass sie ihren Bademantel übergeworfen hatte, ihr Handy auf. Am Bettrand sitzend, überflog sie mit klopfendem Herzen die mit »Laurent Joubert« unterschriebene Textnachricht.

Liebe Cosima,
lies dieses Schreiben bitte bis zum Schluss, es ist sehr wichtig. Wenn du das, was ich dir vorschlagen will, ablehnst, werde ich dich nie wieder behelligen. Ich möchte dich noch einmal um Verzeihung bitten, auch wenn ich weiß, dass mein Benehmen unverzeihlich war. Aber mein Brief ist kein Wiedergutmachungsversuch, ich kontaktiere dich wegen etwas anderem. Ich bin gerade bei den letzten Vorbereitungen für eine wissenschaftliche Expedition in den Norden Sibiriens und brauche dafür noch eine Ärztin. Und zwar eine, die etwas von Rechtsmedizin versteht, es geht um die Analyse uralter menschlicher Überreste. Ein überraschender Grabfund, der noch streng geheim ist, ich verrate es dir hier unter der Hand, das muss ich ja wohl. Um dir meine lauteren Absichten zu beweisen, lasse ich dir ein Flugticket nach Moskau an deine E-Mail-Adresse schicken (wenn es noch dieselbe ist). Du kannst es benutzen oder nicht. Aber keine Angst, das ist keine Falle, Silvère Mabanza, du weißt schon, der Anthropologe, mit dem ich dich vor ein paar Monaten in Lyon bekannt gemacht habe, ist mit von der Partie. Und vor Ort treffen wir Num, den Schamanen, von dem ich dir erzählt habe.
Ich warte auf deine Antwort.
Herzliche Grüße
Laurent

In der virtuellen Gegenwart des Mannes, der sie angegrabscht und mit geilen Blicken belästigt hatte, fühlte Cosima sich schmutzig und zog als Erstes ihren Bademantel fester um sich. Ihre Miene wurde düster. Doch dann ertappte sie sich dabei, dass sie die Stelle mit der unglaublichen Entdeckung noch einmal überflog. Das Merkwürdige, Verdrehte an diesem Brief weckte ihr Interesse. Entweder war der Professor übergeschnappt, oder es handelte sich wirklich um ein besonderes Ereignis. Gleich darauf machte sie sich Vorwürfe, dass sie sich von Laurents schönen Worten einwickeln ließ. Schnaubend sprang sie auf und ließ ihrer Bitterkeit und ihrer Wut freien Lauf, ohne den geringsten Versuch, sich zu beherrschen. Im Gegenteil, das musste endlich raus, ihr ganzer Zorn gegen den Widerling, der ihre Aufrichtigkeit ausgenutzt, die Flügel ihrer Begeisterung gestutzt und sie in eine Sackgasse getrieben hatte, denn die paar Monate unbezahlten Urlaubs, die sie sich genommen hatte, um die Grönland-Expedition voranzutreiben, waren in wochenlangem Nichtstun versandet. Laurent hatte sie zutiefst gedemütigt. Dass er sie, eine junge Frau, die sich in der Wissenschaft beweisen wollte, indem sie mit wachem Blick die Wirklichkeit der Welt beobachtete, einfach zum Sexobjekt machen wollte, fand sie ekelhaft. Er meinte wohl, sie würde nach seiner Pfeife tanzen, was auf ein ziemlich unappetitliches Überlegenheitsgefühl hindeutete.

Sie rief ihn an.

»Was fällt dir ein, mich mit so was ködern zu wollen! Habe ich dir nicht ganz klar gesagt, du sollst mich in Ruhe lassen? Ich hätte dich gleich anzeigen sollen!«

Laurent schwieg.

»Du widerst mich an, Laurent, ich habe an dich geglaubt, weißt du, und dann hast du mich so enttäuscht ... Warum sollte ich dir diese Geschichte mit dem Grab abnehmen? Hältst du mich für blöd? Du hast mich doch damals engagiert, um die Finanzierung einer Forschungsreise sicherzustellen, und auf einmal kriegst du Hokuspokus in ein paar Tagen ganz allein eine Expedition hin?«

»Ich bitte tausendmal um Vergebung, Cosima, ich weiß, dass ich es vermasselt habe. Würdest du mir trotzdem zehn Sekunden dein Ohr leihen?«

»Okay, aber nicht länger, ich habe schon genug Zeit mit dir verloren.«

Obwohl sie darauf brannte, mehr über den geheimnisvollen Fund aus uralten Zeiten zu erfahren, heuchelte Cosima Gleichgültigkeit, um es ihm nicht allzu leicht zu machen.

»Ich kümmere mich um die Gelder, Cosima, lass das mein Problem sein. Auch wenn es sich komisch anhört, wird die Reise nicht allzu teuer, es geht erst einmal nur um eine Bestätigung des Fundes, eine erste kurze Sichtung. Der Schamane, von dem ich dir erzählt habe, hat das Grab entdeckt und es auf rund zehntausend Jahre vor unserer Zeit datiert, weil dort in der Nähe auch schon Mammuts gefunden wurden ... Ehrlich, ich würde es ja verstehen, wenn du Nein sagst, aber du solltest wissen, dass ich nicht für mich um Hilfe bitte, sondern für meinen Freund, den Schamanen. Es ist nämlich so, dass dort oben, im Westen der Jamal-Halbinsel, Gas gefunden wurde, das bald in großem Stil ausgebeutet werden soll. In knapp zwei Wochen wollen sie mit dem Bau der Förderanlage beginnen, also muss schnell etwas passieren. Wenn es gelänge, Wirbel um diese archäologische Entdeckung zu machen, könnten wir den Beginn der Arbeiten verhindern oder zumindest hinauszögern, die Grabstätte unter Schutz stellen und damit auch das Habitat einer Vielzahl von Tier- und Pflanzenarten retten. Was ich dir anbieten kann, ist die Teilnahme an einer konkreten Aktion vor Ort, es ist noch nicht gewonnen, aber wir könnten es schaffen … vor allem, wenn du mit im Boot bist.«

Hin- und hergerissen zwischen der Verlockung des Abenteuers und einem Anflug von Stolz, der sie drängte, zu widerstehen, nicht zu schnell nachzugeben, hörte Cosima aufmerksam zu. Nein, leicht wollte sie es ihm nicht machen, das hatte er nicht verdient, das war eine Frage der Selbstachtung für sie.

»Das in dem Grab, ist das ein Mann oder eine Frau?«, fragte sie kurz angebunden nach einer Schweigeminute.

An der Veränderung ihres Tonfalls erkannte Laurent, dass sie weich wurde.

»Ach, das hatte ich ganz vergessen, mein Fehler, tut mir leid, ich weiß ja, dass dir das wichtig ist, sei mir nicht böse!«, entschuldigte er sich überschwänglich und fuhr dann demütig fort: »Also, das wird dir bestimmt gefallen: Es handelt sich um eine Frau, und zwar um eine Schwarze Frau! Num ist überzeugt davon, dass sie die Königin oder Fürstin seines Volkes war … jedenfalls eine sehr bedeutende Person.«

»Hättest du dir den Mund verbrannt, wenn du das gleich von Anfang an dazugesagt hättest? Aber so ist es halt, kaum ist das Studienobjekt weiblich, wird das nicht erwähnt! Ist das denn wirklich so unwichtig?«

»Nein, natürlich nicht. Verzeih mir, Cosima, ich bin ein bisschen durcheinander, ich habe ja gar nicht zu hoffen gewagt, dass du überhaupt mit mir sprichst … Deshalb wollte ich auch den Anthropologen dabeihaben, der vielleicht eine Linie zwischen dieser Frau und Afrika herstellen kann. Er soll vor allem auch die kulturellen und spirituellen Aspekte der Grabbeigaben studieren, um das Besondere des Fundes zu unterstreichen und noch mehr Aufmerksamkeit zu generieren. Die ganze Welt muss von der Frau aus dem Eis erfahren und die Umgebung, in der sie gelebt hat, schützen wollen.«

Cosima erinnerte sich vage an einen jungen Mann, der Laurent einmal in dem Büro besucht hatte, das sie sich teilten. Gut aussehend, aber ängstlich und schweigsam, mit trübem Blick, so grau und öde wie sein Businessanzug ...

»Gut ... okay, aber das geht mir jetzt etwas zu schnell. Nach allem, was passiert ist, wirst du bestimmt verstehen, dass ich ein bisschen Zeit brauche.«

»Ist klar, natürlich, Cosima. Aber wir dürfen nicht zu lange warten ...«

»Ich nehme mir die Zeit, die ich brauche, basta«, fiel sie ihm ins Wort. »Du kannst mir ja schon mal das Flugticket zukommen lassen und die Gebühren für ein Expressvisum für die Russische Föderation, und ich werde sehen, ob ich mich mit dem Ganzen anfreunden kann. Tschüss!«

Damit legte sie auf. Laurent seufzte erleichtert – immerhin hatte sie ihm zugehört. Die Diskussion war bei Weitem weniger scharf gewesen, als er befürchtet hatte, aber ihre Kälte hatte ihn doch gekränkt. Er liebte sie immer noch.

Trotz des ermutigenden Gesprächs ein wenig betrübt, atmete er lange aus und rief dann Silvère Mabanza an.

Num zog sein Ledergewand zurecht und ließ sich von dem sanften Südwind liebkosen, der die Wolken verjagte. Mit der leisen Brise flog die Stimme der Afrikanerin der Arktis heran; sie erzählte die Geschichte der Verbindung zwischen ihrem Volk und dem Norden, erzählte von der ewigen Suche nach Harmonie mit dem Raum, der sie aufnahm, vom Respekt vor der ewigen Wiederkehr der Jahreszeiten und den unwandelbaren Bahnen des Mondes und der Sonne, erzählte, wie sie dem Zug der Herden folgten und nie versuchten, den Rhythmus zu ändern. Auch er, Num, solle diese Erfahrung machen, indem er sich hingebe und mit seiner Umgebung verschmelze. Num schloss die Augen, konzentrierte seine gesamte Energie auf seinen Geist und glitt langsam aus sich heraus: Auf dem Weg eines schwankenden Gleichgewichts bewegte er sich aus seinem Körper hinaus ins Grenzenlose. Bald befand er sich in vollkommener Osmose mit der Natur, in die er sich so unauffällig einfügte wie ein Stein oder eine Pflanze. Seine fleischliche Hülle überließ er der Welt, während seine Seele ruhig in die Atmosphäre entschwebte, über die Gipfel der höchsten Gebirge, über Meere und Ozeane, entlang gewundener Wasseradern, über die Kontinente, den Äquator überquerte, dann dem wilden Lauf des Kongo-Flusses folgte, bis sie sich schließlich mit Silvères Herz verband.

Silvère, der von Geburt an das gemäßigte Klima des Rhône-Tals gewohnt war, kämpfte, er litt unter der stickigen Tropenhitze auf seinem Weg zum mythischen M'banza Kongo, dem alten Königssitz, der heiligen Hauptstadt der Bakongo, die heute im Norden Angolas liegt. Die Schwüle lastete fremd und unangenehm wie eine schwere Bürde auf seinen Schultern, als hätte ein feuchtes Glosen der Atmosphäre allen Sauerstoff entzogen, er fühlte sich bedrückt, es war entsetzlich. Dabei hatte er in diese Pilgerreise große Hoffnungen gesetzt, sie sollte Ordnung in seine wilden Fantasien bringen, vielleicht sogar so etwas wie Erleuchtung, und ihn aus seiner Seelenpein erlösen. Dass der Bus, mit dem er morgens in Luanda losgefahren war, wenigstens über eine rudimentäre Klimatisierung verfügte, erleichterte seinen Leidensweg ein wenig.

Silvère hatte die Anrufe seines Vaters und Laurent Jouberts weggedrückt und dann sein Telefon ausgeschaltet. Fast hätte er es sogar weggeworfen, aber in letzter Sekunde hatte er sich anders entschieden und es ganz unten im Rucksack verstaut. Frieden. Er brauchte absolute Ruhe und Leere. Sein Kopf war so schwer, dass er sich äußerst verletzlich fühlte und unfähig zum Umgang mit Menschen. Er wäre am liebsten allein auf der Welt gewesen, um klarer zu sehen, Luft zu holen, sich auszuklinken, der Welt abhandenzukommen. Er dürstete nach Antworten auf seine Fragen. Diese Reise sollte eine Rückkehr zu den Quellen seines Seins darstellen. Fast war er dankbar, dass seine Arbeit als Versicherungsvertreter ihn so krank gemacht hatte. Denn so war er zu der Einsicht gelangt, wie dringend er diese Reise nach Afrika brauchte, wie wichtig sie für sein inneres Gleichgewicht war – eine schmerzgeborene Bewusstwerdung, die ihm erlaubte, sein Leben wieder mit seiner Basis zu verbinden. Beim Eintauchen in die magischen Welten, von denen seine Mutter erzählt hatte, lernte Silvère, die quälenden Visionen und wirren Worte, die sich in seine Gedanken mischten, als Erwachen zu einer neuen Klarheit zu begreifen, als Annäherung an die Sphäre des Unsichtbaren, die geheimnisvolle Kehrseite der Welt.

Die unbequemen Sitze im Bus und das Gerüttel auf holprigen Straßen trugen nicht gerade zu Silvères Wohlbefinden bei. Zur Ablenkung blickte er aus dem Fenster und sah zur Linken den Yachthafen von Luanda mit vielen hübschen Segelschiffen, einen Wald von Masten und bunten Rümpfen, der im Sonnenlicht leuchtete. Das erinnerte ihn an die Bucht von Nizza oder den Golf von Biskaya, die er früher, als er noch viel Geld verdiente, besucht hatte. Dann fuhr der Bus durch schmutzige Elendsviertel an der Peripherie der angolanischen Hauptstadt. Rechts zog sich ein schier endloser Slum mit Kindern in Lumpen und Wegen aus Lehm oder Sand an der Straße entlang – die Kehrseite der Konsumgesellschaft. Er konnte die Augen nicht abwenden von diesem trostlosen Anblick, einer kilometerlangen Aneinanderreihung von ineinander verschachtelten behelfsmäßigen Blechhütten, Behausungen aus einer anderen Zeit, begrenzt von Gossen voller Abfälle. Hier lebten Kinder, Frauen und Männer barfuß im schmutzigen Staub einer riesigen Müllhalde. Es gab ja genug Geld für alle, das aber – so viel wusste Silvère, weil er selbst davon profitiert hatte – nur ein paar wenigen nutzte, deren Wohlstand auf der Armut der meisten beruhte. Aus diesem skrupellosen System, das so viel Leid und Ungerechtigkeit schuf, ausgestiegen zu sein, empfand er als Erleichterung. Dadurch war die Harmonie zwischen seinen Idealen und seinem Tun wiederhergestellt.

Der voll besetzte Bus keuchte unter der bleiernen Sonne, zuckelte aber unbeirrt durchs Land, im Hintergrund dröhnte Hip-Hop aus Boxen von mäßiger Qualität, Babys plärrten, Mitreisende versuchten verzweifelt, das alles am Handy zu überschreien – eine spontane Kakofonie, die Silvère fast ein wenig erheiterte.

Die Fahrt ging nun durch eine trockene, von Menschenhand zerrissene Landschaft: Die verletzte Erde litt, durchlöchert von monströsen Steinbrüchen für eine Riesenbaustelle, aus der einmal eine sechsspurige Autobahn entstehen sollte. Silvère erkannte darin die trostlose Grimasse des auf Kosten einer gleichgeschalteten Natur durchgesetzten Fortschritts. Etwas weiter vorn patrouillierten magere Hündinnen mit hängenden Zitzen und Zungen auf Futtersuche um ein paar vereinzelte Ziegelhäuser. Glücklicherweise kam danach bald ein Schild »M'banza Kongo 379 km«, das wie Balsam auf Silvères wundes Herz wirkte. Er schlief ein, besänftigt vom Bild eines Ozeans unter einer grellroten Sonne, auf dem riesige Eisblöcke trieben.

Die Kilometer zogen vorbei, der Bus brummte, Silvère kämpfte gegen den Schlaf – er fürchtete einen Kontrollverlust, wenn er den Körper sich selbst überließ; doch irgendwann entspannte er sich. Er schlief lange, begleitet von wilden Träumen mit dunkelhäutigen Frauen, Kindern und Männern, die halb erfroren und von Blizzards gezaust über weite arktische Ebenen irrten, auf welligen Wegen die Orientierung verloren oder zwischen Schneeverwehungen an den Ufern eines gefrorenen Flusses feststeckten. Gewaltige Stürme brachen Stücke aus den Hügeln, manche fielen in sich zusammen, andere entstanden woanders neu. Von den Elementen getrieben, stolperten, rutschten, taumelten die

Gestalten durch die Landschaft und kämpften sich unter großen Anstrengungen über eine bewaldete Ebene, die unter einem makellos weißen Mantel dalag.

Als die anderen Passagiere ausstiegen, schreckte Silvère hoch. In seinem Hirn tobte das Chaos, sein Herz schlug zum Zerspringen, er versuchte zu begreifen, wo er sich befand und was gerade passierte, er fürchtete einen neuerlichen Ausbruch des Wahnsinns. Doch er beruhigte sich schnell wieder, da ihm klar wurde, dass der Fahrer nach den vielen Stunden auf der Straße nur kurz angehalten hatte, damit sich die Passagiere erleichtern konnten.

Inzwischen war das Wetter umgeschlagen. Hinter einem Vorhang aus Regen verschwamm die Landschaft, durch die sie fuhren, ein dichter, von menschlichen Eingriffen bisher verschonter Wald. Irgendwann hielt der Busfahrer am Straßenrand, Polizisten stiegen ein, um die Ausweise zu kontrollieren – die üblichen Formalitäten vor dem Einlass in die Provinz Zaire. Endlich war Silvère im Land seiner Ahnen angelangt: ein Labyrinth üppig begrünter Täler über undurchdringlichem Unterholz. Jetzt, da er sich seinem Ziel näherte, war ihm ganz feierlich zumute. Nach einer Stunde hörte der Regen auf, und mit klopfendem Herzen erblickte Silvère in der Ebene die historische Hauptstadt M'banza Kongo, überwölbt von einem Regenbogen auf dem höchsten Hügelkamm.

In den Vorstädten bremsten Schlaglöcher den Bus, der sich mühsam einen Weg durch das Verkehrschaos zu bahnen versuchte, aber in einem riesigen Stau stecken blieb. Eine schwere Prüfung für Silvère, der sehnsüchtig darauf wartete, endlich den Ort zu erreichen, der ihm, wie er hoffte, sein Selbst enthüllen würde.

Am Busbahnhof angekommen, unternahm Silvère die ersten Schritte in die mythische Stadt. Auf der Suche nach einem schattigen Plätzchen und einem Hotelzimmer ging er unter einer glühenden Sonne, die ihm die Sicht verschleierte, durch die Straßen, beseelt von der Idee, da oder dort etwas Unerhörtes, Außergewöhnliches zu entdecken. Auf den Terrassen der Cafés und Bars im Stadtzentrum herrschte an diesem späten Nachmittag ein fröhliches Durcheinander aus rhythmischer Musik, Gelächter und Gesprächsfetzen. Nichts sprach ihn an. M'banza Kongo ähnelte vielen anderen Städten, die er gesehen hatte: Armut, bunte Girlanden aus Plastiktüten und Müll auf dem Boden, beschädigte Bürgersteige und Straßen. Er musste über mehrere versehrte Bettler steigen, die direkt auf dem heißen Asphalt lagen. Andere, Unversehrte, schlängelten sich in Lumpen durch den widerwärtigen Gestank aus den Auspuffrohren großzylindriger Luxuskarossen und baten die Autofahrer mit ausgestreckter Hand um Almosen. Silvère hielt sich die Nase zu, um sich vor den unerträglichen Ausdünstungen des Mülls, der sich an jeder Straßenecke sammelte, zu schützen. Nirgends ein Baum, der die Luft mit süßen Düften geschwängert hätte, und die Tierwelt beschränkte sich auf Arten, die sich von Abfall ernährten … Hier, an diesem tristen, banalen Ort, sollte er den Schlüssel zu seinen existenziellen Fragen finden? Das kam ihm eher zum Fürchten vor. Silvère war erschöpft und seine Moral auf dem Tiefpunkt, als er ein Hotel nahe den wichtigsten historischen Sehenswürdigkeiten betrat.

Er grüßte die Rezeptionistin, die ihn ignorierte, weil eine Fernsehserie ihre ganze Aufmerksamkeit in Anspruch nahm, schließlich bequemte sie sich doch, ihm einen Schlüssel zu geben, ratterte aber die nötigen Formalien derart missmutig herunter, dass der ohnehin angeschlagene junge Mann noch deprimierter wurde. Im stickigen Zimmer legte er sich angezogen aufs Bett und starrte an die Decke. Er fühlte sich so eingesperrt und einsam, dass bittere Tränen aus seinen Augen quollen. Der ganze lange Weg für nichts und wieder nichts! So lag er eine ganze Weile reglos auf dem Rücken und kämpfte gegen das Wiedererwachen seiner unerträglichen Ängste. Umsonst versuchte er, seinen Pulsschlag zu verlangsamen, seine Stirn glühte fiebrig, und das Blut pochte in seinen Schläfen. Bloß nicht schwach werden, sich konzentrieren, durchhalten! Ihm wurde immer heißer, er bekam kaum noch Luft. Schließlich erhob er sich mühsam, mit steifen Gliedern, und flehte sein Gehirn kurz vor der Implosion an, ihn nicht dem Wahnsinn auszuliefern. Er schaffte es, sich aus dem Fenster zu beugen, um endlich atmen zu können. Doch die Erleichterung blieb aus. Ekelhafter Gestank wehte herein, ein Hupkonzert marterte seine Trommelfelle und erhöhte das Chaos in seinem Kopf. Schnell weg hier! Mechanisch zog er sich die Schuhe an, rannte hinaus auf die Straße und hielt sich die Ohren zu vor diesem Lärmen, das in seine Gedanken drängte und sinnlose Wörter einsickern ließ. Das schweißnasse Hemd klebte an seiner Haut, er fühlte sich beengt, wie gefesselt, und unterdrückte einen Schrei.

Dann war es Nacht, und Silvère tappte immer noch mit unsicheren Schritten durch die Stadt, den Blick ins Leere gerichtet, wie eine Marionette oder ein Schlafwandler. Obwohl er kaum mehr Herr seiner Sinne war, gelang es ihm, zwischen all den Fahrrädern, Autos und Mopedtaxis hindurch die andere Straßenseite zu erreichen. Ein mysteriöses Etwas schien ihm seine Bewegungen zu diktieren. Es lenkte ihn zum Friedhof der Kongo-Könige, wo sich auch die Ruinen einer im 16. Jahrhundert von Bakongo und Portugiesen gemeinsam errichteten Kirche befanden. Silvère kletterte über die Mauer, ein Schwindel erfasste ihn, er wankte, als er den verfallenen Torbogen aus braunen Steinen durchschritt, und musste sich an der Stele außerhalb des alten Altarraums festhalten. Der in den Stein gravierte Text erinnerte die Besucher daran, dass genau an dieser Stelle die Überreste einer Kongo-Königin aus dem 13. Jahrhundert entdeckt worden waren, geschmückt mit goldenen Armreifen, einem prächtigen Halsschmuck aus Perlen und Silber und einem Zepter aus fein geschnitztem Elfenbein, das an ihrem Schenkel ruhte. Erschöpft legte Silvère sich auf den Boden, dort, wo über Jahrhunderte christliche Messen gelesen worden waren und immer noch Gesänge zum Lobe Christi erschallten, dort, wo in früheren Zeiten die Bakongo, die in allem, was auf der Welt existiert, schlummernde Geister verehrten, schließlich auch die verehrungswürdigste ihrer Königinnen bestatteten. Dieser Ort war von einer tiefen Spiritualität durchdrungen; die verschiedensten Gebete hatten sich hier im Gedächtnis der Zeit zu einem einzigen Chor vereint, um Zugang zu finden zu den Rätseln der unsichtbaren Welt.

Als Silvère mit ausgebreiteten Armen auf der Erde lag, sprach deutlich eine Stimme aus dem Grab, wo die Königin seit Jahrhunderten in einem Grabtuch aus geflochtenem Raffiabast ruhte. Tröstliche Worte, die in seiner Seele widerhallten und einen hellen, weichen Schleier auf seine Qualen legten. Die Vision, die ihn seit vielen Tagen verfolgte, nahm allmählich Gestalt an: Unter dem Gewitterhimmel der Tundra sah er einen alten Mann in einem langen Fellmantel auf ein Zelt in Form eines Tipis zustapfen. Und diese Landschaft auf der gegenüberliegenden Seite der Erde kam ihm merkwürdig vertraut vor.

Luft, Wasser und Feuer hätten noch nie Hindernisse dargestellt, lauschte er der Stimme aus dem Jenseits ab; die Erde heiße alle ohne Unterschied willkommen und gehöre niemandem, so gern Menschen sich auch in der Illusion wiegten, sie zu besitzen, und sie untereinander aufteilen wollten. Er aber solle in jeder Frau eine Schwester und in jedem Mann einen Bruder erblicken, auch im hohen Norden jenseits des Polarkreises. Eines Tages würde er im Packeis, im kalten Wind über den Ebenen, in den Bächen an den verschneiten Hängen und den Tälern, in denen Rentiere weideten, dieselben Kräfte des Lebens erkennen, die auch in seiner eigenen Brust pochten. Dann wäre es an ihm, sie in Ehren zu halten und mit der aufrichtigsten, zärtlichsten Aufmerksamkeit zu hegen und zu pflegen.

Als Jelena die Tür öffnete, war Mischa offensichtlich so verstört, dass er sie kaum wahrnahm. Sie trat zur Seite, um ihn vorbeizulassen, und folgte ihm durch den lang gezogenen Flur ins Wohnzimmer.

»Komm rein, Mischa Malewitsch, mein Freund! Und sag mir, was so Schlimmes passiert ist, dass du den langen Weg aus der Tundra bis hierher auf dich genommen hast!«

Sergej musste jedes Mal über Mischas Vatersnamen lachen, diese komische Mischung aus dem Wort *mal*, das in der Sprache der Nenzen »Ende« bedeutet, mit dem russischen Suffix dran. Diesen Wilden, dachte er bei sich, konnte man ja alles Mögliche vorschreiben, aber sie in die russische Gesellschaft zu integrieren war einfach nicht möglich. Dabei machte er die ganze Zeit ein undurchdringliches Gesicht und schaffte es endlich, das weiße Hemd in die schwarze Hose zu stopfen.

»Tag, Chef«, begann Mischa. »Wir haben ein Problem!«

Sergej kannte seinen Handlanger gut genug, dass er ihm sofort ansah, wenn etwas nicht stimmte. Der Schrecken stand Mischa ins Gesicht geschrieben. Sergejs Blick wurde düster, er setzte sich und bot Mischa einen Platz an.

»Mein Onkel, der Schamane, Chef«, fuhr Mischa fort, »der hat ein Grab mit einer uralten afrikanischen Königin drin gefunden, direkt dort, wo wir die Baustelle einrichten wollen. Das kann uns noch ganz schön in Schwierigkeiten bringen.«

Was war das wieder für ein ungereimtes Zeug, dachte Sergej genervt, es war doch immer dasselbe mit diesen Eingeborenen, die in ihrem Aberglauben wirklich jedes Märchen für wahr hielten. Aber Vorsicht ist ja die Mutter der Porzellankiste, also nahm er erst einmal einen langen Zug aus seiner Zigarre und versuchte, Mischas wirre Worte in einen Zusammenhang zu bringen. Auf welche Weise, fragte er sich, könnte Mischas Onkel, den er für einen obdachlosen Außenseiter hielt, mithilfe von Fossilienfunden seine Pläne durchkreuzen? Sergej war ein gewiefter Geschäftsmann, und sein Instinkt riet ihm zu gesteigerter Aufmerksamkeit, um bloß kein noch so winziges Detail zu übersehen. So was konnte sich manchmal zu unüberwindlichen Hindernissen auswachsen, die das ganze Gebäude zum Einsturz brachten. Er überlegte kurz. Einmal angenommen, die Information erwiese sich als vertrauenswürdig, dann könnte die Assoziation der indigenen kleinen Völker des Nordens, Sibiriens und des Fernen Ostens oder irgendwelche anderen Aktivisten die Entdeckung für sich reklamieren, deren außergewöhnlichen Charakter herausstreichen und Mittel und Wege finden, sie der Kultur ihrer Ahnen zuzuschlagen … Sergej schätzte das Gasvorkommen für groß und lukrativ genug ein, dass am Ende der Staat sein ganzes Gewicht zugunsten der Ausbeutung in die Waagschale werfen würde, falls es zum Streit und dieser womöglich vor Gericht käme. Nur war die Justiz des Landes dermaßen überfordert von der schieren Zahl laufender Verfahren, dass sie sich an Langsamkeit ständig selbst übertraf. Was dazu führen könnte, dass der kleinste Konflikt Zeit kostete, die er nicht hatte, jede Verzögerung der Bauarbeiten bedeutete eine kleine Katastrophe. Er brauchte maximale Sicherheit, er musste garantieren, dass kein Einspruch vor Gericht erhoben würde, schon gar nicht in den wenigen Tagen vor dem ersten Spatenstich.

Er strich sich über den Bart, erwog verschiedene Entwicklungen und erkannte eine weitere mögliche Bedrohung seiner Pläne: die Gefahr, dass sich die Neuigkeit verbreitete, vor allem in den sozialen Netzwerken. So kurz vor dem Ziel musste er also gewärtigen, dass es ihm die Feierlichkeiten verhageln könnte, dass er vor den Investoren, Partnern und institutionellen Unterstützern das Gesicht verlor und vor seinen Kontakten in den Kreisen der Macht dumm dastand. Er erinnerte sich nur zu gut daran, was für Kontroversen über die möglichen Folgen der Gasförderung im Osten der Jamal-Halbinsel die Ökos, vor allem die aus dem Westen, vom Zaun gebrochen hatten. Gefährliche Spinner, denen nicht über den Weg zu trauen war. Via Internet hatten sie den an der Ausbeutung der Gasfelder beteiligten Firmen die Verantwortung für die unterirdischen Explosionen zugeschoben, die tiefe Krater und Gräben aufrissen, wohingegen die offiziellen Stimmen das Phänomen als Resultat der natürlichen geologischen Instabilität der Region bezeichneten. Doch das Gerücht hatte genügt, die Industriellen in Verruf zu bringen und den Großteil ihrer Bemühungen zunichtezumachen. Sergej suchte also nach einem Erfolg versprechenden Weg, eine Auseinandersetzung mit diesen Leuten zu umgehen, die einfach nicht wahrhaben wollten, dass Fortschritt nicht ohne den Verbrauch natürlicher Ressourcen auskam. Darüber gab es für ihn keine Diskussion, schließlich war er mit der sowjetischen Propaganda groß geworden, die seit je einen Kampf gegen Obskurantismus und Rückständigkeit geführt hatte, um das Land in die Moderne zu führen, wenn nötig auch im Gewaltmarsch.

Sergej begann Mischas Befürchtungen zu teilen. Er runzelte die Stirn und fragte mit tonloser Stimme: »Wie schaut das Grab denn aus?«

Peinlich berührt, zuckte Mischa mit den Schultern.

»Ich hab's nicht gesehen, Chef«, gab er zu. »Und ich glaub auch nicht, dass mein Onkel es mir zeigen würde, der bewacht die Frau da drin stundenlang. Man könnte es aber finden, wenn man ihm nachspioniert. Wir müssen uns beeilen, Chef, er hat seinem französischen Freund Bescheid gesagt, einem Professor an der Universität, und ich fürchte, dass der kommen wird, vielleicht ist er sogar schon unterwegs.«

Sergej fragte sich, was ein Mann, der einigermaßen bei Sinnen war, an der Gesellschaft einer Tausende Jahre alten Frau finden konnte. Unvorstellbar für ihn, der mittlerweile auch von Jelena mit ihren gerade mal fünfundzwanzig die Schnauze voll hatte – er dachte darüber nach, sie zu ersetzen. Den Schamanen stellte er sich als einen perversen Irren vor, den die Bolschewiken zu ihrer Zeit ohne viel Aufhebens exekutiert hätten – Peng! und Ruhe im Karton. Abschließend bilanzierte er, dass die ganze Angelegenheit zu viele problematische Aspekte aufwies, um sie aus der Ferne zu erledigen. Wenn sich jetzt auch noch Ausländer einmischten, würde es vollends unübersichtlich. Bis zu diesem Punkt hatte er die Operation minutiös vorbereitet ... und auch ab jetzt würde nicht die kleinste Einzelheit seiner Aufmerksamkeit entgehen, keine einzige, wie er sich wiederholt versicherte.

»Du hattest recht, so schnell herzukommen, Mischa. Ich brauche Zeit zum Nachdenken und werde im Garten Luft schnappen. Trink etwas und amüsiere dich ein bisschen, das hast du dir redlich verdient. Jelena, du kümmerst dich um meinen Gast!«

Sergej schlüpfte in Schuhe und Mantel, zwinkerte Mischa zu, tätschelte ihm die Wange und ging hinaus auf die Terrasse. Mischa bedankte sich, schnappte sich eine Wodkaflasche und goss sich erst einmal ein großes Glas ein. Das Blut wich aus Jelenas Gesicht, das ohnehin schon blasser war als sonst. Tränen stiegen ihr in die Augen. Mischa trank sein Glas auf ex, wischte sich mit dem Ärmel den Mund ab und betrachtete den imposanten gebogenen Bildschirm, dessen elegantes, hochmodernes Design ihn faszinierte. Schließlich drehte er sich zu Jelena um. Sie näherte sich, furchtsam, mit geröteten Augen, deutete ein aufreizendes Lächeln an, ließ ihr seidenes Negligé zu Boden gleiten und legte ihre Arme um ihn. Sie wollte etwas sagen, aber er schüttelte den Kopf und nahm sie um die Taille. Als die großen, schwieligen Hände ihre nackte Haut berührten, zuckte Jelena zusammen. Sie zitterte. Er lächelte sie an. Schließlich drehte er sie ohne Anstrengung um, bückte sich, hob das Negligé vom Boden auf und warf es ihr über die Schultern. Mit ungläubigem Blick wandte sie ihm wieder ihr Gesicht zu. Er drückte ihr sanft den Zeigefinger auf die Lippen und deutete dann mit dem Kinn zum Sofa. Sie gehorchte, setzte sich und senkte den Kopf. Mischa blieb vor dem Panoramafenster stehen, zündete sich eine Zigarette an und ignorierte sie einfach.

Draußen pumpte Sergej seine Lunge erst einmal mit der frischen, feuchten Luft voll. Drei Pitbulls mit grauem Fell rannten ihm entgegen und tobten freudig um ihn herum. Er umarmte sie, streichelte sie und kraulte sie liebevoll am Bauch, bevor er sie an einem in der Mauer eingelassenen Metallring festmachte. Die Hunde bellten und wanden sich ungeduldig. Während er eine Fernbedienung aus dem

Schuppen holte, fiel Sergej ein, dass diese Frau doch von irgendwem da oben in Sibirien begraben worden sein musste. Die Sache wurde immer vertrackter. Womöglich tauchten also noch weitere Afrikaner aus dem Permafrostboden auf, ja, warum nicht gleich ganze Stämme, ein riesiges Gräberfeld mit aufsehenerregenden Relikten, die groß angelegte Grabungen nach sich ziehen würden?

Sergej schluckte, verzog das Gesicht und fuhr sich mit der Hand über den Nacken. Dann wandte er sich wieder seinen Hunden zu, löste die Leinen von dem Ring, hielt sie aber fest in einer Hand. Mit der anderen öffnete er ein Katzengehege. Ein kleines, weiß getigertes Kätzchen setzte furchtsam eine Pfote nach draußen. Erschreckt vom Geheul der mordlüsternen Kampfhunde, rannte es plötzlich los. Sergej ließ Castro, Stalin und Mao von der Leine. Mit gespannten Muskeln hetzten sie der panisch fliehenden Beute hinterher. Oft, sagte Sergej zu sich selbst, gewinnt gar nicht der Beste, sondern der Brutalste die Schlacht. Nach etwa fünfzig Metern schnappte der schnellste Verfolger zu, schloss seine Kiefer um das kleine Tier und brach ihm das Rückgrat, worauf es mit einer schrillen Klage verschied. Eine belebende Mischung aus Faszination und Abscheu löste einen Adrenalinschub in Sergejs Körper aus, der wie ein elektrischer Schlag durch sein Rückenmark peitschte. Die makabre Trophäe im Maul, stürmte der Sieger zu seinem Herrchen zurück und rieb die Flanke an dessen Beinen. Sergej erwiderte die Liebkosung. Die Entscheidung war gefallen: Angesichts der ungeheuren Einsätze, die auf dem Spiel standen und für die er die Verantwortung trug, musste er die Probleme vor Ort persönlich regeln, ohne viel Wind zu machen. Die Zeit drängte, nichts durfte dazwischenkommen, es durften keine

Zweifel an seiner Fähigkeit aufkommen, Herr des Verfahrens zu bleiben. Er würde es wie gewohnt angehen, mit kühlem Kopf und harter Hand, den Grundlagen seiner zuverlässigen Erfolge. Mit zusammengepressten Lippen kehrte er ins Wohnzimmer zurück.

Mischa stand aufrecht, fast stramm, vor dem Fenster. Sergej schaute kurz zu Jelena, dann warf er seinem Handlanger einen fragenden Blick zu. Als er nickte, tätschelte Sergej ihm väterlich den Bauch, bevor er sich Jelena zuwandte, die verängstigt auf dem Sofa saß, die gefalteten Hände zwischen den Schenkeln, und ins Leere starrte.

»Hopp, hopp, mach dich vom Acker, Jelena, ich will dich hier nicht mehr sehen. Wir haben was zu erledigen. Los, Mischa Malewitsch, ich rufe den Piloten an, dass er den Flieger startklar macht.«

Jelena zuckte zusammen, sprang auf und ergriff die Flucht. Sergej haute Mischa derb in den Rücken.

»So, Kamerad, ich bestelle uns jetzt mal was Ordentliches zu essen. Das dauert nicht lang, du wirst sehen. Und morgen Nachmittag fliegen wir los und kümmern uns um dieses Uraltgrab, das meiner Baustelle im Weg ist!«

Die Afrikanerin der Arktis in ihrem Leichentuch aus Schlamm und Eis sprach Num Mut zu. Der Schamane machte sich Sorgen, ob er es geschafft hatte, Laurent Joubert zu überzeugen, ob die Unterstützung des französischen Wissenschaftlers ausreichen würde, die Zerstörung dieses Lebensraums zu verhindern, und ob er rechtzeitig käme. Dank ihrer Gabe, die Seelen der Menschen zu lesen, konnte sie den alten Mann beruhigen. Er möge nur leichten Herzens nach Hause gehen! Was auch geschehe, die Natur handle in sehr langen Zeiträumen und würde am Ende triumphieren, die anmaßenden Menschen, die sich in der Illusion wiegten, sie zu besitzen, oder geblendet seien von dem Willen, sie sich untertan zu machen, liefen in ihr Verderben. Die allmächtige Natur mit ihrem herrlichen Chaos und ihren unbegreiflichen Gesetzen würde recht behalten. Er wisse doch selbst, dass für die Völker des Nordens die Erde seit unvordenklichen Zeiten weiblich war; nur sie als Nährerin und Beschützerin könne den allem Seienden innewohnenden Geist gebären, beseelen und bewahren. Nur sie könne das Mosaik des Lebendigen zu jenem einzigartigen Bild anordnen, in dem jedes Teilchen, so unwichtig es auch erscheine, seinen Platz und seine Daseinsberechtigung habe. Und auch wenn die Menschen oft dazu neigten, es zu vergessen, seien sie mit ihren kleinen oder großen Schöpfungen, ihrer Technik, ja, der Gesamtheit ihres Handelns nur dessen feiner, dünner

Rand, lachhaft und unbedeutend. Laurent würde nicht nur seine Bitte erhören, sondern zudem eine Frau aus dem Reich der aufgehenden Sonne mitbringen, die das Erwachen des Lichts über der Welt in sich trage, und einen Sohn Afrikas, durchdrungen vom Wissen der Ahnen um die Anfänge der Menschheit.

Beruhigt machte sich der alte Mann auf den Weg zu seinem Zelt, er nahm die Kraft der sommerlichen Landschaft in sich auf und erinnerte sich, wie er sich als Kind jedes Jahr auf die Wiederkehr der schönen Tage gefreut hatte. Die durch Schnee und Eis unpassierbar gewordenen Wege wurden durch die Schmelze wieder frei, und aus allen Himmelsrichtungen strömten die in der Tundra verstreuten Clans der Nenzen zusammen, um das Rentier zu feiern, den tierischen Freund, das befreundete Tier, den treuen Gefährten von alters her. Sie tauschten sich über die Unbilden der Wintermonate aus, erzählten einander Geschichten von der Jagd, berichteten von Gestorbenen und Neugeborenen, unterhielten sich über die kommenden Wanderungen. Das war ein fröhliches Wiederfinden, um die Rückkehr der Sonne zu feiern, zwei Tage teilten sie miteinander, um zu spielen, sich in Rentierrennen oder Ringkampfturnieren freundschaftlich zu messen. Es war die einzige Zeit im Jahr, in der Jungen und Mädchen, die sonst im Internat waren, ihre Familien wiedersahen. Unter dem russischen Vornamen, den sie in der Schule bekommen hatten, eigneten sie sich modernes Wissen an und träumten davon, durch die Welt zu reisen und deren Wunder zu entdecken. Einer von ihnen war Num gewesen, mit dem russischen Namen Aljoscha, ein wissbegieriger Junge, empfänglich für die Propaganda, die ihn als

Bürger der UdSSR ansprach, der mit demselben Recht wie alle anderen Eigner des riesigen Landes sei. Er fieberte den Zeiten entgegen, in denen er fremden Boden betreten und die Luft der großen Städte schnuppern würde, deren Sitten und Gebräuche erkunden, lernen, sich emanzipieren könnte. Er glaubte felsenfest an die Verheißung des Sowjetstaats, alle Völker glücklich zu machen, auch die im Norden Sibiriens.

Schon als er ganz klein war, hatten seine Eltern in ihm jene außergewöhnliche Begabung erkannt, über die nur jene verfügen, die eines Tages Schamanen werden: eine besondere Sensibilität, gekoppelt mit einer seltenen Schärfe und großen Lebhaftigkeit des Geistes. Aber jedes Mal, wenn sein Vater ihn fragte, ob er der Tradition folgen und eines Tages seine Herde übernehmen wollte, erwiderte Aljoscha, dass ihn dieses altmodische Zeug nicht interessiere, das bloß den Fortschritt bremste, und dass er eines Tages sesshaft werden wollte, was der zentralisierte Staat empfahl. Mit seinem ungestümen Temperament, aufmüpfig und jeder Mäßigung abhold, hatte er es dann aber vorgezogen, sich in Leningrad zum Hubschrauberpiloten der Roten Armee ausbilden zu lassen.

Als die Eliteeinheit, in der er diente, in Afghanistan einmarschierte, bewies er große Tapferkeit in den Kämpfen um die an die Sowjetunion grenzenden Gebiete, was in offiziellen Verlautbarungen damals als Rettungsmission in einem gefährdeten Bruderland dargestellt wurde. Getragen von seiner Liebe zum Sowjetstaat, dem Feuer und Leichtsinn der Jugend, verbrachte er drei Jahre damit, die zentralasiatischen Gebirge zu überfliegen, verwundete Soldaten zu retten, Bomben zu werfen und die Glückwünsche seiner Kommandanten entgegenzunehmen. Er hatte eine besondere Aura und genoss das Ansehen eines kühnen, mutigen Helden. Was seine Orientierung in der Luft betraf, konnte ihm keiner das Wasser reichen. Seine Kameraden sagten gern, dass er nicht zum Marschieren geboren sei, sondern zum Fliegen, dass sein Platz über den Wolken sei, wo er wie der Wind durch die Atmosphäre gleite. Am Steuer seines Hubschraubers fühlte er sich leicht, schwebend durch eine Wattewelt, in der ihm oft die Augen übergingen von dem vielen Blau und makellosen Weiß. Er mochte es, stundenlang am Himmel zu bleiben, weil er sich für die Zeit des Fluges ein wenig über die Grausamkeiten des Krieges erheben konnte. Er war zum Lieblingspiloten der anderen Soldaten aufgestiegen, weil er ihrer Meinung nach die bemerkenswerte Fähigkeit besaß, feindliche Treffer vorherzusehen und jeden Hinterhalt zu erahnen. Doch auf dem Höhepunkt des Konflikts hatte er den Befehl erhalten, trotz angekündigter Turbulenzen auf seiner Route aufzusteigen, und trotz böser Vorahnungen aus einem Albtraum in der Nacht davor hatte er gehorcht. Nach einer Viertelstunde Flug wurde der Rotor des Helikopters mit voller Wucht von einer Stinger-Boden-Luft-Rakete getroffen.

Drei seiner Kameraden wurden aus dem Hubschrauber geschleudert, noch ehe ihnen ein Schrei über die Lippen kam. Num war so verblüfft, dass er es nicht schaffte, die Maschine, die sich mehrmals um sich selbst drehte, unter Kontrolle zu bringen, bis sie auf dem Boden zerschellte. Er wurde am Bein verletzt und schleppte sich als einziger Überlebender seiner Truppe durch die Affenhitze über Schotterpisten, auf denen sich sein Blut mit dem Staub mischte. Bergbewohner, die ihn fanden und gesund pflegten, retteten ihm das Leben. Arme Leute, die im Krieg gelitten hatten, doch in dem Mann aus dem hohen Norden mit seiner dunklen Haut, den hohen Wangenknochen und schrägen Augen, der überhaupt nicht wie ein Russe aussah, einen Bruder sahen. Ohne zu zögern, teilten sie mit ihm das bisschen, das sie der Erde abrangen. Die Frau, ihr Mann und deren fünf Kinder, sehr fromme Menschen, wachten eine Nacht lang bei ihm, während er in einer fremden Sprache delirierte. Am folgenden Tag mussten sie sich, an Händen und Füßen gefesselt, in die Asche ihrer Feuerstelle knien und wurden nacheinander ohne Prozess vor Nums Augen mit einem Maschinengewehr erschossen. Für den Offizier der Patrouille, die Num befreien sollte, waren sie Terroristen, gefährliche Religionsfanatiker, die den Kampfflieger als Geisel festhielten. Nach diesem Erlebnis mit Sowjetsoldaten, die vermeintlich im Namen des Volkes handelten und keinerlei Gewissensbisse verspürten, bekam sein blindes Vertrauen in die Staatspropaganda erste Risse. Da die Truppe es eilig hatte, zur Basis zurückzukehren, durfte er die Unschuldigen, die ihn beherbergt hatten – eine Familie, die in ihrer Demut und Dankbarkeit für die Gaben der Natur so sehr den Nenzen ähnelte –, nicht einmal würdig begraben. Seitdem fühlte er sich schuldig, ungewollt an diesem schweren Verstoß gegen die elementarsten Regeln der Menschlichkeit beteiligt gewesen zu sein. Er betete jeden Tag für die sieben Seelen, deren Leichen ohne Begräbnis und ohne jede Zeremonie einfach unter freiem Himmel liegen gelassen und später wahrscheinlich von Raubtieren gefressen worden waren.

Nach seiner Rückkehr in die UdSSR lösten sich seine Überzeugungen immer mehr auf. Der festgefahrene Konflikt, die immer zahlreicheren Toten, die Zerstörungen und Übergriffe auf die Zivilbevölkerung überzogen die scheinbar triftigen Gründe für die Feindseligkeiten mit einem Schleier des Misstrauens. Für Num war klar, dass diese ganze Gewalt nur das Elend beidseits der Grenze vermehrte. Der Zusammenbruch des Kommunismus und das allgemeine Chaos im Land brachten neue Leitsätze mit sich: Jeder ist sich selbst der Nächste! Bereichert euch! Die verlogenen alten Slogans von Völkerfreundschaft und Solidarität als ewige Werte wurden ausgemustert. Ratlos und angewidert, kam Num zu dem Ergebnis, dass seine ganze Jugend auf Lug und Trug beruht hatte, und kehrte zurück in den hohen Norden, um seinem Leben einen neuen Sinn zu geben.

Dort wurden gerade riesige Städte und Erzbergwerke aus dem Boden gestampft, Eisenbahnschienen entstellten die Landschaft und zerstückelten die Lebensräume von Rentieren und Nomaden. Von ihren Gewissheiten überzeugt und taub für das althergebrachte Wissen indigener Völker, warfen westliche Experten für Moderne und Fortschritt mit Millionen Rubel um sich, um das wirtschaftliche Potenzial Sibiriens auszubeuten.

Wenn im Frühjahr das Eis schmolz, trat der Müll der Konsumgesellschaft zutage. Rund um die städtischen Zentren sammelten sich tonnenweise Plastiktüten und Hausmüll zwischen den verrosteten Gerippen liegen gelassener Motorfahrzeuge. Num bekam auch die Verzweiflung jener mit, die wie er der Tundra den Rücken gekehrt hatten, um in den Städten sesshaft zu werden. Hunderte gingen dort zugrunde, die Seelen vom Elend zerfressen, unfähig, sich an das Leben in einer Konkurrenzgesellschaft anzupassen, an den gnadenlosen Wirtschaftskrieg aller gegen alle, die um den Zugang zur Arbeit kämpften, um ihren Lebensunterhalt zu verdienen. Viele starben an Fettleibigkeit, bedingt durch eine schlechte, weil billige Ernährung, die Zahl der Selbstmorde erreichte erschreckende Ausmaße, und auch der Alkoholismus dezimierte die Familien.

Num war der Heuchelei und Amoral der wirtschaftlichen Entwicklung müde geworden und beschloss, in die Tundra zurückzugehen, um seine Tage der Bewunderung der Natur zu weihen und sich von ihr inspirieren zu lassen: vom Abflug der Meeresvögel, die auf den Horizont zusegelten, von der Erhabenheit des Arktischen Ozeans mit seinen Eisbergen oder dem Sprung einer Eisbärin mit ihren zwei Jungen ins Wasser, wo sie spielten und planschten. Er wollte fliehen vor den Verheerungen, der Luftverschmutzung und einer Zivilisation, die sich selbst nie infrage stellte. Er hatte sich immer weiter entfernt von der gigantischen Verschwendung, hin zu einsamen Orten, die noch wild und unversehrt waren, an denen der Mensch noch nicht von seiner Umwelt Besitz ergriffen hatte. So war er in den Westen der Jamal-Halbinsel gelangt, wo er sich in einer grandiosen Ebene fern der Städte an einem der letzten Lagerplätze seiner Eltern ein Tschum errichtet hatte, ein traditionelles Zelt, mit dem er den bescheidenen Wunsch verband, so einfach wie möglich zu leben. Er übte, die von den Winden gemurmelten Worte zu deuten und dem Schweigen der Steine zu lauschen, um deren Nachrichten aus unterirdischen Welten zu entschlüsseln. Diese Erfahrung von Grenzenlosigkeit und Fülle drang immer tiefer in sein Wesen ein.

So begann seine Initiation als Schamane: mit einem wachsenden Bewusstsein für die Lehren aus der Vergangenheit, die dabei helfen, die Gegenwart zu verstehen und der Zukunft ins Auge zu sehen. Das stand im Widerspruch zu einer

Gesellschaft, die auf kurzfristige Interessen fixiert war. Num widmete seine Zeit dem Bemühen, in Harmonie mit den unsichtbaren, aber im Universum wirkenden Wesenheiten zu leben, also eine Verbindung zu schaffen zwischen den Mineralien, der Gesamtheit des Lebendigen – Pflanzen, Tieren – und sich selbst. In Erinnerung an das, was sein Vater und seine Großeltern ihm beigebracht hatten, lernte er, die Geheimnisse der Pflanzen zu entziffern, Krankheiten zu lindern, den komplizierten Lauf der Sterne zu lesen, um sich nachts orientieren zu können, sich den Launen des Wetters anzupassen und sich das Wissen um die Kräfte anzueignen, die Seelen und Herzen der Frauen und Männer belebten. Er versuchte, das Gedächtnis seines Volkes zu rekonstruieren und erkannte, dass die Moderne nur für einen ganz kleinen Teil des Menschen Verwendung hatte. Er wurde auf seine Funktionen und praktischen Aufgaben reduziert, es ging nur um Brauchbarkeit und Profit, während das Nachdenken über Gefühle, Empfindungen und die Quellen der Spiritualität vernachlässigt wurden.

Laurent war fast am Ziel. Von Cosima hatte er eine kategorische Abfuhr oder wüste Beschimpfungen erwartet, doch sie hatte sich dem Projekt gegenüber nicht abgeneigt gezeigt. Obwohl ihre Gefühle ihm gegenüber an Verachtung grenzten und die ganze Geschichte hanebüchen klang, hatte sie ihm zugehört und ihm geglaubt. Sein Gefühl sagte ihm, dass Cosima kurz davorstand, sich für die Teilnahme an dem extravaganten Abenteuer zu entscheiden, zu dem er sie eingeladen hatte. Jetzt musste er nur noch sein Image wieder aufpolieren, seinen kühnen Schwung nutzen, sich nicht mehr von Schuldgefühlen zerfressen lassen, Cosima mit der perfekten Organisation der Forschungsreise beeindrucken, diese zu einem guten Ende bringen und mit Cosima gemeinsam den Erfolg feiern.

Laurent widerstand dem Bedürfnis, sich ein Glas einzuschenken. Er ging ans Fenster, machte es weit auf und beugte sich hinaus. Die weibliche Silhouette, die er in den Bergen gesehen hatte, war verschwunden. Er gratulierte sich dazu, wieder bei Sinnen zu sein, seufzte und rief Cosima an. Sie nahm beim ersten Läuten ab.

»Hallo, Geld und Tickets sind angekommen, danke. Ich brauche optimale Bedingungen für die Untersuchung, man darf sich der Fundstelle nur mit äußerster Vorsicht nähern, um die Überreste nicht zu beschädigen oder zu kontaminieren, umso mehr, als dein Freund wahrscheinlich keine

Ahnung von den Regeln hat, wie man korrekt mit so etwas Kostbarem umgeht.«

Mit diesem Befehlston brachte sie ihn ganz aus der Fassung. Leise, fast klagend stammelte Laurent: »Ähm … eigentlich habe ich angerufen, um dich nach deiner Antwort zu fragen. Du bist also dabei?«

»Bin ich«, fiel sie ihm ins Wort. »Können wir jetzt bitte Nägel mit Köpfen machen, Laurent?«

»Du hast recht. Ich werde alles in die Wege leiten, damit Silvère möglichst bald in Moskau zu uns stoßen kann, es wird noch ein bisschen dauern, bis ich die erforderlichen Genehmigungen beisammen habe …«

»Ich kümmere mich erst mal um das Visum. Morgen schicke ich dir eine genaue Aufstellung des Materials, das ich für meine Arbeit brauche.«

»Danke, dass du mitkommst. Du weißt …«

Doch Cosima hatte schon aufgelegt und feierte ihren Triumph mit einem strahlenden Lächeln. Das war die Revanche für die Kränkung. Die Forschungsreise in den hohen Norden, die er ihr in den schönsten Farben ausgemalt hatte, war also keine Fata Morgana, sie würde live dabei sein. Sie war stolz darauf, den richtigen Ton – schneidend und direkt – und die passenden Worte gefunden zu haben, um dem Mann, dem sie nach wie vor grollte, diesmal ohne Umschweife klarzumachen, dass Versprechen und schöne Worte nicht ausreichten. Und heimlich hoffte sie, dass ihm das Warten auf ihre Entscheidung ein paar schlaflose Nächte bereitet hatte.

Cosima freute sich auf die aufregenden Ereignisse, die bevorstanden. Endlich würde sie aus der Sackgasse herauskommen, endlich ein groß angelegtes Projekt, endlich eine Aufgabe, die ihren Qualifikationen, ihrer Intelligenz, ihrer Ausdauer angemessen war: eine in Sibirien entdeckte prähistorische Afrikanerin! Cosima sah sich schon im intimen Zwiegespräch mit der Geschichte, sehr angetan von der Idee, eine Frau ins Zentrum der Aufmerksamkeit zu rücken. Ein Artikel in einem populärwissenschaftlichen Magazin, in dem es um die Aufgabenverteilung in paläolithischen Menschengruppen ging, hatte sie einst schwer beeindruckt. Die Analyse zahlreicher Skelette hatte ergeben, dass die Frauen jener Zeit über eine stärkere Muskulatur verfügten als Topathletinnen des 21. Jahrhunderts – der Beweis, dass sie sich nicht auf Sorgearbeit beschränkten und sich noch um andere Dinge kümmerten als um Feuer, Kochen, Kinder. Cosima identifizierte sich mit diesen Frauen, bewunderte sie und hoffte, es mit einer dieser machtvollen Persönlichkeiten aus längst vergangenen Zeiten zu tun zu bekommen.

Cosima steckte ihren Pass in die Tasche, setzte den Helm auf, lief die vier Stockwerke hinunter und stieg auf ihr Fahrrad. Endlich ein sonniger Tag in Berlin, zögernd kam der Sommer, und die perfekte Temperatur verlieh Cosima neuen Schwung. Mühelos umkurvte sie die im Stau stehenden Autos, wich kurz über die Bürgersteige aus und bretterte schließlich Richtung Brandenburger Tor mit dem Gefühl, dass keiner von denen, die dort herumstanden, ihre rasante Fahrt auch nur eine Sekunde aus den Augen gelassen hatte. Sie jubilierte, sie war glücklich, die Welt lag ihr zu Füßen. Erst einmal ging sie in die Botschaft der Russischen Föderation Unter den Linden, um einen Eilantrag auf ein Visum zu stellen, dann fuhr sie zum rechtsmedizinischen Institut der Charité, um ihre Abreise anzukündigen und ihren unbezahlten Urlaub noch ein paar Wochen zu verlängern. Auf dem Rückweg, die Wangen gerötet von ihrer Euphorie und dem kalten Wind, der durch die Frankfurter Allee peitschte, fragte sie sich, wie die Dame aus dem Eis, die sie bald kennenlernen dürfte, wohl aussah.

Laurent wurde von plötzlicher Mutlosigkeit geschüttelt wie von einer kalten Dusche, dabei musste er noch mit Silvère telefonieren, der nie zurückrief. Dessen Vater, den er vor Kurzem kontaktiert hatte, wusste auch nicht, wo sich sein unerreichbarer Sohn versteckte. Cosimas Aggressivität hatte ihn mitgenommen. Sie ist so hart zu mir, bemitleidete er sich selbst. Wie begeistert sie anfangs war, als sie sich kennenlernten, wie gebannt sie an seinen Lippen hing und mit blitzenden blaugrauen Augen seinen Vorträgen folgte! Und wie ihm das jetzt fehlte! Damals hatte ihr strahlender Blick seine Erinnerung an vergangene, längst vergessene Gefühle wiederbelebt. Auf einmal war der Frühling in sein Leben zurückgekehrt, ein bisschen plötzlich für einen abgestumpften, eingerosteten Fünfzigjährigen, dessen Herz auf einmal schneller schlug als normal und der sich sogar wieder dabei überraschte zu träumen.

Und jetzt? Ständig lag sie auf der Lauer, um ihn bei einem Fehler zu ertappen, unnachgiebig war sie und voller Misstrauen. Durch ihr Verhalten zwang sie ihn, seine Zunge im Zaum zu halten und jede Handlung, jede Bewegung zu bedenken und zu kontrollieren. Er ertappte sich dabei, sie als ehrgeizige, berechnende Konkurrentin anzusehen. Sie machte ihm Angst. Zwar sprach ihre Entschiedenheit für die Ernsthaftigkeit ihrer künftigen Arbeit, aber ihr Engagement und ihre überschießende Energie machten sie auch zu einer potenziellen Rivalin, die ihn womöglich in den Schatten stellen könnte. Ganz abgesehen von seinen Gefühlen für sie und seiner Freude, sie bald wieder an seiner Seite zu wissen, musste diese Forschungsreise unbedingt zu seinem persönlichen Triumph werden und seiner Karriere einen neuen Schub geben.

In einem Zug schüttete Laurent ein Glas Weißwein in sich hinein, aber obwohl das nicht zur erhofften Entspannung führte, verkniff er sich ein weiteres. Was für ein jämmerlicher Wicht er doch war! Kaum hatte er es geschafft, Cosima zur Teilnahme an der Forschungsreise zu überreden, fürchtete er schon die Bedrohung, die von ihr ausgehen könnte! Warum war er denn nicht einfach froh, sie bald wiederzusehen und sich mit ihr gemeinsam in ein kühnes Projekt jenseits des Polarkreises zu stürzen? Seufzend kehrte er zu seiner Arbeit zurück. Erst einmal musste er sich ums Wesentliche kümmern, die ganze Logistik planen, ein Gesamtbudget erstellen, mit seiner Bankberaterin in Clermont-Ferrand sprechen. Er wollte diese Mission aus eigener Tasche finanzieren – ein Wahnsinn. Wenn er keinen Kredit bekäme, würden sämtliche Ersparnisse dafür draufgehen. Um sich später wieder finanziell zu sanieren, darüber hatte er während seiner schwermütigen Stunden im Gebirge nachgedacht, müsste er dann wohl schlimmstenfalls über seinen vorgezogenen Abschied von der Universität verhandeln.

Der Verdruss in seinem Privatleben hatte ihn daran gehindert, rechtzeitig finanzielle Unterstützung durch die Universität zu beantragen. Und jetzt drängte die Zeit, die Fristen für die Bewilligung von Fördermitteln beliefen sich selbst im dringendsten Fall auf Wochen, wenn nicht Monate. Und mit jedem Tag, der verging, verschwanden unschätzbare Informationen für immer – von Bakterien zerfressen, vom Sauerstoff in der Atmosphäre verändert, von der Sonne verzehrt, vom Winde verweht oder vom Regen weggespült.

Auf dem Weg zu seinem Wagen, den er bei der Kirche geparkt hatte, durchquerte er das noch schlafende Dorf, den Jackenkragen hochgestellt und die Hände in den Taschen. Seit längerer Zeit schon öffneten die wenigen Läden, die sich trotz der Abwanderung aus der Region noch halten konnten, aus Mangel an Kunden erst spät am Tag. Er traf auf einen Nachbarn, der fröhlich und mit verschwenderischem Wasserverbrauch sein Auto wusch, obwohl die Regierung nach dem letzten trockenen Sommer zum Maßhalten aufgerufen hatte. Alle mussten sich einschränken. Laurent erinnerte sich daran, wie er früher gegen den verantwortungslosen, reflexhaften Konsum Einzelner oder ganzer Unternehmen gewettert hatte. Schon im Gymnasium revoltierte er gegen das, was er das Unwissen der einen, die Heuchelei der anderen und die Verblendung aller in Bezug auf ihre zerstörerische Beziehung zur Umwelt nannte. Laurent nahm gern die Gegenposition zum herrschenden Denken ein, er liebte die intellektuelle Pose des Randständigen, fern der doch nur auf Egoismus und Nachahmung beruhenden allgemeinen Meinung. Doch die Jahre vergingen, und die Enttäuschungen lasteten immer schwerer auf seinen schwachen Schultern. Mit der Zeit hörte er auf, gegen das von ihm so genannte »Simulacrum der Liebe zur Natur« zu Felde zu ziehen, die verbreitete Haltung also, die Natur nicht als geheimnisvoll und wild anzusehen und den ihr innewohnenden belebenden Zauber ebenso zu respektieren wie ihre zerstörerischen Seiten, sondern ihr willkürlich und rücksichtslos die eigenen Gesetze aufzuzwingen und sie den eigenen Ansprüchen dienlich zu machen. Was etwa zur Verschandelung der Berge mit Lichtmasten und Schleppliften an dicken Metallkabeln führte, nur damit die Touristen auch nach Einbruch der Dunkelheit die Hänge rauf- und runterfahren konnten … Und wozu das alles? Damit die Gutverdiener nach dem Skiurlaub braun gebrannt an ihren Arbeitsplatz zurückkehren und vor ihren Kollegen angeben konnten. Der Empörung folgte die Ernüchterung: Hatte Laurent nicht schon viel zu viele Jahre damit vergeudet, die Verirrungen seiner Zeit zu beklagen, in der ein naturnahes Leben und dessen segensreiche Auswirkungen auf das innere Gleichgewicht des Menschen gefeiert wurden, gleichzeitig aber die Dörfer ausstarben? Nach und nach hatten unpersönliche, kalte Supermärkte und Versicherungsagenturen die schönen Orte seiner Kindheit zerstört.

Von der Landstraße aus betrachtet war das Zentralmassiv ein trauriger Anblick: die völlige Gleichschaltung alles Lebendigen. Fauna und Flora wurden nur noch so weit geduldet, wie sie einen Nutzen versprachen, sei es Vergnügen oder schneller Profit. Auf dem Weg nach Clermont-Ferrand folgte ein Kreisverkehr dem anderen, die Landschaft war mit Industriegebieten durchsetzt, von Parkplätzen umkränzte, kastenförmige Gebäude in gedeckten Farben reihten sich monoton aneinander. Während er sich der Großstadt näherte, erinnerte er sich daran, wie viele Jahre er damit verbracht hatte, die Rätsel der Welt um ihn herum zu beobachten und zu bestaunen. Schon früh hatte er den starken Wunsch verspürt, sich von den weiten eisigen Ebenen verzaubern zu lassen, er wollte die Natur in Ehren halten, mit ihr eins werden, sie wie einen Schatz ohnegleichen behandeln und sich fernhalten von dem absurden, auf Konsumwahn beruhenden System.

Doch diese Zeiten waren vorbei, die Leidenschaft erkaltet. Laurent hatte den Idealen seiner Jugend abgeschworen. Er war müde geworden und glaubte nicht mehr so richtig daran. Der Kampf, der ihm so einfach und selbstverständlich vorgekommen war, hatte sich als sinnlos erwiesen. Ständig gegen den Strom der modernen Welt anzuschwimmen hatte ihn erschöpft. Tja, da war nichts mehr zu machen, er würde ins Glied zurücktreten und sich vor allem seiner unbedeutenden Person widmen. Dabei hatte er zu Beginn seines Engagements einfach nur mehr Respekt für das Land und die Berge gefordert, damit Familien und Jugendliche sich dafür entscheiden könnten, dort zu bleiben und sich in der freien Natur zu entfalten. Damit die Bauern Bauern bleiben durften und nicht gezwungen waren, im Winter Skizubehör und im Sommer Angel- und Wandersachen zu verhökern. Damit nicht nur Banken und Hörgeräteläden für Senioren dort florierten. Er tröstete sich mit der Aussicht auf die Reise nach Sibirien und hielt am Straßenrand, vor dem Recyclinghof, um Silvères Anruf entgegenzunehmen. Seine Gedanken flogen weit weg, zu seinem Schamanenfreund. Und er hoffte. Hoffte, mit Cosima bis ans Ende der Welt zu reisen, nach Jamal – was in der Sprache der Nenzen eben das bedeutet: das Ende der Welt.

In Andacht versunken, hatte Silvère Mabanza lange über dem Grab der Kongo-Königin auf der Erde gelegen. Danach war er ins Hotel zurückgekehrt. Diese Begegnung war für ihn ein Ausgangspunkt, der erste Schritt zu einem Neubeginn. Er fühlte sich gelassener, ruhiger als vorher, es war ihm gelungen, seine Ängste zu besiegen, ihm graute nicht mehr vor seinen Angstanfällen oder davor, den Verstand zu verlieren. Seine Überempfindlichkeit vom Vortag deutete er nun als Zeichen einer besonderen Fähigkeit zum leichthändigen Umgang mit der Welt, zu einem fliegenden Wechsel zwischen Wirklichkeit und Traum. Dank der jahrhundertealten Lehren seiner Ahnin fühlte er sich nicht mehr so hilflos und allein, das Gefühl der Ohnmacht, das ihn in den letzten Wochen verfolgt hatte, zerstob.

Endlich hatte er auch die Kraft gefunden, wieder Kontakt zu seinem Vater aufzunehmen, um ihn zu beruhigen. Da er keine Erklärungen liefern oder Fragen beantworten wollte, hatte er ihm nur geschrieben, dass er sich keine Sorgen zu machen brauche.

Verwundert über die Beharrlichkeit Laurent Jouberts, der immer wieder versucht hatte, ihn zu erreichen, beschloss er, ihn gleich zurückzurufen, ohne vorher die Sprachnachrichten abzuhören.

»Ah, endlich, Silvère! Du bist ja wirklich nicht leicht zu erreichen! Wie geht es dir?«

»Hallo, Laurent. Tut mir leid, ich hatte etwas zu kämpfen in letzter Zeit, aber jetzt geht's wieder. Also sag, was gibt's?«

Laurent hatte sich an die Wagentür gelehnt und holte ein paarmal tief Luft, um möglichst überzeugend zu wirken.

»Also, ich weiß zwar nicht, wie es mit deinen Versicherungen läuft, aber ich hatte den Eindruck, dass du damit aufhören willst …«

Er machte eine Pause, aber da Silvère ihm weder beipflichtete noch widersprach, redete er weiter.

»Gut, also, hör zu, es klingt vielleicht merkwürdig, aber ich würde dich gern zu einer bedeutenden Forschungsreise überreden. Im Norden Sibiriens wurde nämlich eine rund zehntausend Jahre alte Begräbnisstätte entdeckt …«

»… das Grab einer Königin«, fiel ihm Silvère ins Wort, »einer Afrikanerin, oder?«

Die Worte kamen wie automatisch aus seinem Mund. Laurent rang um Fassung, sein Herz klopfte zum Zerspringen.

»Ich bin gerade in Angola«, fuhr Silvère fort, »aber ich komme, wohin du willst, morgen Abend kann ich auf dem internationalen Flughafen von Luanda sein!«

Schnell überschlug er die Zeit, die ihn das alles kosten würde. Als Erstes brauchte er einen Internetanschluss, um herauszufinden, was er tun müsste, um sich ein Visum und ein Ticket zu beschaffen, bevor er mit dem Bus in die angolanische Hauptstadt zurückfuhr. Silvère vertraute seiner Intuition. In der Erwähnung Sibiriens sah er ein Zeichen, das eine Erklärung für das wiederholte Auftauchen der Pole in seinen Träumen und Visionen verhieß. Ein Zögern war unmöglich, also nahm er die Einladung an. Gegen jede Erwartung hatte ihn die Suche nach seinem einzigartigen Sein, das Streben nach einer neuen Verbindung seiner Gedanken mit seinem Verhältnis zur Umwelt sehr weit von Afrika weggeführt und wies ihm nun den Weg Richtung Arktis, in das Land aus Eis und Schnee.

Silvère gab sich das Versprechen, seinen Geist auf die Perspektive dieser grundlegenden Erfahrung zu konzentrieren und sich durch nichts ablenken oder von seinem Weg nach Luanda abbringen zu lassen. Sich gegen jede äußere Störung abzuschotten, so schnell wie möglich ein Expressvisum zu erlangen und in den Flieger nach Russland zu steigen. Danach, wenn er Laurent Joubert getroffen hätte, würde seine Initiationsreise wieder Kurs aufnehmen.

Sprachlos stand Laurent an der Straße nach Clermont-Ferrand. Das engelsgleiche Gesicht der Erscheinung mit den hinreißenden Kurven, die Täler und Gipfel des Gebirges vor seinem Fenster nachgezeichnet hatte, nahm einen boshaften, geradezu furchterregenden Ausdruck an. Unbegreiflich, dass Silvère von keiner seiner Offenbarungen überrascht gewesen war! Wie hatte er das Geschlecht und die Herkunft der Dame in Sibirien erraten können? Seit seinen ersten Gesprächen mit Num und besonders, seit er sich auf dieses Abenteuer eingelassen hatte, waren ihm immer wieder schwer einzuordnende Phänomene untergekommen, die sich jeder rationalen Erklärung entzogen. Er verscheuchte den unangenehmen Gedanken, von Kräften manipuliert zu werden, die in seiner kartesianischen Weltsicht keinen Platz hatten. Wie ein Automat setzte er sich wieder ans Steuer seines Wagens, startete und ließ die Recyclinganlage hinter sich. Die Gespräche mit seinen künftigen Mitarbeitern waren nicht ganz so verlaufen wie geplant, aber er konnte zufrieden sein, hatte er doch ohne allzu große Anstrengungen sein Team zusammenbekommen. Das größte Problem allerdings lag noch vor ihm: das Geld für seine Expedition aufzutreiben.

Nach dem letzten Kreisverkehr, von dem er zum Gewerbegebiet der historischen Hauptstadt von Puy-de-Dôme abzweigte, bekam es der fünfzigjährige Zoologe mit der Angst zu tun. Angst, dass alles zu Ende sein könnte, bevor es richtig angefangen hatte. Eine große Mattigkeit überwältigte ihn, er hatte einen bitteren Geschmack im Mund und fühlte sich erschlagen, als ob ein tonnenschweres Gewicht auf seiner Brust lastete. Er seufzte, nahm erschöpft sein Gesicht in die feuchten Hände und massierte sich die Schläfen, während er seine Ideen zu ordnen versuchte und die Stärken und Schwächen seines schnell zusammengestoppelten Dossiers noch einmal durchging. Er musste die Unterstützung seiner Bank bekommen! Ein Erfolg der Expedition wäre für ihn die Krönung einer Karriere, die eigentlich schon vorbei war. Einen Misserfolg könnte man immerhin als heldenhaftes letztes Gefecht eines ausgedienten Wissenschaftlers deuten. Falls es mit der Finanzierung aber gar nichts würde … Laurent schluckte. Das wollte er sich lieber nicht ausmalen.

Im rötlichen Schein der Mitternachtssonne landete Sergejs Privatjet auf einem kleinen Flugplatz im nordwestlichen Teil der Jamal-Halbinsel, jenseits des Polarkreises. Auch Laurent musste über diesen ehemaligen Luftwaffenstützpunkt kommen, den rumänische Gefangene während des Zweiten Weltkriegs errichtet hatten, um die Region zugänglich zu machen, da war sich Mischa sicher. Er hatte eine Wohnung in der Stadt gemietet, nur ein paar Kilometer von der Landebahn entfernt, und pflegte Verbindungen zu Polizisten, die Dinge für sich behalten konnten. Für Sergejs Geschmack waren ohnehin schon viel zu viele Leute in die Sache verwickelt. Tatendurstig stiegen Sergej, Mao, der bösartigste seiner drei Kampfhunde, und Mischa aus der Maschine. Mischa zögerte, die mit Dynamit und einem guten Dutzend Granaten gefüllte Kiste aus dem Flugzeug zu holen, wie sein Chef ihm befohlen hatte.

»Na, na, Mischa Malewitsch, ganz ruhig, das ist nur für den Fall, dass wir zu durchschlagenderen Methoden gezwungen sind … reine Vorsichtsmaßnahme.«

Erschrocken von dieser Wendung der Dinge, machte Mischa große Augen und fragte sich, ob er womöglich eine Beziehung zwischen seinem Onkel und dem Sprengstoff in der Kiste herstellen müsste, die er sich möglichst weit vom Leib hielt.

Zwei Tage vergingen, das Warten dauerte ewig. Etwas musste passieren, Sergej war an schnelle Erfolge gewöhnt, egal zu welchem Preis. Außerdem rückte der Tag des ersten Spatenstichs näher, und er wusste noch immer nicht, ob die Behauptungen des alten Schamanen stichhaltig waren. Davon abgesehen, war er auch noch gezwungen, in dem armseligen Kabuff eines Elfenbeinjägers am Stadtrand zu hausen. Er hatte oft das Gefühl, sich lächerlich zu machen und seine Zeit zu verlieren. Dafür hatte er seinen Urlaub unterbrochen? Nur weil irgendein Zurückgebliebener Visionen hatte? Was, wenn dieser Franzose gar nicht auftauchte? So ein wichtiger Wissenschaftler konnte der ja gar nicht sein, wenn er auf die Bitte eines Schamanen hin sofort bereit war, um die halbe Welt zu reisen. Dann riss er sich wieder zusammen und rief sich in Erinnerung, warum er hergekommen war: weil er nichts dem Zufall überlassen und alles unter Kontrolle haben wollte. Seine Ungeduld äußerte sich in nervösen Ticks, seine Beine zitterten immer stärker, was ihn dermaßen aufbrachte, dass er aufsprang und in der Wohnung herumtigerte wie ein Raubtier im Käfig.

Durchs Fenster sah er Betrunkene über die Gehwege torkeln und an berüchtigten Straßenecken stranden, die sie sommers wie winters bei Tag und Nacht schwankend heimsuchten – entwurzelte Kinder der Tundra, die sich für eine Flasche Wodka die Nasen blutig schlugen und dann betrunken im Rinnstein einschliefen. Sergej verachtete dieses Pack. Sie waren für ihn nicht besser als die Tiere, mit denen sie zusammenlebten, bis sie schließlich deren Verhalten übernahmen. »Zu nichts zu gebrauchen«, murmelte er. Er dagegen hatte sich mit seinen zwei kräftigen Armen am eigenen Schopf aus dem Sumpf gezogen, trotz einer schwierigen Kindheit in einer Baracke mit fünf Zimmern für sechs Familien am Rande eines Dorfs bei Lytkarino, rund zwanzig Kilometer südlich von Moskau. Die Enge, in der sie lebten, führte zu Alkoholismus und ständigen Konflikten. Sergej konnte sich behaupten, weil er gelernt hatte, seine Emotionen zu zügeln, wenn die betrunkenen Männer mal wieder Dramen oder die üblichen Schlägereien vom Zaun brachen. Die Frauen litten, weinten, trockneten ihre Tränen und machten weiter. Niemals aufgeben, immer wieder aufstehen, koste es, was es wolle, das hatte seine Mutter ihm beigebracht. Träume und Klagen hatte Sergej sich verboten, man musste nur klare Ziele haben und diese möglichst schnell erreichen, ohne jemandem etwas schuldig zu bleiben. Die Liebe zum Erfolg war seine ständige Begleiterin, und darauf war er stolz. Er würde auch diesmal triumphieren, wie er jedes Mal von den Schlachtfeldern des gnadenlosen Geschäftslebens in seinem Land als Sieger zurückgekehrt war. Sturheit und Rohheit, zwei Eigenschaften, die er seiner Manneskraft zugutehielt, waren dabei seine besten Verbündeten.

Dank der Beziehungen seiner Wildererfreunde zu jenem Moskauer Flughafen-Terminal, von dem aus die Jamal-Halbinsel angeflogen wurde, erfuhr Mischa, dass die Ankunft Laurent Jouberts, möglicherweise in Begleitung zweier weiterer Personen, unmittelbar bevorstand, doch das sei noch nicht bestätigt worden. Er wartete auf den Bericht seiner Informanten – ehemaliger Rentierzüchter, die beim Versuch, sesshaft zu werden, gescheitert waren und nun am Flughafen herumlungerten, wo sie für ein bisschen Geld ihre Dienste für alles und jedes anboten.

Mischa wollte sich im Hintergrund halten, da Laurent sich womöglich an ihn erinnerte. Nie hätte er sich träumen lassen, dass er sich einmal so auf diesen französischen Zoologen freuen würde, aber die Laune seines Chefs hatte sich dermaßen verschlechtert, dass er richtig Angst bekam. Laurents Ankunft würde eine enorme Erleichterung darstellen. Darüber hinaus könnte er sich dann seinem Chef gegenüber als jemand beweisen, der über alles Bescheid wusste, was sich auf der künftigen Baustelle abspielte, und sämtliche möglichen Probleme im Vorfeld erledigen. So würde er in den letzten zehn Tagen vor einem radikalen Umbruch in seinem Leben seine Position festigen und seine Chancen auf einen Vorarbeiterposten verbessern. Anschließend müssten sie nur noch unauffällig dem Franzosen bis zu Nums Zufluchtsort folgen, der sie dann wiederum, ohne es zu wissen, zu dieser Grabstätte führen würde. Im besten Fall gab es die Afrikanerin gar nicht, und die ganze Geschichte beruhte nur auf dem Gefasel eines verwirrten alten Mannes. Dann hätten sie ein bisschen Zeit verloren, aber dafür auch das letzte Fortschrittshindernis beseitigt. Was aber, wenn sich herausstellen sollte, dass der Permafrost tatsächlich eine uralte menschliche Leiche freigegeben hatte, überlegte Mischa stirnrunzelnd – und schob diesen Gedanken gleich wieder beiseite.

Wie eine Ermittlerin wollte Cosima ihre rechtsmedizinischen Kenntnisse für die Untersuchung dieses außergewöhnlichen Falls einsetzen. Sie würde eine Leiche obduzieren, die seit mehreren Tausend Jahren tot war – ein Novum in ihrer jungen Karriere. Und ein Fall, den auch ihre arroganten Vorgesetzten in Berlin liebend gern übernommen hätten. Cosima betrachtete diese Forschungsreise als wissenschaftliche wie persönliche Herausforderung, da sie sich sowohl von Laurent als auch von ihren Kollegen am Institut für Rechtsmedizin nicht ernst genommen fühlte und stets auf der Suche nach Anerkennung war. Und jetzt bekam sie die Gelegenheit, die Ungerechtigkeiten, die ihr widerfahren waren, wieder auszubügeln. Bald würde sie aus ein paar alten Knochen die Grundzüge eines Lebens erschließen und hoffentlich diesmal auch persönlich von ihren Erkenntnissen profitieren. Mit unendlicher Vorsicht und Genauigkeit würde sie die Überreste dieser Dame auf deren Alter, Ernährung, Lebensumstände und mögliche Krankheiten untersuchen. Und aus den Antworten womöglich eine ganze Reihe bahnbrechender Schlussfolgerungen und sensationeller Enthüllungen ableiten. Diese so lange im Eis begrabene Afrikanerin stellte einen auf der ganzen Welt einmaligen wissenschaftlichen Schatz dar, den sie, Cosima, heben würde.

Hinter dem noch zu analysierenden anatomischen Material erahnte Cosima bereits ein Individuum, erriet die Züge eines Gesichts, Gefühle, das Gerüst einer Geschichte. Sie versetzte sich in diese andere Epoche und fand voll inneren Jubels das wieder, was sie ihren Beruf hatte ergreifen lassen: den faszinierenden intellektuellen Prozess der Aufklärung, die Rekonstruktion eines Lebenslaufs im Lichte dessen, was eine Leiche erzählte. So hoffte Cosima auch beweisen zu können, dass in dieser weit zurückliegenden Epoche die Gesellschaft den Frauen einen weitaus zentraleren Platz eingeräumt hatte, als sie es heute tat. Sie stellte sich die Afrikanerin in Sibirien übrigens eher als eine Art weise Priesterin vor, als Beraterin, die Trost und Pflege spendete und ihren Adel aus dem höheren Bewusstsein vom entscheidenden Charakter der Solidarität bezog. Nur Männer wie Laurent, dachte Cosima abfällig, konnten diese Frau für eine weltliche Herrscherin halten, die von der Spitze einer gesellschaftlichen Pyramide auf ihre Untertanen herabsah. Damit lag er ihrer Meinung nach völlig falsch, weil er die Macht, andere mit Gewalt zu etwas zu zwingen, für eine universelle Qualität hielt.

Cosima träumte von Zeiten, in denen eher Fähigkeiten gefragt waren wie Menschen zu ermutigen, sie miteinander in Verbindung zu bringen und ihre Beziehungen zu stärken, um die Harmonie in der Gruppe zu fördern. Was, wenn ihre detaillierte Analyse des prähistorischen Fundes eine Welt erahnen ließe, in der man Empathie mit einem hohen Maß an Intelligenz gleichsetzte? Eine Gesellschaft, in der gegenseitige Unterstützung und Solidarität als wesentliche Triebkräfte für die Aufrechterhaltung des Lebens galten? Natürlich standen ihre Überlegungen unter dem Vorbehalt, ob das Denken vorgeschichtlicher Menschen unserem heutigen Verstand überhaupt zugänglich wäre, doch dagegen führte sie ihren Glauben an die Universalität der Wissenschaft ins Feld.

So sehr Cosima auch ihrer Aufgabe entgegenfieberte, durch ihre Untersuchungen die Authentizität der Grabstätte zu beweisen und deren Wert für die Wissenschaft zu verbürgen, wusste sie doch, dass es ein mühsames Unterfangen werden würde. Und ihr ganzer Enthusiasmus konnte die Selbstzweifel nicht völlig besiegen, ob sie überhaupt in der Lage wäre, ihre Aufgabe korrekt durchzuführen. Außer mit ihrem medizinischen Handwerkszeug würde sie auch mit Begriffen aus der Archäologie und Paläontologie operieren müssen. Dass die Entdeckung ohne Beachtung der elementarsten Regeln einer methodischen Freilegung erfolgt war, bereitete ihr Kopfzerbrechen. Die Chance, eine solche Forschung vor Ort durchzuführen, erschien ihr als außerordentliches Privileg, aber auch als Herausforderung, der sie womöglich nicht gewachsen war. Bisher hatte sie in allem, was sie in Angriff genommen hatte, brilliert, doch angesichts der kolossalen Aufgabe, die vor ihr lag, war sie nun zum ersten Mal nervös und merkte, dass sie vor den zahllosen Hürden zurückscheute. Laurent bekam ihre Unsicherheit zu spüren. Sie bestürmte ihn mit allen möglichen Fragen, etwa zum Erhaltungszustand der Knochen, und verlangte präzise Auskünfte, die er ihr nicht geben konnte. Sie wollte von ihm die Garantie, dass sie optimale Voraussetzungen für ihre Arbeit vorfinden würde, und ließ nicht locker. Ihr oberstes Ziel: genügend Proben zu entnehmen, um daraus DNA zu gewinnen, diese dann an ein Speziallabor zu schicken, das in der Lage wäre, die Funde zu datieren und deren Herkunft zu klären, damit sie sich nicht mehr ausschließlich auf die Spekulationen eines alten Schamanen stützen müssten.

Während Cosima und Laurent am Gate auf Silvère warteten, um dann gemeinsam auf die Jamal-Halbinsel weiterzufliegen, traktierte sie ihn ununterbrochen mit Fragen, und obwohl er sich wirklich Mühe gab, kam er mit den Antworten nicht nach. Ja, da waren die blitzenden Augen von früher wieder, Ausdruck ihrer Begeisterung für die Mission. Was aber fehlte, war die Bewunderung, die ihm bei ihrer ersten Begegnung in einem selbstverwalteten Kulturcafé entgegengeschlagen war. Sie war gerade in Paris angekommen, um eine Woche dort zu verbringen, und Laurent hatte einen Vortrag über die Folgen der Klimaerwärmung im hohen Norden gehalten. Sie war ihm gleich aufgefallen, wie sie da in der ersten Reihe saß, und er hatte sich angestrengt, sie mit seiner Bildung und Eloquenz zu beeindrucken. Anderthalb Stunden hing sie geradezu an seinen Lippen, und er übertraf sich selbst, indem er sich gleichzeitig als diskursstarker Intellektueller und als Mann der Tat präsentierte. Doch das Strahlen in ihrem Gesicht war nur noch eine ferne Erinnerung. Bestenfalls, dachte er seufzend, könnte er auf ihre Nachsicht hoffen.

Cosima allerdings sprach mit ihm ohnehin nur über technische und logistische Belange, um zu verhindern, dass ihre Gefühle ihr Urteil beeinflussten – als Teamärztin wollte sie ihre privaten Probleme beiseitelassen. Im Sinne ihrer gemeinsamen Mission bemühte sie sich, Laurent als ganz normalen Kollegen zu sehen, mit dem sie objektive, überprüfbare Beobachtungen ausführte, um daraus logische Schlüsse zu ziehen. Keinesfalls würde sie sich durch etwaige innere Zustände eines alt gewordenen Wissenschaftlers erweichen lassen, da konnte er noch so um sie rumschleimen. Ihr war gar nicht aufgefallen, wie sehr er die ganze Zeit auf der Hut war, weil er so große Angst hatte. Sie wusste auch nicht, dass ihm besonders die Ankunft in Sibirien Sorgen machte. Sie war ihm so feindselig erschienen, dass er es nicht über sich gebracht hatte, ihr die zweifelhaften Absprachen zu gestehen, die er getroffen hatte, um die Expedition in so kurzer Zeit auf die Beine zu stellen. Er hatte skrupellose russische Funktionäre um Unterstützung dafür gebeten, die kostbaren Genehmigungen in Rekordzeit zu erhalten. Und er wusste, dass einige Beamte die Sturheit und Paragrafenreiterei aus Sowjetzeiten nie abgelegt hatten.

Laurent versicherte Cosima zum wiederholten Male, das gesamte Material, das sie für die Durchführung ihrer Analysen angefordert hatte, dabeizuhaben, ohne hinzuzufügen, dass dafür fast seine gesamten Ersparnisse draufgegangen waren. Sie könne das ja gleich überprüfen, wenn seine Koffer aus dem Frachtraum kämen. Er saß mit geschlossenen Augen auf einer Bank, wiegte den Oberkörper vor und zurück, nickte und wartete nur darauf, dass sie endlich Ruhe gab. Seine heimliche Hoffnung, das sibirische Abenteuer zu nutzen, um sich von seiner besten Seite zu zeigen und ihr wieder näherzukommen, hatte sich schnell verflüchtigt. Riesengroß stand Cosima vor ihm, ließ nicht locker und bohrte weiter, während er unter der Lawine ihrer Fragezeichen immer kleiner wurde.

»Dass sie schwarz ist, heißt ja nicht viel, wir brauchen viel mehr, um ihre Verbindung zu Afrika zu belegen. Und du weißt schon, dass die Hautfarbe nur eine oberflächliche Information ist, oder?«

Laurent war aufrichtig erleichtert, als er Silvère leichten Schritts und lächelnd auf sich zukommen sah. Er stand auf und winkte ihm. Der junge Anthropologe wirkte abwesend, wie mit dem Kopf in den Wolken.

»He, Silvère!«, rief Laurent. »Hier sind wir!«

Sergej saß auf Mischas schäbigem Sofa vor dem Fernseher, dessen Bild immer wieder flimmerte, und wütete gegen die Indigenen, dieses ignorante Gesocks, das mit dem modernen Leben nichts anfangen konnte. Dieses undankbare Völkchen verweigerte sich den Segnungen des Fortschritts, die ihnen von Unternehmern wie ihm auf dem Silbertablett serviert wurden. Wieso versteiften sich manche vom Schlag dieses komischen Schamanen eigentlich darauf, das primitive Leben ihrer Ahnen wieder aufzunehmen? Abartig! Für ihn, den Moskauer, war es eine ekelerregende Vorstellung, wie halb verhungerte Jäger einem Seehund mit einem Stein den Kopf einschlugen, ihn dann unter Strömen von Blut mit Messern aus Knochen zerlegten und gleich darauf die noch warme, bluttriefende Leber verschlangen, statt sich an den Köstlichkeiten der französischen, italienischen oder chinesischen Küche gütlich zu tun. Sollten sie doch weiterleben wie die Wilden und sich mit so widerlichem Zeug vollstopfen wie diesen grausigen, in Fett verpackten und wochenlang in der Erde vor sich hin rottenden Walrossstücken, die sie auch noch mit ihren Schlittenhunden teilten!

Die Mitternachtssonne schien noch, aber es wurde kühl. Nach den letzten achtundvierzig Stunden war Sergejs Laune im Keller, er wurde ungeduldig und wollte die Angelegenheit möglichst schnell hinter sich bringen. Er strich den Kragen seines braun-weißen Mantels aus Bison- und Polarfuchsfell glatt und warf seinem Hund, der hechelnd und sabbernd zu seinen Füßen saß, einen ganzen Lachs zu. Hoffentlich brachte Mischa bald gute Nachrichten! Sergej goss sich ein großes Glas französischen Champagner ein und aß eine dicke Scheibe italienischen Schinken. Lockte nicht das Geld, hätte er nie im Leben einen Fuß in diese Gegend gesetzt, die er über alles hasste. Die arktischen Landstriche erinnerten ihn an die Mühsal seines Militärdienstes im Ural und die schreckliche Kälte im östlichen Sibirien. Diese zwei Jahre im Eis, in Dunkelheit und extremer Kälte hätten ihn fast gekillt, aber auch das hatte er überlebt. Es war ein einziger Albtraum: Es gab so gut wie nichts einzukaufen, aber genug Gründe, um depressiv zu werden und so lange mit dem Kopf gegen die gefrorene Erde zu schlagen, bis man tot war. Er verfluchte die bösartige Macht – Teufel oder was auch immer –, die niederträchtigerweise so viele Reichtümer ausgerechnet in den ödesten Landstrichen versteckte. Kaum hatte er ausgetrunken, begann Mao zu bellen. Mischa öffnete die Tür und pflanzte sich im Türsturz auf.

»Noch nicht angekommen, Chef, aber das Flugzeug soll morgen landen, haben meine Freunde berichtet.«

Sergej beruhigte erst seinen Hund und drehte sich um.

»Solltest du mir nicht was mitbringen?«

Ängstlich und verwirrt machte Mischa einen Schritt in den Raum.

»Ich hab überall gesucht, Chef, aber das, was Sie wollten, gab es nicht … Also hab ich wen zu Ihrer Zerstreuung mitgebracht.«

Er zog eine Frau, die wie festgewachsen hinter der Tür stehen geblieben war und sich weigerte einzutreten, am Arm herein.

»Komm schon, Lola«, herrschte er sie an, »der Chef wartet nicht gern.«

»Das darf doch nicht wahr sein!«, schrie Sergej aufgebracht, als er sie erblickte. »Musik, hab ich gesagt, Musik, eine Sinfonie, weißt du überhaupt, was das ist? Und dann hast du nichts anderes gefunden als 'ne Nutte, die nicht mal richtig laufen kann?«

Mit weichen Knien stakste Lola auf den hohen Absätzen ihrer billigen roten Schuhe herein und wäre fast gestolpert, als sie sich ihm schüchtern näherte und dabei ihr rosa Röckchen herunterzog.

»Okay, Mischa, ich probier's, geh wieder zu deinen Jungs und lass dir weiter berichten, ich brauch dich hier nicht mehr!«

Sergej warf seinem Handlanger einen verächtlichen, ärgerlichen Blick zu und begann den Anfang der 7. Sinfonie zu pfeifen. Dann stand er auf und tat so, als wollte er Lola mit dem Handrücken ins Gesicht schlagen. Sie zuckte zurück, verlor durch die plötzliche Bewegung ihr Gleichgewicht und fiel vor ihm zu Boden.

»Kannst du singen?«, fragte er und setzte sich wieder hin.

Sie senkte den Kopf.

»Na los, komm, versuch es wenigstens und mit ein bisschen mehr Stil!«

Fast ohnmächtig aus Angst vor dem Kampfhund, der sie knurrend anstarrte, kroch sie schluchzend zu Sergej hin. Das kurze, warme Fell des Hundes streifte ihren nackten Schenkel, als sie sich schließlich vor Sergej hinkniete.

Mischa blieb vor dem Haus stehen, zündete sich eine Zigarette an und wartete auf Lola. Die kam zwanzig Minuten später in Tränen aufgelöst, mit zuckenden Lippen und bebendem Kinn wieder heraus.

»Na, geht's wieder, Lola? Hat er dich anständig bezahlt?«

Sie antwortete nicht, übersah Mischas ausgestreckte Hand und verschwand in der Nacht.

Sergej leerte die Wodkaflasche, schob seine Füße unter Maos Bauch und versank in einen tiefen Schlaf.

Silvère hatte Laurent nicht rufen gehört. Während der über 9800 Kilometer weiten Reise hatte er sich bemüht, die Afrikanerin aus der Arktis mit der Kongo-Königin ins Gespräch zu bringen – zwei Wesen, die in seinem Geist friedlich zusammenlebten, zwei Frauen aus ein und derselben Kultur, die sich zwischen den beiden Antipoden entwickelt hatte. Er hatte sich in eine Blase zurückgezogen, die ihn vor allen äußeren Einflüssen abschirmte und die er nur verließ, wenn bürokratische Vorschriften, der Anstand oder seine biologischen Bedürfnisse es geboten. Seit seiner außergewöhnlichen Erfahrung in der zerfallenen Kirche der ehemaligen Königsstadt der Bakongo war er in einen Prozess pausenloser Introspektion eingetaucht. Vor allem die letzten Worte der Kongo-Königin hatten ihn zutiefst beeindruckt.

»Die Sprache war nie die Schwester der Weisheit. Willst du überzeugen oder belehren, musst du das Herz treffen. Worte sind keine treuen Boten der Gefühle, sie geben nur deren blasses Abbild wieder.«

Als Reaktion darauf bemühte sich Silvère, so wenig wie möglich zu sagen, und übte zu fühlen statt zu verstehen oder zu erklären. Seit er nicht mehr fürchtete, sich in den Abgründen des Wahns zu verirren, betrachtete er sich als integralen Bestandteil einer Parallelwelt uralter Provenienz. Einer Zivilisation, die auf der Allgegenwart des Spirituellen und einem ständigen Geben und Nehmen zwischen Mensch und

Natur gründete und in der übernatürliche Erscheinungen ganz selbstverständlich zum Alltag gehörten. Silvère freute sich darauf, in Sibirien Abkömmlinge dieses Denkens zu entdecken, das im Kongobecken noch lebendig war. Er selbst sah sich als Nachfahre eines ursprünglich in den Tropen beheimateten Volks, von dem einige sehr früh zum Polarkreis aufgebrochen waren, um eine Art Stabilitätspakt mit der Gesamtheit des Lebens auf der Erde zu besiegeln. Eine Haltung im absoluten Gegensatz zu heutigen Praktiken des Menschen wie Entwaldung und industrieller Umweltverschmutzung, die ein Ungleichgewicht schufen, das letztlich zur Eisschmelze führte. Silvère ließ seinen Einfällen freien Lauf, er hatte ein irreales Universum für sich entdeckt, das ihm entsprach, mit immateriellen Gesprächspartnerinnen, die seine Fantasie und seinen Erfindungsreichtum zu grenzenlosen Höhenflügen inspirierten. Und jetzt würde er bald mit den letzten Überresten prähistorischer Afrikaner in Sibirien Kontakt aufnehmen!

Und diesen Schamanen kennenlernen, von dem Laurent in den höchsten Tönen geschwärmt hatte. Silvère hoffte, in ihm eine herausragende Persönlichkeit zu finden, die sich im Zwischenreich zwischen der sichtbaren und der unsichtbaren Sphäre bewegte, einen Seelenverwandten und wohlwollenden Zuhörer. Silvères Pilgerreise nach M'banza Kongo, wie er es nannte, seine Rückkehr zu den Wurzeln, um sich mit sich selbst zu versöhnen, würde im Westen der Jamal-Halbinsel ihre logische Fortsetzung finden. Nach der minutiösen Erforschung sämtlicher Fundstücke hielte er vielleicht die Schlüssel zu einem Universum in Händen, in dem die Grenzen zwischen dem Diesseits und dem Jenseits ebenso durchlässig wären wie die zwischen Vergangenheit, Gegenwart und Zukunft. In der Grabstätte und deren Umgebung fände er hoffentlich genügend Informationen, die Rückschlüsse auf Organisation und Abläufe in dieser frühen Gesellschaft zuließen. Womöglich entdeckte er so eine von der ihm bekannten gänzlich verschiedene Zivilisation, die besser zu seiner einzigartigen Persönlichkeit passte, mit Menschen, die ihm ähnlich waren in ihrer Bindung zur Erde, die sie empfing, und zum Himmel, der sie aufnahm.

Als er in Moskau landete, träumte er gerade davon, wie es wäre, in eine Kultur einzutauchen, in der es nur darauf ankäme, für die Zeit seines Erdendaseins möglichst gut zu leben, ohne jeden Anspruch, sich ins Gedächtnis der Menschheit einzuschreiben oder die Landschaft möglichst dauerhaft zu prägen.

Silvères Gesicht leuchtete auf, als er Laurent erkannte, und er eilte auf ihn zu, um ihn zu begrüßen.

»Endlich!«, rief dieser. »Ich habe schon angefangen, mir Sorgen zu machen. Wie geht es dir, hattest du eine angenehme Reise?«

Sie umarmten sich. Silvère bedankte sich mehrfach, dass der Professor ihn zu diesem unglaublichen Abenteuer eingeladen und mitgenommen habe, und das nach all dem, was ihm widerfahren sei, das würde er ihm nie vergessen. Außerdem habe er von der Entdeckung der Afrikanerin in der Arktis gleich nach seiner Begegnung mit einer mehrere Hundert Jahre alten Kongo-Königin erfahren, und das könne kein Zufall sein. Laurent verbarg seine Überraschung und hütete sich, genauere Auskünfte über die alte Dame zu verlangen, von der Silvère gesprochen hatte.

»Ja, das ist alles unglaublich«, antwortete er ausweichend. »Ein solcher Fund ist die Krönung. Na dann, jetzt müssen wir nur noch ordentlich arbeiten.«

Cosima beobachtete die beiden Männer. Sie konnte kaum glauben, dass dieser junge Mann mit den leuchtenden Augen derselbe war wie der graue Versicherungsagent, den sie vor ein paar Monaten in Laurents Büro gesehen hatte. Sie hatte das Bild eines Mannes behalten, der nicht unbedingt hässlich war, aber langweilig in seinem sorgfältig gebügelten Dreiteiler mit marineblauer Weste, schwarzer Krawatte und polierten Schuhen. Ein vollkommen unauffälliger Mensch, der dreinsah wie ein geprügelter Hund und den offenbar ein phänomenaler Überdruss plagte. Auf einmal erschien er in einem ganz neuen Licht, lässig, ein bisschen verrückt, mit vor Lebendigkeit sprühendem Blick.

»Sie beide haben sich ja schon kennengelernt, ich muss Sie also nicht mehr bekannt machen.«

Silvère drehte sich zu Cosima um. Wenn er sich anstrengte, konnte er sich dunkel daran erinnern, sie schon irgendwo gesehen zu haben. Ein schwarzer Pagenkopf hinter einem Bildschirm am anderen Ende des Büros, in dem er Laurent sein Leid klagte – zu einer Zeit, die er am liebsten aus seinem Gedächtnis getilgt hätte. Cosima musterte ihn, doch der schmale Streifen, der unter ihren Lidern zu sehen war, erlaubte Silvère nicht, die Farbe ihrer Augen genauer zu bestimmen, irgendwas zwischen blau und grau. Genauso wenig konnte er ihre Absichten deuten, aber er vertraute von Anfang an ihrer Ausstrahlung, die bar jeder Aggression war. Er fand sie hübsch und senkte den Blick.

»Hallo, Silvère«, sprach sie ihn an, »ich bin hier, um Biopsien und biologische Analysen durchzuführen.«

Das sanfte Timbre ihrer Stimme und die Freundlichkeit ihrer Worte berührten Silvères Herz. Er stellte sich ebenfalls kurz mit den Aufgaben vor, die Laurent ihm anvertraut hatte.

»Ich werde versuchen, kulturelle Ähnlichkeiten zwischen dieser nahe dem Nordpol entdeckten Person und den Völkern Äquatorialafrikas gestern und heute herauszuarbeiten … Mit etwas Glück finden wir in dem Grab oder der Umgebung Reste von Werkzeugen, Waffen oder Alltagsgegenständen und können daraus mehr über das Leben und die Sitten und Gebräuche von damals erfahren … Wir werden sehen, ich will jedenfalls mein Bestes geben.«

Laurent ergänzte, dass sie in enger Zusammenarbeit mit seinem Freund Num tätig würden und der Schamane sich von der Erforschung des Grabmals Erkenntnisse erwartete, die ihm dabei helfen könnten, die Umwelt am äußersten Ende Sibiriens zu schützen.

Cosima war beeindruckt von der natürlichen Art und Weise, in der Silvère seine Mission und die Begegnung mit der uralten Kongo-Königin geschildert hatte. Und berührt von seiner Zartheit und Zurückhaltung. Nie hatte sie einen Wissenschaftler sprechen gehört, der so viel Gefühl in seine Worte legte. Fast tat es ihr leid, dass er nicht länger geredet hatte, sie hätte ihm ewig zuhören können.

Aufgrund von Cosimas distanzierter Haltung, Silvères merkwürdigen Reden und der Tatsache, dass das, was er hinzugefügt hatte, niemanden ernsthaft interessierte, verstummte auch Laurent. Was für ein seltsames Team er da zusammengestellt hatte! Glücklicherweise hatten die beiden gerade genug miteinander zu tun und ließen ihn in Ruhe. Keine Frage zu Einzelheiten der Organisation, die er ihnen ohnehin kaum hätte beantworten können. Das Boarding ging los, sie reihten sich in der Warteschlange ein.

Laurent wurde langsam panisch. Die nicht ganz legalen Methoden, mit denen er Einladungen bei der russischen Kulturverwaltung ergattert hatte, gingen ihm durch den Kopf, er fürchtete eine Kontrolle ihrer Einreiseerlaubnis durch den Inlandsgeheimdienst. Die Gefahr bestand, dass bei ihrer Ankunft alles in die Binsen ging und sie wegen Urkundenfälschung, Ausweismissbrauchs und vielleicht auch noch Korruption ins Gefängnis wandern würden, sie müssten sich auf das Schlimmste gefasst machen. Denn die Gegend um den Polarkreis wurde permanent streng überwacht, stellte sie doch eine der wichtigsten logistischen, industriellen und strategischen Zonen der Russischen Föderation dar. Die Zeit des Flugs war für ihn eine Qual mit Aussicht auf eine potenzielle Katastrophe. Ein gefährliches Vabanquespiel, das ihm Magenkrämpfe bescherte.

Im Flieger nahm er den Gangplatz und überließ Silvère und Cosima den Mittel- und Fensterplatz – zur großen Erleichterung Cosimas, die befürchtet hatte, er könnte sich ungefragt neben sie setzen. Die beiden sollten ihn entschuldigen, er müsse sich ein wenig erholen, den Kopf freikriegen, alles vergessen, bevor er sich der zu erwartenden Prüfung stelle. Kurz nach dem Start der Tupolew goss er sich zwei große Schlucke Wodka hinter die Binde, setzte eine Schlafmaske auf, wickelte sich in eine Decke wie in einen Kokon und schlief ein.

Cosima bewunderte die Majestät der weiten Ebenen Russlands, die zum Greifen nah erschienen, so tief flogen sie darüber hinweg. Silvère, der auf dem Mittelplatz saß, bedrängte sie notgedrungen immer ein wenig, wenn sie ihn aufforderte, die Pracht der Landschaft durch das Bullauge zu betrachten. Ihr gefielen seine Schüchternheit und sein offensichtliches Bemühen, die Distanz zwischen ihnen zu wahren. Ihn irritierte die situationsbedingte Nähe – schließlich hatten sie sich erst vor ein paar Stunden kennengelernt –, aber er kostete sie vorsichtig aus. Die Frau neben ihm ließ ihn nicht gleichgültig, das enge Beisammensein machte ihn empfänglich für alles Mögliche, weckte in ihm neue Gefühle, ließ sein Herz pochen und löste ein leises Schwindelgefühl aus. Er schloss die Augen, ließ sich von ihrem Duft betören und neigte leicht den Kopf zu ihr hin. Dabei nahm er verschiedene Komponenten ihres Geruchs wahr und erahnte die Textur ihrer Haut, ohne sie zu berühren. Manchmal wagte er einen verstohlenen Blick auf ihr Profil, der dann über die feinen Konturen, die ihrem weißen Hals entsprangen, nach oben wanderte, sich vor der anmutigen Rundung ihres Kinns verlangsamte, auf der sanften Wölbung ihrer geschlossenen Lippen verharrte, bevor er zärtlich den Rücken der kleinen Stupsnase streifte und die Erkundung schließlich auf der Höhe der Stirn beendete. Auch ihre lackschwarzen Haare faszinierten ihn.

Glatt und kurz geschnitten, umrahmten sie das Gesicht wie ein Helm und verliehen ihm das Wilde, Verwegene einer entschlossenen Kriegerin. Aber vor allem ihre Ausstrahlung verzauberte ihn. Von ihr ging eine sehr spezielle Aura aus, wie eine Energie, eine starke Anziehungskraft, die ihn in Wärme hüllte und einen leisen Schauer auslöste. Wenn er seine ganze Aufmerksamkeit auf die zarte Membran ihrer Iris konzentrierte, las er daraus Milde, Hitzigkeit, aber auch Scharfsinn und einen Hang zur Grübelei.

Seine inneren Wallungen erreichten ihren Höhepunkt, als der Pilot den Passagieren per Mikro auf Russisch und Englisch mitteilte, dass sie gerade die imposante Gebirgskette des Urals überflogen. Bald würde der riesige asiatische Kontinent ihnen seine weiten Steppen öffnen. Nun, da sie sich Sibirien näherten, wo für Silvère ein entscheidender Abschnitt seiner Pilgerreise beginnen sollte, erwachten in seinem leidenschaftlichen Herzen heftige Gefühle für Cosima. Seine eigenwillige Seele deutete dieses Zusammentreffen als Zeichen, als ein Symbol dafür, dass Cosima einen besonderen Platz im Auf und Ab seines Lebens einnehmen würde, also müsste er künftig an ihrer Seite bleiben. Vielleicht verliebte er sich auch einfach.

Unvermittelt drehte sie sich zu ihm um und gestand ihm traurig, dass sie trotz ihrer japanischen Abstammung zum ersten Mal über Asien flog. Silvère freute sich, dass auch in ihrem Herzen Turbulenzen tobten, ließ aber diese Gemeinsamkeit unerwähnt. Stattdessen ermunterte er sie, jede Minute auszukosten, und erzählte von seiner kindlichen Bewunderung für die legendäre mongolische Reiterarmee, die Steppenkrieger, die in einer Symbiose mit ihren Pferden die Wüsten Asiens mit den Ebenen Europas vereint hätten.

Gemeinsam bedauerten sie, dass sie diese mythischen Weiten nicht zu Fuß durchwandern konnten, um die Erfahrung des totalen Ausgeliefertseins am eigenen Leib zu erleben. Erst nachmittags veränderte sich die Landschaft, und bald erblickten sie die ersten Ausläufer des hohen Nordens, die unendliche, ungezähmte, magische Taiga, die sich, teilweise noch schneebedeckt, so weit erstreckte, wie das Auge reichte. Sie verstummten, denn beide wussten, dass hier das Abenteuer wirklich begann.

Ein Schamane lässt sich Zeit. Er handelt nach den Grundsätzen von Schlichtheit und Beständigkeit, ist nie übereifrig oder grob. Also ging Num langsam, gemessen und präzise vor, um sein Tschum zu überprüfen, das meterhohe, kegelförmige Zelt. Die Holzpfosten steckten fest in der Erde, die zusammengenähten Rentierfelle drum herum würden jedem Sturm widerstehen, das sah alles gut aus. Die Öffnung an der Spitze würde er nur bei starkem Regen verschließen. Num freute sich darauf, seine weit gereisten Gäste bald willkommen zu heißen und mit jener Gastfreundschaft zu empfangen, die unter Nomaden besonders gepflegt wird. Denn wenn man Stunden oder Tage auf anstrengenden Wegen durch die Tundra gezogen ist, ob in der eisigen Kälte der Polarnacht oder in der Hitze des kurzen Sommers, weiß man die Wohltat eines herzlichen Empfangs wahrhaft zu schätzen. Nachdem er mithilfe einer Schnur ein Stück Holz an einem Brettchen gerieben hatte, bis es Funken schlug und zu glosen begann, blies Num in die Glut und entfachte damit in der Mitte des Zelts ein Feuer aus Zweigen, die mit ihrem Knistern und Knacken die beglückende Musik seiner Kindheit wieder aufleben ließen. Und damit die Erinnerung an eine Zeit, die für immer stillzustehen schien, eine seit Jahrtausenden unveränderte Abfolge von Alltagsritualen und kleinen Handgriffen, die er für unwandelbar gehalten hatte.

Er sah seine Mutter im Schein einer Robbentranlampe vor dem auf Lehmziegeln stehenden Holzofen hocken und die Glut anfachen. Sie sang, während sie das Abendessen zubereitete, eine sanfte Wärme breitete sich aus, weißer Rauch stieg aus dem Ofen, erfüllte den Raum, vertrieb die Mückenschwärme im Sommer und lag das ganze Jahr hindurch wie ein Nebelschleier über allem. Nun kontrollierte der alte Mann noch den Sitz der vier an soliden Holzstangen angebrachten Filzdecken, die der Raumaufteilung dienten und allen eine Art Privatsphäre ermöglichen sollten. Num hatte sich wirklich Mühe gegeben, das schlichte traditionelle Nenzen-Zelt quasi identisch wieder zu erschaffen – eine Unterkunft, die ihm weitaus besser passte als die luxuriösesten der aseptischen Hotelzimmer, in denen er auf seinen zahlreichen Auslandsreisen untergebracht war. Hoffentlich könnten seine Gäste Schlaf finden auf ihrem Lager aus Rentierfellen, die auf dem Boden aus gekreuzten Zweigen und geflochtener Birkenrinde lagen. Er hatte allen Lederstiefel und Fellgamaschen hingestellt – Julinächte konnten kalt sein, manchmal fror es sogar noch. Und seine weit gereisten Besucher sollten doch nicht den Eindruck bekommen, das Leben der Menschen in der Arktis wäre nichts anderes als eine ständige Folge wetterbedingter Prüfungen und Unannehmlichkeiten.

Er ging hinaus und drehte sein Kanu um, damit es bei Regen nicht volllief. Das Robbenleder, mit dem das Gerüst aus Walknochen bespannt war, hatte er schon vorher ordentlich eingefettet; sein Boot war absolut dicht und sofort startklar. Dann neigte er ehrerbietig den Kopf Richtung Horizont, wo der arktische Wald sich erhob wie eine faszinierende, geheimnisvolle Wand. Ebenso grüßte er den Fluss, der friedlich am Lagerplatz vorbeifloss, um dessen fröhlichem Plätschern an herausstehenden Steinen zu antworten. Dann holte der Schamane tief Luft und lächelte. Er war heiter und gelassen, im Einklang mit seiner Seele und seinem Körper. Er genoss das Panorama, denn wenn Laurent und seine Kollegen ankämen, wäre es mit seiner Einsamkeit vorbei. So weit der Blick reichte, breitete sich die Ebene aus, still und anmutig unter einem leichten Wind. Um den schier endlosen leeren Raum mit Leben zu füllen, fehlte vielleicht nur eine friedlich im Sonnenlicht grasende große Herde.

Zur Zeit seines verstorbenen Vaters hatte es noch massenhaft Rentiere hier in der Tundra gegeben. Junghirsche übten mit gesenktem Kopf und ineinander verkeilten Geweihen spielerisch die künftigen Kämpfe um die Kühe ein. Stürmten die Männer mit dem Lasso in der Hand in die Gruppe, stoben die aufgeschreckten Tiere in alle Richtungen davon. Num, seine kleine Schwester und die anderen Kinder stürzten sich ins Gewühl, rannten hinter den langsamsten Tieren her und stießen gellende Schreie aus. Seine Onkel wetteten, dieses Männchen oder jenes Weibchen auf hundert Meter zu erkennen, sie lachten und schlugen sich auf den Rücken. Wenn die Sonne unterging, hoben sich die Silhouetten der Hirten, die ein Tier mit einem Knie in der Flanke bezwangen, wie Schattenrisse vom leuchtendroten Horizont ab. Dann sammelten sich alle wieder und kehrten zu ihren Zelten zurück.

Die Erinnerung an seinen Vater machte Num traurig, weil er ihm, wie er sich vorwarf, nie richtig zugehört hatte. Letztlich war sein Vater aus Kummer darüber gestorben, dass er nach dem Zerfall des traditionellen Lebens die Rentiere nicht hatte retten können. So viele Winter hatte er sie vor Vielfraßen, Wölfen und anderen Raubtieren beschützt, aber die Bahn und die Verheerungen durch die Gasförderung hatten den Rentieren, die von Anbeginn der Zeit Freunde seines Volkes waren, schwer zugesetzt. Die Harmonie war für immer zerstört. Die »Zivilisation« drang immer weiter in ihren natürlichen Lebensraum vor, in manchen Gegenden vergiftete das Erdöl die Weiden hektarweise, und schließlich gab die Rentierpest, an der die schwächsten Tiere massenhaft verendeten, ihnen den Gnadenstoß.

Und dann kamen immer mehr Fremde aus Nationen, die sich lieber gegenseitig zerfleischten, statt sich als verschwisterte und einander ergänzende Einheiten zu begreifen und voneinander zu lernen, aus ihren Erfolgen und vor allem aus ihren Fehlern. Sie alle waren bereit, die schlimmsten Massaker zu begehen, um anderen ihre Art zu leben oder ihre Gottheiten aufzuzwingen. Die ersten Fremden, die ins Land von Nums Volk kamen, behaupteten, Jesus Christus sei die einzige Rettung, danach wurde allenthalben auf den Kommunismus geschworen, und die neueste Religion war das Geld. Alle hatten ihnen das Blaue vom Himmel versprochen und dann unendliches Leid über diese eng mit der Natur verbundenen Völker gebracht. Skrupellos hatten sie Frauen, Männer und Kinder hingemetzelt, ohne zu begreifen, dass sie sich damit selbst um das Erbe der Menschheit brachten, das diese ihnen so ähnlichen und doch so verschiedenen Völker in sich trugen. So viele hatten sich in die Illusion verrannt, Reichtum bestünde aus einer Anhäufung materieller Güter. Sie hatten menschliche Gemeinschaften in ein Nebeneinander abgestumpfter, rücksichtsloser Egoisten verwandelt, jeder besessen von der Gier, so viel wie möglich an sich zu raffen, gefangen im Kreislauf des Immermehr, der alle unzufrieden, maßlos neidisch und eifersüchtig machte.

Den Blick verloren im Blau des Firmaments, wo seine Königin nun über ihn wachte, legte Num sich mit ausgebreiteten Armen auf das fette Tundragras, auf Flechten und Moos. Da er seine Sorgen über eine ungewisse Zukunft vertreiben wollte und zum letzten Mal für längere Zeit allein war, nutzte er die Gelegenheit, ausführlich zu meditieren, er berauschte sich an der Unendlichkeit und ließ sich dann in eine Trance fallen. Eine Brise kam vom Himmel und trug ihn fort. Er teilte sich auf die vier Winde auf: Ein Teil von ihm folgte dem Flug eines Adlers ins Weite, ein anderer tauchte in die kalten Wasser des Ozeans und umspielte einen kleinen Wal, der dritte scharrte mit den Insekten in der Erde, der vierte verflog in Schneekristallen, die sich in Flocken auf den Permafrost setzten.

Endlich kam er wieder zu sich. Die Stunde des großen Treffens nahte, und er hatte seiner Königin versprochen, dass ihr daraus wenig Kummer, aber viel Hoffnung erwachsen würde. Die Afrikanerin der Arktis wünschte sich, dass die Menschen sich diesmal weder durch Überzeugungen noch durch Zorn blenden ließen. Dass sie sich nicht in Szene setzten, sich nicht aufregten, sich in Momenten von Wut und Chaos nicht zerfleischten oder anders umbrachten. Num schloss die Augen und sandte flüsternd ein Gebet zum Himmel, dass beim Ausbruch des dräuenden großen Tumults sein Fleckchen Erde im Norden seine Lebendigkeit, seine Vielfalt und vor allem seine Ruhe bewahren möge.

Als das Flugzeug auf dem Rollfeld eines kleinen Flughafens im Westen der Jamal-Halbinsel landete, schlug Cosima die Augen auf und stellte verblüfft und ein bisschen peinlich berührt fest, dass sie an Silvères Schulter eingeschlafen war. Sie wunderte sich darüber, ihn so nah an sich herangelassen zu haben, auch wenn die Offenheit, die sie an ihm bemerkte, sie milde stimmte und ihr Misstrauen besänftigte. Ganz selbstverständlich hatte sie Vertrauen zu diesem Mann gefasst, der sogar zu schüchtern war, ihr freundschaftliches Lächeln zu erwidern. Wenn er ihr murmelnd antwortete, dämpfte er seine Stimme und senkte den Blick. Und dazu noch diese außergewöhnliche Reise! Sie waren am späten Nachmittag Seite an Seite entschlummert und in der strahlenden Sonne der Polarnacht aufgewacht. Der Flug hatte sie so schnell so weit nach Osten geführt, dass Silvère jedes Zeitgefühl verloren hatte. Er navigierte auf Sicht durch die letzten Schwaden des Schlummers, total durcheinander und ohne Halt – bis auf die beruhigende Gegenwart dieser Frau neben ihm.

»Los, kommt, wir steigen aus! Und Vorsicht, die Beamten hier nehmen es oft ganz genau!«

Laurents Schlaf war unruhig und voller Albträume gewesen. Die nächsten Minuten würden entscheidend sein. Er hatte sein ganzes Geld geopfert, um die Expedition zu finanzieren, jetzt musste er einen guten Eindruck machen und durfte keinesfalls durchblicken lassen, wie nervös er war.

Nach dem Aussteigen gingen die drei zur Zollstation, die sich in einem schwach beleuchteten, düsteren Gebäude aus einer anderen Zeit befand. Als einzige Nichtrussen unter den Passagieren standen Cosima, Silvère und Laurent lange vor einem leeren Schreibtisch, der für Ausländer reserviert war, und mussten dort warten, bis der letzte Russe abgefertigt war. An der steifen Haltung der zwei Diensthabenden erkannte Laurent sofort, dass es sich um besonders übereifrige Beamten handelte. Den Herzschlag kontrollieren, sagte er sich, bloß nicht rot werden, sich nicht verdächtig machen, so entspannt wie möglich wirken! Die anderen beiden warteten brav und nichtsahnend. Laurent gab sich alle Mühe, die seriöse Aura des Leiters einer wissenschaftlichen Mission von höchster Wichtigkeit auszustrahlen, und wischte sich den Schweiß von der Stirn. Die große Mütze tief in die Stirn gezogen, kam ein Beamter an den Schreibtisch, zurrte seinen Krawattenknoten fest, nickte kurz und nahm die Papiere, die Laurent ihm hinhielt. Jetzt ging es ums Ganze. Der Beamte suchte offenbar nach einer Schwachstelle. Er zog die Augenbrauen zusammen, durchbohrte Laurent mit seinen Blicken und musterte Cosima herablassend.

»Arzt, richtig?«

Mit den paar Brocken Russisch, die er von Forscherkollegen auf früheren Expeditionen gelernt hatte, radebrechte Laurent, dass sie Deutsche sei und ihn nicht verstehe, ja, sie sei ausgebildete Ärztin. Brüsk belehrte ihn der Zollbeamte, dass er die Staatsbürgerschaft der betreffenden Person selbst dem Pass entnehmen könne, und befahl ihm zu schweigen. Dann zog er eine Grimasse und starrte Cosima an. Sie fand sein Verhalten unverschämt, zog entschlossen die Kopie ihres

Diploms aus dem Stapel der vor ihm liegenden Dokumente und tippte energisch mit dem Zeigefinger darauf. Mit ihrem Blick forderte sie den Beamten heraus, der eine Rückzugsbewegung andeutete, bevor er mit verkniffenem Mund nickte. Dann forderte er sie mit einem Wink auf weiterzugehen. Zufrieden, dass sie diesem Einschüchterungsversuch widerstanden hatte, bezog sie in zwei Meter Entfernung mit verschränkten Armen Posten. Erst als Silvère drankam, begannen die Probleme.

»Kann der auch kein Russisch?«, fragte der Beamte.

»Nein, Herr Offizier, er ist Franzose, aber …«

Noch bevor Laurent den Satz beendet hatte, kehrte sein Gegenüber ihm den Rücken, ging zu seinem Kollegen hinüber und begann leise mit ihm zu sprechen, während er Silvère, der eine königliche Ruhe bewahrte, aus der Entfernung misstrauisch beäugte. Seit Laurent ihm nach seiner Meditation am Grabmal der Herrscherin der Bakongo von der Existenz einer Afrikanerin in der Arktis erzählt hatte, waren Silvères Visionen und Halluzinationen verschwunden. Dadurch hatte sein Geist genug freie Kapazitäten, um sich einerseits auf die bevorstehende Begegnung mit seiner fernen Ahnin, andererseits auf Cosima und seine Gefühle für sie zu konzentrieren. Sich mit einem so bedeutungslosen Vorgang wie bürokratischen Schikanen am Flughafen zu beschäftigen, kam gar nicht infrage, die ganze Situation beunruhigte ihn nicht im Mindesten. Die Agenten der inneren Sicherheit wollten wissen, wie er so schnell eine Erlaubnis zum wissenschaftlichen Arbeiten in Sibirien bekommen hatte, irgendetwas war daran doch nicht koscher. Da Silvère ihnen nicht antworten konnte, blieb er stumm, lächelte in Richtung Cosima und dachte darüber nach, wie sehr ihn die erste Begegnung mit einer Königin, die noch älter war als die von M'banza Kongo erschüttern würde.

Laurent dagegen wurde es langsam zu bunt, die Beamten wussten doch genau, dass auf seinen und Cosimas Papieren dieselben Daten standen. Die spielten nur Katz und Maus mit ihnen – was sie störte, war Silvères Person. Sieht nicht gut aus, dachte er, und es würde noch schlimmer kommen. Ob er ihnen den Umschlag mit den Scheinen in die Hand drücken sollte, den er für solche Fälle dabeihatte? Das Risiko schien ihm zu groß, also ließ er es bleiben. Die Situation entglitt ihm zusehends, er verhaspelte sich in wirren Erklärungen in einer Sprache, die er nicht beherrschte, und schließlich war alles vergebens. Die Beamten forderten Silvère auf, mitzukommen, nahmen ihn in die Mitte und brachten ihn in ein winziges, fensterloses Zimmer, um seine Angaben routinemäßig zu überprüfen.

Laurent wurde kreidebleich und musste sich setzen. Cosima ertrug es nicht, ihn so zu sehen, jämmerlich, feige, unfähig, sich der Situation zu stellen. Wie konnte er so schnell klein beigeben?

»Willst du hier sitzen bleiben und warten?«, herrschte sie ihn an. »Los, tu doch was!«

Sergej schlief noch, als Mischa ins Zimmer platzte und atemlos verkündete: »Chef, der Franzose ist da, aber er hängt noch am Zoll fest … Er ist nämlich nicht allein gekommen, sondern mit noch zwei anderen: einem afrikanischen Wissenschaftler, der aber französischer Staatsbürger ist, und einer Frau, Japanerin mit deutschem Pass, und meine Jungs meinen, dass die Ärztin ist.«

Sergej war noch nicht richtig wach, er hatte einen schweren Kopf und ein pelziges Gefühl im Mund. Mühsam ordnete er seine Gedanken. Insgeheim hatte er ja gehofft, dass der Franzose gar nicht käme. Dass er nun doch da war, sprach leider dafür, dass dieses prähistorische Zeug auf seinem Gelände tatsächlich existierte. Der alte Schamane hatte also keinen Unsinn gefaselt, und das war eine ganz schlechte Neuigkeit. Aus dem Gestammel seines Handlangers entnahm er außerdem, dass sie es mit einer bunten Wissenschaftlertruppe zu tun bekämen, was die Angelegenheit zusätzlich komplizierte. Diese Aussicht gefiel ihm überhaupt nicht. Sergej massierte sich die Schläfen, trank einen Schluck Wasser und wurde von einer Angst heimgesucht, wie er es seit seinen Anfängen bei der Mafia nicht mehr erlebt hatte. Doch da er es prinzipiell vermied, vor Untergebenen auch nur einen Hauch von Schwäche zu zeigen, verbarg er seine Befürchtungen hinter einem Pokerface. Nie das Gesicht verlieren und kaltes Blut bewahren, auch wenn immer wieder neue Schwierigkeiten auftauchten! Das Gespenst des Scheiterns mit allem, was daraus folgen konnte, saß ihm im Nacken. Anscheinend hatten sich Menschen aus aller Herren Länder verbündet, um auf seiner künftigen Baustelle herumzubuddeln. Sergej sah schon Hunderte von begeisterten jungen Menschen aus allen Himmelsrichtungen herbeiströmen und vor den Kameras der ganzen Welt die Baustelle besetzen. Und irgendwelche Linken, denen mangels anderer Ziele, für die es sich zu kämpfen lohnte, jedes Mittel recht wäre, seine Einrichtungen zu sabotieren. Wo er doch alles dafür getan hatte, dass das Projekt in etwas mehr als einer Woche starten konnte. Doch jetzt, wo die Einweihung zum Greifen nah war, tauchte vor Sergejs innerem Auge erstmals die Möglichkeit auf, dass sein riesiger Gaskomplex den ersten Spatenstich nie erleben könnte – was eine Katastrophe mit schrecklichen Konsequenzen wäre.

Es fiel ihm schwer, seine Niedergeschlagenheit zu verbergen. Warum passierte so was immer nur ihm, der sich ohnehin schon sein ganzes Leben mit einer erklecklichen Anzahl von Problemen herumschlagen musste? Das Leben hat mir nie etwas geschenkt, sagte er oft schmallippig, mit zusammengebissenen Zähnen und düsterem Blick. Gleich nach seinem Ingenieurdiplom in Optotechnik war er der Kommunistischen Partei beigetreten mit der Aussicht auf einen kometenhaften Aufstieg innerhalb der Nomenklatura. Doch ein paar Monate später implodierte das Sowjetregime, und Sergej durchlebte eine Periode der Knappheit – leere Geschäfte, Lebensmittelmarken, Arbeitslosigkeit –, in der er fast depressiv geworden wäre. Den Gipfel seines gesellschaftlichen Aufstiegs vor Augen, wurde er an den Fuß der Leiter zurückgeworfen und sah sich gezwungen, eine Beschäftigung als Facharbeiter anzunehmen – eine Schinderei für einen Hungerlohn. Das System war kollabiert, aber Sergej hatte gekämpft und gespart, bis er den Fließbandjob an den Nagel hängen konnte, um sein Glück als Kaufmann in Polen zu versuchen: Import-Export von Autositzbezügen, die er auf dem russischen Markt teurer verkaufen konnte. Und irgendwann schließlich, als die Verteilung der Güter, die dem sowjetischen Staat gehört hatten, einen nie dagewesenen Wirtschaftskrieg auslöste, der mit automatischen Waffen ausgetragen wurde, hatte er sich mit der Moskauer Mafia eingelassen. Gemeinsam eigneten sie sich die sehr lukrativen Tankstellen an und Jahre später, immer noch mit denselben Gangstermethoden – Korruption, Drohungen und Mord – den Gasmarkt im Westen der Jamal-Halbinsel, wo Sergej auf den Posten des CEO gehievt wurde.

Und wozu, fragte er sich ungläubig, hatte er diesen ganzen schwierigen Weg, auf dem er mehrfach in letzter Sekunde einem gewaltsamen Tod von der Schippe gesprungen war und die grausamsten Gegner ausgeschaltet hatte, trotz aller Widrigkeiten gemeistert, wenn er jetzt fürchten musste, wegen ein paar verbuddelten Knochen alles zu verlieren? Solche Überreste aus grauer Vorzeit waren seiner Meinung nach ohne Bedeutung, aber dennoch geeignet, ein paar Erleuchtete anzulocken und weltweit für einen Riesenaufschrei zu sorgen, sollte er ihnen bei der Errichtung seiner Förderanlage ein paar Kratzer zufügen. Nichtigkeiten, die sein Business ruinieren könnten. Wütend ballte er die Fäuste angesichts dieser x-ten Ungerechtigkeit, die ihm angetan wurde.

Sergejs blaue Augen bekamen einen grausamen Glanz, sein Überlebensinstinkt erwachte. Denn mehr als alles andere fürchtete er die blutigen Vergeltungsmaßnahmen seiner Verbündeten, falls er scheitern sollte.

»Ich habe keine Wahl«, murmelte er vor sich hin, »das Grab oder ich!«

Er würde das Problem schnell und endgültig aus der Welt schaffen. Ob er neben dem Grab auch die vier Zeugen beseitigen müsste? Er wog mögliche Risiken und Vorteile ab. Erst einmal müsste er in Erfahrung bringen, mit wem er es überhaupt zu tun hatte, mit Abenteurern, Öko-Aktivisten oder, was schon bedenklicher wäre, mit Vertretern einer NGO, Universitätsangehörigen oder, am allerschlimmsten, mit Abgesandten anderer Staaten. Bevor er sie möglicherweise liquidierte, würde er also Erkundigungen über den eigentlichen Zweck ihrer Mission und das Netz ihrer Auslandskontakte einholen müssen. Nach stundenlangem Surfen im Internet hatte Sergej allerdings nicht den leisesten Hinweis auf die Entdeckung eines Grabmals in Sibirien entdeckt. Also war der Fund, auch wenn etwas davon durchgesickert war, immer noch geheim. Jetzt war schnelles Handeln vonnöten!

Laurent fühlte sich schuldig und durch Cosimas verächtlichen Blick gedemütigt. Sein Ego war gekränkt, seine Mission in Gefahr. Er wandte den Blick ab und stammelte, dass er im Moment nichts tun könne, es würde sich schon alles regeln. Da sie aber nicht aufhörte, bat er sie, sich einfach ein wenig zu gedulden; Silvère würde es bestimmt gelingen, sich aus der Affäre zu ziehen. Derweil grübelte er verzweifelt über eine Entgegnung nach und über einen Plan B, falls Silvère doch nicht vor Ort sein könnte, aber vergebens. Nur er könnte Anspruch darauf erheben, archäologische Grabungen durchzuführen, um Fragmente von Werkzeugen oder Scherben von Geschirr zu finden, und vor allem daraus Rückschlüsse auf die Sitten und Gebräuche der dort Bestatteten zu ziehen, womöglich sogar auf deren Spiritualität und religiöse Praktiken. Das grandiose Bild der Dame in den Bergen von Puy-de-Dôme hatte sich ganz und gar in Luft aufgelöst. Die Weltsensation, von der Laurent geträumt hatte, wurde gerade von russischen Bürokraten beerdigt.

Eine halbe Stunde verging in lastendem Schweigen. Cosima hielt es nicht mehr auf ihrem Platz, sie fand Laurents Passivität unerträglich. Entschlossen marschierte sie zu dem Raum, in dem Silvère festgehalten wurde, und klopfte an der Tür. Aus dem Austausch mit dem Beamten vorhin schloss sie, dass so etwas nur im binären Modus der Machtverhältnisse funktionierte. Sie musste ihn also schwächen, destabilisieren. Als er die Tür öffnete, stellte sie sich vor ihn hin und beschimpfte ihn auf Deutsch, laut genug, um ihn zu beeindrucken, aber gemäßigt genug, dass er sich nicht beleidigt fühlte und auf stur schaltete. Obwohl er kein Wort von dem verstand, was da auf ihn einprasselte, nickte er zögernd. Er war verunsichert, bedeutete ihr zu warten und rief seinen Vorgesetzten an. Bald darauf erschien ein höherer Funktionär. Erleichtert erkannte Laurent den Mann wieder, der ihm im letzten Sommer einen Passierschein ausgestellt hatte, und eilte auf ihn zu.

»Na, Franzmann, auch wieder da?«, begrüßte der ihn auf Englisch. »Ich habe nicht erwartet, dich so schnell wiederzusehen!«

Sie unterhielten sich eine Weile auf Englisch. Sie seien nur gekommen, um die im Jahr davor begonnenen Beobachtungen fortzusetzen, log Laurent. Silvère verließ entspannt den Verhörraum. Als Cosima hinlief, um ihn zu umarmen, drückte er sie an sich und dankte ihr.

Nachdem die Unannehmlichkeiten der Einreise vorbei waren und die Spannung unter den Reisegefährten nachgelassen hatte, drängte Laurent die beiden anderen, ihr Gepäck zu holen. Jetzt ging es ihm nur noch darum, den Flughafen hinter sich zu lassen, um möglichst schnell und ohne Aufsehen Nums Lager zu erreichen. Es stand zu befürchten, dass die Ankunft eines Afrikaners und einer Eurasierin in einer nordsibirischen Kleinstadt, wo jedes noch so unbedeutende Ereignis, das die Routine durchbrach, alle Neugier auf sich zog, nicht unbemerkt bleiben würde. Und er wollte die Entdeckung lieber noch geheim halten, weil er einerseits besessen war von dem Wunsch, sie sich selbst zuzuschreiben, andererseits auch besorgt, dass sie einem von den Wilderern begegnen könnten, mit denen Nums Neffe verkehrte. Da es noch früh am Morgen war, gelang es ihnen, ungesehen die Stadt zu durchqueren.

An den Rändern fielen ihnen die riesigen Müllberge entlang der Landstraße auf: Hunderte bunte Plastiktüten und Gerippe ziviler oder militärischer Fahrzeuge verschandelten die Vorstadt. Besonders Silvère war von diesem Anblick enttäuscht. Da war er um die halbe Erde geflogen, vom Äquator bis über den Polarkreis, nur um am Ende den gleichen hoffnungslosen Zustand vorzufinden wie in Afrika! Auch Cosimas anfängliche Begeisterung hatte einen Dämpfer erlitten, erst durch das rassistische Verhalten der Grenzbeamten, dann durch diese Umweltsünden. Die Reise ihrer Träume begann ganz und gar nicht traumhaft.

Später, als die Sonne schon hoch am Himmel stand, kamen sie in eine hinreißende Landschaft, unberührt von jeder Spur menschlichen Handelns. Jeder von ihnen trug einen Rucksack, in dem sämtliche Gerätschaften für die jeweilige wissenschaftliche Arbeit verstaut waren, und dazu noch eine Umhängetasche für die privaten Sachen. So schleppten sie sich schweigend durch die flimmernde Sommerhitze.

Während der Reisevorbereitungen grübelte Mischa ständig darüber nach, wie sein Chef die Situation bereinigen könnte. Wie wollte er es anstellen, Num, den Franzosen und dessen ausländische Freunde davon zu überzeugen, dass der Bau einer Fabrik, die zur Modernisierung der Halbinsel beitragen würde, wichtiger war als der Schutz irgendwelcher Überbleibsel aus der Vorzeit, die ohnehin nur Wissenschaftler, Nostalgiker und eine Handvoll Intellektueller interessierte? So wie er die Entschlossenheit seines Chefs einschätzte, war es schwer vorstellbar, dass er nachgeben oder auch nur einen Fußbreit zurückweichen würde. Allerdings hatte er auch schon erlebt, wie starrsinnig der Franzose sein konnte, der einmal für seine ökologischen Ideen fast gelyncht worden wäre. Und seinen Onkel kannte er gut genug, um dessen unerbittliches Festhalten an jenen Werten zu fürchten, die sowieso nur in den Sphären galten, zu denen er allein Zugang hatte. Ein Gespräch zwischen allen Beteiligten erschien Mischa jedenfalls schwierig, wenn nicht unmöglich. Er hatte ein bisschen Angst um seinen Job und hoffte, ihn unabhängig vom Ausgang zu behalten.

Unter Sergejs wachsamem Blick lud er widerwillig die Waffen. Dann verstaute er sie zusammen mit den Vorräten, literweise Wasser, Champagner und Wodka in dem riesigen Geländewagen, den er von seinen Wildererfreunden geliehen hatte. Sergej ließ erst Mao einsteigen und nahm dann auf einer der beiden gegenüberstehenden Bänke an einem kleinen Tisch im Fahrgastraum Platz. Dann nickte er Mischa zu, der vor der Fahrertür in Habtachtstellung auf Befehle wartete. Der gehorchte, klemmte sich hinters Lenkrad und drehte den Schlüssel um, und das mechanische Monster, das entworfen war, um steile Gebirge zu bezwingen, raste mit seinen vierhundert Pferdestärken brüllend durch die Stadt. Waren die gewaltigen, hohen Räder erst einmal losgelassen, machten sie mühelos alles platt, das sie überfuhren, wie die Müllberge, die die Vorstadt verunstalteten. Sie scheuchten Schwärme von Vögeln auf und ließen keinen Stein auf dem anderen. Erbarmungslos durchpflügte das einst für militärische Operationen eingesetzte Fahrzeug die Tundra und hinterließ tiefe, breite Spurrillen im bunt schillernden Teppich aus hübschen Sommerblumen.

Sergej schwieg. In seinen Augen funkelte Erleichterung darüber, dass er endlich zur Tat schreiten konnte. Im Lauf der Zeit hatte er eine tief sitzende Abneigung gegen jegliche Form von Passivität entwickelt. Nichtstun führte bei ihm zu Angstanfällen, weil es die Erinnerung an die schmachvollen Jahre in der Moskauer Vorstadt wachrief, als er noch arm und unbedeutend war – ein Kind anonymer Arbeiter in der riesigen Masse von Familien, deren Zukunft von den Entscheidungen der Fabrikverantwortlichen und den Direktiven der Ortssektion der Kommunistischen Partei abhing. Seither hasste er es, den Entscheidungen anderer ausgeliefert zu sein. Sein Leben lang hatte er darauf hingearbeitet, sich zum Herrn über sein eigenes Schicksal aufzuschwingen, aus der Masse hervorzustechen und allgemeines Ansehen zu genießen. Kurz: »Es zu schaffen«, wie er gern mit feierlichem Nicken, gespitzten Lippen und vor Selbstzufriedenheit glänzenden Augen erklärte.

Hinter seiner versteinerten Miene bebte er innerlich, weil Adrenalin seinen ganzen Körper flutete und seine bleichen Wangen rosig färbte. Bald hätte er wieder die Kontrolle über die Situation. Die Jagd war eröffnet!

Das launische Relief der Halbinsel verlangte Laurent einiges ab, die Unebenheiten des Bodens plagten seinen Rücken, und die Hitze beeinträchtigte seinen Stoffwechsel. Niedrigere Temperaturen waren ihm bei Weitem lieber, daher seine Neigung zum Norden, den er besonders im Winter oder Herbst gern erforschte. Er hatte sich immer geweigert, weiter in den Süden zu reisen als bis zu den Alpen – außer aus beruflichen Gründen. Er senkte den Kopf, Schweiß brannte ihm in den Augen.

Silvère, der ihm ein paar Meter voraus war, ließ pausenlos den Blick über das außergewöhnliche, faszinierende Panorama vor ihm schweifen: die Tundra. Eine sanft gewellte Landschaft, fast zur Gänze von Grün überzogen, ein Blumenmeer in den lebhaftesten Rosa-, Rot- und Orangetönen, zwischen vereinzelten Tälern trat manchmal ein Stück gelber Boden zutage. Ein Wunder. Am Horizont, vor den Bergen, Gruppen von Sträuchern zwischen großen Steinen, umkränzt von niedrigem Bewuchs in Weiß- und Violettschattierungen. Dieser Schönheit entsprang eine Art heitere Kraft, so Silvères Eindruck. Endlich, dachte er kontemplativ und erlöst, endlich angekommen!

Er konzentrierte sich, kniff die Augen zusammen und sah mit einem leichten Schwindelgefühl die verschwommenen Umrisse eines Zeltlagers vor sich, verhangen vom luftigen Nebel einer anderen Zeit. Dort machten sich Frauen und

Männer in Rentierfellen unter der Anleitung der besten und klügsten Köpfe zu schaffen, vor einer Geräuschkulisse aus Reden, Kinderlachen und dem Schaben von Stein- oder Knochenwerkzeugen auf Holz, das wie durch einen Dämpfer zu ihm drang. Die Lider halb geschlossen, hatte Silvère das Gefühl, zwischen diesen mit alltäglichen Arbeiten beschäftigten Gestalten herumzugehen, in dem Idyll, das sein Gehirn in den leeren Raum des Tals hineinprojizierte. In diesem Augenblick fühlte er sich ganz als Erbe der genialen Eingebung, die vor sehr langer Zeit eine Frau auf den Gedanken gebracht hatte, das Schicksal ihres Volkes mit dieser besonderen Gegend zu verbinden. Mechanisch setzte er einen Fuß vor den anderen, beseelt von einer Euphorie, die ihn sehr weit forttrug von den früheren schmerzlichen Empfindungen. Wie im Taumel schlenderte er durch die verblassenden Bilder in den riesigen Räumen des hohen Nordens. Er hatte sich endlich befreit, also lächelte er den Pflanzen zu, verbeugte sich vor ihnen, hörte die Willkommensworte der Erde, berauschte sich an den köstlichen Gerüchen, die ihm der Wind zutrug, und konnte gut verstehen, dass es dem Schamanen so viel bedeutete, dieses Paradies unversehrt zu bewahren.

Cosima war überwältigt von der Majestät und der unglaublichen Ruhe, die von der Macht der Natur um sie herum ausging. Alles, was sie sah, entzückte sie, ihre Augen sprühten. Ab und zu drehte sie sich um, ging ein paar Meter rückwärts, hob die Arme zum Himmel und lächelte. Dann tänzelte sie nach rechts und nach links, beugte sich zum Boden hinunter, fuhr mit den Fingern durch das üppige Gras, streichelte das Moos, die Flechten und sog den Duft der gerade aufblühenden Zwiebelblumen ein. Schließlich sah sie lange in den Himmel, der ständig in Bewegung war, folgte dem endlosen Ballett der Wolken, die sich ineinanderschoben und im nächsten Moment auseinanderstoben, sich ballten oder sich auflösten. Sie fand zu einer entspannten jugendlichen Leichtigkeit zurück und sagte sich immer wieder, dass sich die Fata Morgana in einen Wachtraum verwandelt hatte: Was sie immer gehofft hatte, war Wirklichkeit geworden – sie hatte tatsächlich den Boden Sibiriens unter ihren Füßen. Jetzt galt es, nicht mehr nur vegetarisch zu essen, Rad zu fahren und Müll sorgfältig zu trennen, sondern in einem umfassenderen Sinne zu handeln. Unter strenger Anwendung wissenschaftlicher Methoden würde Cosima einen Schatz der Vergangenheit bergen und ihn gewissenhaft untersuchen, und, so hoffte sie inständig, dank den Ergebnissen ihrer Arbeit die Utopie verwirklichen, ein noch intaktes Ökosystem vor der Verwüstung durch die Industrie zu retten.

Das wäre ein großer Erfolg für sie, die schon als Kind für die Natur sensibilisiert war und nach den Erdbeben in Haiti und Japan beschlossen hatte, sich ernsthaft für den Umweltschutz zu engagieren. Zwei Länder, die in Bezug auf Geschichte, Lebensstandard und geografische Lage nicht unterschiedlicher sein konnten, waren von der gleichen Gewalt mit den gleichen katastrophalen Folgen getroffen worden. Immer wieder hatte Cosima die Bilder vom Ende der Welt in Port-au-Prince an sich vorbeiziehen lassen: zerstörte Autos, aufgerissene Straßen, verwaiste Bahnhöfe, entgleiste Züge, leere Geschäfte, Plünderungen … Und als der entfesselte Ozean ein riesiges Gebirge aus Wasser gebar, das über das Land ihres verstorbenen Vaters hinwegraste und dabei ein Atomkraftwerk zerstörte, stellte sie zwischen diesen beiden schrecklichen Ereignissen eine Verbindung her und erblickte darin eine ernste Warnung an die Menschheit, die so viel Chaos stiftete, dass die Natur von der Gebärmutter zum Grab wurde. Darauf musste die Menschheit doch reagieren, ihre Beziehungen zur Erde radikal verändern, bescheidener werden! Nie würde sie den Überlebenden aus Port-au-Prince vergessen, der erzählte, wie das Beben die solidesten Gebäude binnen Sekunden zum Einsturz brachte, die Blumenstängel dagegen biegsam in ihre ursprüngliche Form zurückschnellten. Im Toben der Elemente hatten sich die vorgeblich robusten Hervorbringungen von Wissenschaft und Menschenverstand als schnell zusammengeschustert erwiesen. Hier in der Tundra war die unglaubliche vitale Kraft der Natur überall am Werk zu sehen.

Lange hatte Cosima darüber nachgedacht, wie sie sich aktiv für den Schutz des natürlichen Gleichgewichts einsetzen könnte. Von Freunden, die sie zu mobilisieren versuchte, war sie bald enttäuscht. Viele hatten geunkt, sie nehme sich die Gefahren, die der Erde drohten, zu sehr zu Herzen, andere hatten ihr nicht einmal zugehört. Am Ende waren alle von ihr abgerückt. Eine Zeit lang war sie sehr beeindruckt von den Landbesetzern in Notre-Dame-des-Landes, die genauso wie sie den Wunsch hegten, ihren Alltag anders, gerechter zu gestalten. Aber dann hörte sie auf ihrer Reise nach Westfrankreich, zu den Aktivisten, während eines Zwischenstopps in Paris einen Vortrag Laurents und war sofort gefesselt von seinen Worten. Nach den Fragen des Publikums gingen sie noch einen trinken. Seine Ruhe und die wissenschaftliche Arbeit im hohen Norden beeindruckten sie. Er redete ihr das Vorhaben aus, sich der Landkommune anzuschließen, die er für zu radikal hielt, und schlug ihr eine Zusammenarbeit vor, die darauf abzielte, um öffentliche Aufmerksamkeit für die Umwelt zu werben, statt sich in einen Kampf hineinziehen zu lassen.

Der Gedanke, dass sie ihr Hiersein letztlich einem Rüpel wie Laurent verdankte, war Cosima unangenehm, also verscheuchte sie ihn gleich wieder. Sie setzte sich auf einen kleinen Erdhügel und zog die Schuhe aus, um mit der mythischen Erde der Arktis zu kommunizieren. Eine kühle Brise streichelte ihr Gesicht, das einen feierlichen Ausdruck annahm. Aufgebracht rief Laurent sie zur Ordnung: Niemand dürfe barfuß den rauen Boden der Tundra betreten, sie müsse sich schützen. Sie überhörte die Warnung und dehnte den Augenblick so lang wie möglich, dann zog sie die Schuhe wieder an. Mit drei Sprüngen hatte sie Silvère eingeholt, um ihre ersten Eindrücke mit ihm zu teilen. Ihre Blicke trafen sich. Er war noch ganz in der magischen Bilderflut zwischen einst und jetzt befangen, gleichzeitig war auch Cosimas Anziehung in seinen verwirrten Augen zu lesen. Er musste sie sehr lange und konzentriert anschauen, um wieder in die Wirklichkeit zurückzufinden. Cosimas Wangen röteten sich ein wenig. Er schenkte ihr ein scheues Lächeln, senkte den Kopf und steckte die Hände in die Taschen. Sie beschlossen, gemeinsam weiterzugehen, und wurden in dem Versuch, ihre Schritte aufeinander abzustimmen, immer schneller, ohne es zu bemerken, berauscht vom Glück der gemeinsamen Erfahrung in der Stille der ungeheuren Ebene.

Laurent dagegen mühte sich mit gekrümmtem Rücken an der Flanke eines Tals ab und blieb immer weiter hinter seinen Weggefährten zurück. Sein Enthusiasmus war verflogen. Ein Gefühl der Bedrohung machte sich in ihm breit. Die beiden verstanden sich so gut in ihrer jugendlichen Entdeckungsfreude, dass sie sich verhielten, als wäre er gar nicht da. Er rief sie aus der Ferne. Nach dem zweistündigen Marsch brauchte er jetzt eine Pause, um etwas zu trinken und sich zu erholen. Aber er hielt Abstand. Wie er Cosima so strahlend und begeistert neben Silvère sitzen sah, fragte er sich, wie er sich hatte einbilden können, dass eine Frau wie sie sich für ihn interessieren und seinen Avancen womöglich nachgeben könnte. Sibirien würde weder der Schauplatz einer Veränderung noch der Entstehungsort einer Romanze sein. Doch Laurent hatte immer noch nicht ganz aufgehört, daran zu glauben. Er bereute zutiefst, die jünglingshafte Leidenschaft, die Cosimas Anwesenheit in seinem winzigen Büro ausgelöst hatte, nicht gezügelt zu haben. Er hatte nie die Gelegenheit gehabt, ihr zu gestehen, wie sehr sie sein Leben erschüttert hatte. Ihre Kreativität, ihre überschäumende Energie und ihr heller Kopf hatten seine frühere Entschlossenheit wiederbelebt. Sie hatte ihm Fluchtwege aus seinem öden, zu klein gewordenen Leben und der geschlossenen, um sich selbst kreisenden akademischen Welt aufgezeigt. Eigentlich war es ihre Schuld, dass er seine sichere Stelle im öffentlichen Dienst zugunsten eines ambitionierten Projekts an den Nagel gehängt hatte. Ohne sie hätte er es nie gewagt, seinen Traum von einer – privat finanzierten – Stiftung mit dem ehrgeizigen Ziel, sein Wissen weiterzuverbreiten, in Angriff zu nehmen. Dank ihr hatte er gelernt, das Unmögliche zu versuchen, die ausgetretenen Pfade zu verlassen, an das Unglaubliche zu glauben und es Wirklichkeit werden zu lassen. Die in Rekordzeit organisierte Forschungsreise war dafür der schlagende Beweis. Doch Cosima ignorierte ihn, kein einziges Mal hatte sie ihn dafür gelobt und gepriesen, nicht einmal beglückwünscht zu diesem Kraftakt, sie sah ihn gar nicht an!

Neid und Bitterkeit machten sich im Herzen des Professors breit, er fühlte sich herabgesetzt, abgehängt, alleingelassen, auf dem absteigenden Ast. Er fürchtete, dass die auf eigene Kosten zum Preis seines Bankrotts organisierte Mission ihm entglitt. Düstere Gedanken gingen ihm durch den Kopf. Zu seiner Müdigkeit und Einsamkeit kam Groll hinzu. Es wurde Zeit, Laurent verkündete den Abmarsch, und alle drei setzten sich wieder in Bewegung.

Von Kindesbeinen an war für den schüchternen, furchtsamen Sergej Gewalt alltäglich gewesen. Ohnmächtig gegenüber den Wutausbrüchen seines Vaters, der Familie und Nachbarn tyrannisierte, war er mit geballten Fäusten und zusammengebissenen Zähnen groß geworden. Er hatte Rachepläne gewälzt und von dem Tag geträumt, an dem er stark genug sein würde, das Kräfteverhältnis umzudrehen. Mit der Zeit hatte er einen tiefen Widerwillen gegen seine passive Mutter entwickelt. Ihre Duldsamkeit gerann ihm zum Inbild eines unterdrückten kleinen Dings, verstört und zitternd vor Angst, das auf Beschimpfungen und Schläge nicht reagierte. Seine Verachtung für sie hatte die Abneigung gegen den brutalen Vater schließlich überflügelt. Er war so an Gewalt gewöhnt, dass das seine übliche Art der Auseinandersetzung wurde. Vor allem hatte er sich geschworen, nie wieder zu den Schwachen zu gehören. Sein Verhältnis zu anderen Menschen beschränkte sich auf die Alternative Vernichten oder Vernichtetwerden. Eine andere Vorstellung des Lebens als die vom ewigen Kampf zwischen Sieg oder Niederlage war ihm fremd. Diese Gedanken beschäftigten ihn, während Mischa den idealen Standort suchte, von dem aus sie jede Bewegung von Laurent und seinen jugendlichen Begleitern beobachten könnten.

Nie wieder Verlierer sein, das hatte sich Sergej vor Langem geschworen. In seinen ersten Lebensjahren war das

Scheitern sein täglich Brot gewesen, er litt unter der Erinnerung, am untersten Ende der Leiter auf die Welt gekommen zu sein, und seine Vergangenheit ertrug er wie einen angeborenen Makel. Nie wieder wollte er die Demütigungen der Armut, die Frustrationen des Mangels, die Schande des Spotts und der Verachtung erdulden. Über Jahre hatte er sich in Geduld geübt und Schritt für Schritt seinen Aufstieg vorbereitet, getragen von den Flügeln der klassischen Musik und den schwermütigen Heldengesängen der Chöre der Roten Armee, die ihm die Flucht in Welten erlaubten, wo ihm alles zuflog. Mit vierzig hatte er einen enormen Reichtum angehäuft und genug gesellschaftliches Ansehen erlangt, um sich endlich seinem ursprünglichen Ziel zu widmen: sich für seine frühere Armut zu rächen. Die Furcht davor, je wieder im Elend zu landen, plagte ihn so sehr, dass Geld für ihn stets im Zentrum stand. Sein gesamtes Handeln drehte sich um die Akkumulation immer größerer Summen. Daraus leitete er auch seinen einzigen Maßstab ab: Sein Reichtum war die Elle seines Werts und damit auch seines Wohlbefindens. Unsicherheit oder das, was man die Wechselfälle des Lebens nennt, waren ihm zuwider. Deshalb setzte er alles daran, sich über die Menschen, mit denen er zu tun hatte, zum Herrn des Verfahrens aufzuschwingen. Diese schlichte Lebensregel passte zu ihm, beruhigte ihn und ersparte ihm mögliche Enttäuschungen. Im Grunde lebte Sergej in ständiger Angst, er misstraute seinem Nächsten und zog es vor, nichts mit ihm zu tun zu haben oder, noch besser und sicherer, ihn zu zerstören. Von Menschen Freundlichkeit zu erwarten hatte er nie gelernt.

Das Fernglas fest vor den Augen, hatte er aus rund fünfhundert Meter Entfernung die Annäherung zwischen Cosima und Silvère Schritt für Schritt verfolgt.

»Schade drum!« Er räusperte sich und spuckte aus. »Mit dem Trottel beschäftigen wir uns gleich noch. Der soll mal Maos Umarmungen kennenlernen!«

Mischa war mit seinen eigenen Beobachtungen beschäftigt und antwortete nicht gleich. Der Franzose sei mit seiner Truppe jetzt fast bei seinem Onkel angekommen, sagte er dann. Da ein Unwetter drohte, würden sie wohl den Rest des Nachmittags und den Abend dort verbringen und nicht vor dem nächsten Morgen aufbrechen. Sie könnten also nichts anderes tun als warten.

Sergej fand sich damit ab, sich noch ein paar Stunden gedulden zu müssen, bevor er ein für alle Mal mit dem Zirkus Schluss machte, wie er großspurig ankündigte, während ihm die Angst schon in den Knochen saß. Er dachte an seine Verpflichtungen gegenüber den ausländischen Partnern, Chinesen, Türken, Koreanern und Amerikanern, die Hunderte Millionen Dollar investiert hatten. Mit denen ließe sich aber vielleicht noch verhandeln, anders als mit seinen Mafia-Freunden. Die hatten nicht nur Geld in diese Gasförderanlage gesteckt, sondern ihn auf seine Bitte hin auch noch mit deren operativer Leitung beauftragt. Im Gegenzug erwarteten sie keine Erklärungen, sondern bezifferbare Ergebnisse. Sergej hatte lange genug mit diesen Leuten zu tun, um fürchten zu müssen, dass er einen Misserfolg mit dem Leben bezahlen würde. Er biss die Zähne zusammen, sein Mund war trocken. Zu dumm, dass Mischa die DVD mit der Siebten nicht hatte auftreiben können. Er summte den Anfang des ersten Satzes, und um sich die Zeit zu vertreiben, dachte er sich eine Reihe von Übungen für seinen Hund aus. Aber es war unmöglich, Mao in einer so öden Landschaft zu trainieren. Hier würde der Kampfhund noch zum Schlappschwanz. Ein einziger Albtraum, diese Gegend!

»Man sollte alles plattmachen, was hier kreucht und fleucht und nur die Schätze unter der Oberfläche heben«, knurrte er achselzuckend, ging zu dem am Fuß des Hügels geparkten SUV hinunter und nahm auf eine Zigarre und ein Glas Wodka am Tisch im Wagen Platz.

Voll düsterer Gedanken quälte sich Laurent mühsam durch die Landschaft, die ihm nichts mehr sagte. Die Erinnerung an seine erste Reise in die Tundra, als er, entzückt von der kleinsten Knospe, mit norwegischen und osteuropäischen Kollegen tagelang Heilkräuter gesammelt hatte, schob er beiseite. Vor einem Jahr noch hatte er Num für die komplizierten, präzisen Bewegungen bewundert, mit denen er ihn in die Kunst des Überlebens in dieser feindlichen Umgebung einweihte, ihm zeigte, welche essbaren Beeren es gab und wie man die Erde auf der Suche nach Wurzeln mit einem Walrossknochen durchpflügte. Doch mittlerweile hatte Laurents Blick jeden Glanz verloren, tiefe Falten furchten seine Stirn, sein Gesicht war zu einer vergrämten, vergrätzten Grimasse erstarrt. Und jede Anstrengung verstärkte seinen Groll. Wie lächerlich, eine prähistorische afrikanische Frauengestalt in den Bergen von Puy-de-Dôme zu erblicken! Wahrscheinlich hatte ihn Num von Anfang an manipuliert, dachte er, und ärgerte sich über sich selbst, das Gerede eines alten Mannes so ernst genommen zu haben, dass er selbst anfing zu halluzinieren. Er schüttelte den Kopf und fluchte leise vor sich hin. Die unerträgliche Mittagshitze quälte ihn, er fühlte sich gar nicht wohl und hatte einen unangenehmen salzigen Geschmack im Mund. Seine Füße forderten eine Pause. Aber die zwei anderen waren ihm so weit voraus, dass er hätte schreien müssen, um von ihnen gehört zu werden. »Undankbares Volk!«, knurrte er.

Bis zum Überdruss käute er im Geist seine Beschwerden wieder. Zorn verdoppelte seine Empörung. Die Sonne im Zenit über der blühenden Natur erbitterte ihn, und seine Gefährten nervten mit ihrer unerträglichen Naivität. Seine Einbildung, von einem angeblichen Feind benutzt, betrogen und über den Tisch gezogen worden zu sein, weckte einen ungeheuren Rachedurst in ihm, den er für gerechten Zorn hielt. Zur Überwindung seiner wachsenden Müdigkeit nutzte er seine bösen Absichten als Kraftquelle, entwickelte zweifelhafte Strategien auf der Grundlage von Lüge und Verrat mit dem festen Vorsatz alles zu tun, um im Falle eines Erfolgs als Einziger von der Mission zu profitieren.

Silvère blieb aufgewühlt auf dem Gipfel eines Hügels stehen, suchte nach den richtigen Worten, lächelte schwach und konzentrierte sich. Die Züge seines Gesichts froren für ein paar Sekunden ein. Er nahm Cosimas Hände in seine, blieb aber auf Distanz.

»Du weißt, Cosima, ich habe oft von diesem Land geträumt. Darüber habe ich fast den Verstand verloren.«

Er machte eine Pause.

»Ich spüre sie, Cosima, ich kann sie erahnen, sie sind da, überall! Kinder, Frauen und Männer mit derselben Hautfarbe wie ich … meine Ahnen aus unvordenklichen Zeiten, Cosima, *unsere* Ahnen, das Volk, von dem wir abstammen, du und ich!«

Cosima hörte ihm aufmerksam zu, bezaubert von seiner bebenden Stimme und diesem Anflug von Wahn in seinen Augen, wenn er versuchte, seine Ideen zu ordnen. Er sprudelte vor ausgefallenen Gedanken, die ungefiltert einer wirren, aber wahrhaftigen Inspiration entsprangen. Sie konnte ihm dabei zusehen, wie er zögerte, nachdachte, jedes Wort auf die Goldwaage legte. Nie hatte er auch nur einen Anflug von Hochmut durchblicken lassen, nie hatte er versucht, ihr etwas zu beweisen oder sie von etwas zu überzeugen, er wollte nur mit ihr teilen, was ihm durch den Kopf ging. Silvère erschien ihr als exzentrisches Wesen, das sich ganz von seinen extravaganten Eingebungen leiten ließ. Sie machte sich nur ein wenig Sorgen, ob er, wenn der Zeitpunkt gekommen wäre, die intellektuelle Disziplin aufbringen würde, seine wissenschaftliche Arbeit mit der Präzision, Genauigkeit und strengen Logik durchzuführen, die erforderlich waren, aber das sagte sie ihm nicht.

Als Laurent die begehrte Frau an der Seite des jungen Mannes sah, dessen Blick vor naiver Begeisterung sprühte, krampfte sich sein Herz zusammen, und seine Miene verdüsterte sich. Kaum hatte er die beiden eingeholt, sagte er hustend, mit gebrochener, erstickter Stimme: »Los, kommt! Wir sind bald da; vom nächsten Gipfel aus kann man das Zelt schon sehen.«

Verblüfft drehten sich Silvère und Cosima zu ihm um und lösten die verschränkten Hände. Dann stiegen alle drei auf der anderen Seite des Hügels hinunter, und tatsächlich, von der nächsten Kuppe aus erblickten sie am Ufer eines Flusses eine Art Tipi.

Auf einem Walwirbel sitzend, die Beine von einem großen Lederstück geschützt, schnitzte Num mit einem steinernen Meißel eine weibliche Figur aus einem Elfenbeinblock und wartete geduldig auf seine Gäste. Als sie kamen, stand er auf und begrüßte zuerst Laurent, den Ältesten, gemäß der Tradition der Nenzen.

»Wie du siehst, Laurent, habe ich noch nicht die Wolken durchquert«, begrüßte er den Freund auf Französisch, mit einem schweren russischen Akzent. »Und wie geht es dir?«

»Ja, du machst noch einen recht lebendigen Eindruck«, erwiderte dieser. »Und ich bin zwar müde, aber hier!«

»Schön, dass du so schnell auf meinen Hilferuf reagiert hast, ich danke dir!«

Cosima wunderte sich über die schlichte Aufmachung des Schamanen, die sie sich viel spektakulärer vorgestellt hatte. Amüsiert über die Verblüffung, die in ihren Augen stand, nickte ihr Num mit spöttischem Lächeln zu.

»Du siehst enttäuscht aus … Tut mir leid, wenn ich nicht so folkloristisch daherkomme, wie du es dir ausgemalt hast! Ein Schamane sollte nach den Erwartungen vieler wie ein Ausstellungsstück aus dem Museum oder eine Jahrmarktsattraktion oder ein Zauberer aussehen, der unglaubliche Kunststücke aufführt. Ich jedenfalls bleibe lieber zugänglich, diskret und bescheiden unter den Bescheidensten.«

Schon nach diesen wenigen Worten war Cosima von ihm beeindruckt – er hatte sie gerade erst kennengelernt und doch auf den ersten Blick durchschaut.

Dann ging Num auf Silvère zu, ihre Blicke trafen sich, der Gesichtsausdruck des Schamanen schwankte zwischen Überraschung und Heiterkeit. Ein kurzer, ganz spezieller Moment: die Begegnung mit einem fremden, aber irgendwie vertrauten Menschen. Ein beruhigendes Gefühl für einen, der fern von seinen Nenzenbrüdern aufgewachsen war und lange darunter gelitten hatte, die Seinen nicht zu kennen. Nun begriff Num dank der magischen Beziehung zu seiner jahrtausendealten afrikanischen Ahnin und der spontanen Nähe zu Silvère, dass sich sein Erbe, die Essenz seines Wesens aus einer Vielfalt verborgener Elemente zusammensetzte, die weit über sein Land und seine kultischen Handlungen hinauswiesen. Die Königin aus dem Eis hatte ihm offenbart, dass er, bevor er ein Nenze war, dem über die ganze Welt verstreuten ewigen Volk des Gestern, Heute und Morgen angehört hatte. Welche Frische und positiven Energien von Silvère und Cosima ausgingen! Bestimmt würden sie ihn bis zum Schluss dabei unterstützen, seine Zuflucht am äußersten Rand Sibiriens zu retten.

Als er seine drei Besucher schließlich in die Arme nahm und zur Begrüßung seine Wange an ihrer rieb, schien ihm, dass Laurent sich verändert hatte. Seine Seele war verwirrt, ein Schatten verdunkelte sein Herz, aber Num achtete nicht allzu sehr darauf, erst einmal wollte er der Gastfreundschaft Genüge tun.

»Willkommen in eurem neuen Zuhause! Und vielen Dank, dass ihr die weite Reise in unser Land am Ende der Welt auf euch genommen habt. Während der paar Tage, die wir zusammen verbringen, werdet ihr bei mir auf die alte Weise leben, und ihr werdet sehen, das ist eine einmalige Erfahrung, die keine organisierte Reise bieten kann.«

Der alte Mann mit dem lichten Bart, dem schmalen, grauen Schnäuzer, dem über die Jahre weiß gewordenen Haar und der von der arktischen Sonne gegerbten matten Haut erregte von Anfang an Silvères Bewunderung. Schon seine Augen und das von zahllosen Runzeln durchzogene Gesicht erzählten die Geschichte einer Vielzahl von Leben, Freuden und Tragödien. Und obwohl sie einander äußerlich nicht ähnelten, sah der junge Mann in dem Alten aus dem hohen Norden seinen großen Bruder, wie es ihn die Kongo-Königin gelehrt hatte. Diese würdige Haltung, diese freie Sprache und dieser leise Humor! Aufmerksam lauschte Silvère dem gemessenen Rhythmus seiner Rede und deren beruhigender Melodie. Eine seltene Persönlichkeit, dachte er, so schlicht und dabei von so außergewöhnlicher Tiefe!

»Warum hast du mir nicht vorher gesagt, dass du Freunde mitbringst, Laurent?«, rügte Num. »Und noch dazu so junge Menschen aus allen Ecken der Welt!«

»Und seit wann weiß ein alter Zauberer wie du nicht vorher, wer kommt?«, neckte ihn Laurent.

Lachend gingen sie ins Zelt. Num bat Cosima und Silvère, ihnen zu folgen, und fragte Laurent gut gelaunt, ob er seine Reisegefährten vorgewarnt hätte, dass sie auf piksenden Fellteppichen schlafen und streng riechendes Rentierfleisch essen müssten. Zum Frühstück habe er eine grüne Suppe aus Pansen mit ein wenig Blut gekocht. Zum Mittag- wie zum Abendessen in der Suppe geschmortes Ren und dann, zum Nachtisch, Rentierfüße, aus denen man das Mark saugen könne, dazu Tee, um es runterzukriegen. Laurent versicherte ihm, sie würden sich schon an die Sitten der Nomaden gewöhnen, schließlich müssten sie fit sein, um ihre wissenschaftlichen Untersuchungen erfolgreich durchzuführen. Überzeugt, dass der Schamane ihre Gedanken lesen konnte, senkte Cosima den Kopf. Sie war Vegetarierin, weil sie gegen Tierleid war. Doch sie wollte es versuchen, weil sie natürlich einsah, dass es etwas anderes war, jenseits des Polarkreises in einem traditionellen Zelt in Sibirien Fleisch zu essen als abgepacktes Billigfleisch aus dem Supermarkt am Stadtrand von Berlin. Num versprach, sich die Zeit zu nehmen, ihr einmal die lange Geschichte von den Nenzen und den Rentieren und der erstaunlichen spirituellen Verbindung zwischen ihnen zu erzählen.

»Okay, also, wo liegt sie denn jetzt, deine afrikanische Königin?«, fragte Laurent. »Cosima ist Rechtsmedizinerin, sie muss als Erste ihre Analysen durchführen. Anschließend wird unser Anthropologe Silvère versuchen, etwas über ihr soziales Umfeld herauszufinden. Num, mein Freund, wir müssen so schnell wie möglich zu ihr!«

Num holte tief Luft.

»Nur nichts überstürzen, Laurent!«, sagte er dann. »Erst einmal ist sie nicht *meine* Königin, sondern unser aller Ahnin! Und keine Sorge, mein Freund, der Permafrost hat sie sehr gut konserviert. Sie schlummert etwas nördlich von hier an einem Hang über dem Fluss. Man folgt ihm fünf, sechs Kilometer Richtung Osten, dann einem anderen Fluss, der zum Pol führt. Sie wartet nur auf uns …«

Der Schamane bedachte seine Gäste nacheinander mit einem ernsten Blick.

»Zuerst trinken wir Tee, dann erholt ihr euch von eurer

langen Reise, ihr müsst essen und schlafen. Und morgen, wenn die Sonne ihren Aufstieg beginnt, brechen wir auf.«

Als er verstummte, war allen klar, dass es daran nichts zu deuteln gab. Laurent nickte Silvère und Cosima zu, jeder suchte sich eine Schlafstelle aus, Num legte Holz nach.

»Gut, kurze Pause, dann mache ich eine kleine Kanutour«, verkündete Laurent. »Hast du dein Boot noch, Num?«

»Aber natürlich«, erwiderte der, »es liegt hinterm Zelt.«

Cosima und Silvère beschlossen, die Umgebung zu erkunden, auf der Suche nach noch intensiveren Eindrücken, nach Magie und Begegnungen mit der ungezähmten Natur. Als sie auf eine Anhöhe stiegen, um die Landschaft zu betrachten, war Nums Zelt schon aus ihrem Sichtfeld verschwunden. Zu ihren Füßen lag eine Fläche mit niedrigem, von Moos, Flechten und kleinen Sträuchern durchbrochenem Bewuchs, dazwischen kahle, trockene Sandflächen.

»Stell dir vor, Silvère, vor drei Tagen bin ich noch mit dem Rad zwischen den Auspuffrohren hyperaggressiver Autofahrer auf der Potsdamer Straße rumgekurvt. Es ist so unfassbar, hier zu sein!«

Silvère antwortete nicht gleich. Erst hatte ihn ein Polarhase abgelenkt, der schnell zu seinem Bau lief, dann war er in die Hocke gegangen in der Hoffnung auf eine Botschaft der Königin aus dem Eis. Aufmerksam lauschte er dem Gesang des Windes, der über die baumlose Ebene fegte, aber es war nichts zu hören. Gewappnet mit Ruhe und Gelassenheit, wartete er geduldig und versuchte sich den Moment vorzustellen, in dem sie sich zu erkennen gab. Wo sie sich wohl versteckte? In welchem Winkel dieser monotonen Landschaft, die er in allen Einzelheiten betrachtete, sie ihn wohl erwartete? Und welche Botschaft würde sie ihm zuflüstern, wenn er sich auf ihr Grab, oder, warum denn nicht, zu ihr ins Grab legte, um ihren Überresten möglichst nahe zu sein?

»Ich saß in einem Taxi zum Flughafen, mitten im Verkehrschaos von Luanda, zwischen ultramodernen Hochhäusern und dem Gestank des ganzen Drecks, der da auf den Bürgersteigen verrottet«, erwiderte er schließlich mechanisch, ohne Cosima anzusehen.

Dann schwieg er eine Weile.

»Die Umweltverschmutzung und die ganze Armut dort …«

Cosima breitete ihre Arme aus und sog lange mit geöffnetem Mund die Luft in sich ein.

»Schau dich lieber um, schau doch mal!«

Von oben gesehen bildeten die unterschiedlichen Vegetationszonen im Tal und an den sanften Abhängen der Hügel große Mosaiken, ein unendliches, fantastisches Fresko, das sich am Horizont im blauen Gekräusel des Polarmeers verlor, wo langsam die letzten Eisberge trieben.

In der Ruhe dieser noch ungezähmten Landschaft wehte Cosima ein Hauch von Frische an, und das Gefühl absoluter Freiheit durchströmte ihren Körper. Den Augenblick leben, atmen, sich entspannen, sich einmal ganz gehen lassen, den Moment nutzen, in dem dieser in seine Träumereien versunkene Mann ihr einziger Zeuge war! Sie sprang mit geschlossenen Füßen in die Luft, dann noch einmal, dann begann sie zu klatschen, sie applaudierte der Natur, sang lauthals ein Lied ohne Worte und lächelte in den ungeheuren Himmel; sie tanzte um Silvère herum. Sie lachte und lachte noch mehr, als ihr beim Drehen auf einmal klar wurde, dass Silvère schon eine Weile ihren Blick suchte und aufmerksam jeden

Ausdruck ihres Gesichts studierte, um eine Kommunikation jenseits der Worte aufzunehmen, die er ohnehin nicht fand oder nicht über die Lippen brachte.

Er war glücklich, fasziniert und verführt vom Spektakel ihres spontanen Gefühlsausbruchs. Nun drehte sich Cosima elegant um sich selbst, beugte sich wiederholt zu Boden, fiel dabei fast hin, fing sich mit einem kaum sichtbaren Hüftschwung und brachte sich mit einem Sprung wieder ins Gleichgewicht. Er begleitete sie, indem er auf seinem Schenkel den Takt schlug. Mehrmals streckte sie die Hand zu ihm aus und forderte ihn mit einer angedeuteten Verbeugung zum Tanz auf, doch er lehnte mit einem schüchternen Lächeln ab und spornte sie an weiterzumachen. Irgendwann ging ihr der Atem aus, und sie setzte sich zu ihm. Er, tief berührt, hätte sich gern an sie gelehnt, ließ es dann aber sein. Sie warf begeistert den Kopf in den Nacken, tauchte ihren glühenden Blick in die grauen Wolken, richtete sich wieder auf, hechelnd, das Gesicht noch von der Anstrengung gerötet, und atmete zweimal tief aus.

»Es tut so gut, sich mal so richtig auszutoben. Du weißt gar nicht, wie ich mich auf morgen freue …«

Dann blieben sie eine Weile lang so sitzen, und keiner sagte ein Wort. Auf einmal verdüsterte sich der Horizont, in der Ferne türmten sich riesige schwarze Wolken auf, die mit hoher Geschwindigkeit auf sie zutrieben. Binnen kürzester Zeit hatte ein undurchdringlicher tintenfarbener Nebel die Kumuluswolken geschluckt. Donner grollte, ein schreckliches Gewitter war im Anzug, sie eilten im Laufschritt zurück zum Zelt. Die ersten dicken Tropfen zerplatzten auf dem Boden.

Die richtige Haltung finden, um glücklich zu sein, ohne anderen zu schaden; sich nicht kasteien, aber in Harmonie mit der Umwelt leben – von diesen Prinzipien, die seine Jugend geprägt und seinem Engagement Sinn verliehen hatten, hatte Laurent sich im Laufe der Jahre verabschiedet. Rückwirkend betrachtet, war er ihnen viel zu lange treu geblieben, was ihn die Karriere gekostet hatte, die ihm aufgrund seiner brillanten Abschlüsse und Fähigkeiten eigentlich zugestanden hätte. Der Tribut für seinen Idealismus war hoch: Sein Gefühlsleben lag brach, er war finanziell ruiniert, und niemand interessierte sich mehr für ihn. Selbst sein Freund Num ließ ihn im Stich – ja, er war sich sicher, dass der alte Mann ihn nur aus egoistischen Motiven in diese Geschichte hineingezogen hatte, und zwar ganz einfach, weil er sein gewohntes Leben nicht aufgeben wollte. Und obwohl Laurent ihm sofort zu Hilfe geeilt war, kaum dass er darum gebeten hatte, ließ er ihn links liegen und interessierte sich nur noch für seine beiden Mitstreiter.

Die Nähe zwischen Silvère und Cosima war für ihn ein Schlag ins Gesicht. Außerdem würde die Öffentlichkeit, wenn die Mission erfolgreich wäre, die beiden aufgrund ihres soziologischen Profils, ihrer Jugend, ihrer Qualifikation und Motivation eher mit der Königin aus dem Eis in Beziehung setzen als ihn. Er fühlte sich klein, verraten, geschlagen. Also Schluss mit den Illusionen! Oder doch nicht? Die Frage beschäftigte ihn, nagte an ihm und blendete ihn schließlich. Obwohl er es stets als fundamentalen Fehler des herrschenden Systems angesehen hatte, dass dieses auf Bereicherung, Wunscherfüllung ohne Triebaufschub und ohne Rücksicht auf Mensch und Natur beruhte, hatte er jetzt nur noch ein Ziel: so schnell wie möglich das Grab zu finden und sich die Entdeckung selbst zuzuschreiben. Allein am Feuer in der Zeltmitte sitzend, grübelte er über einen Schlachtplan nach, als Num hereinkam.

»Deine Freunde sind spazieren gegangen. Hast du Zeit für ein Glas?«, fragte der Schamane.

»Ja, gern!«

»Wodka?«

Laurent nickte, stand auf und nahm das Glas entgegen, das Num ihm reichte. Dann stießen sie lautstark auf die Schwarze Königin Sibiriens an und setzten sich. Num bemerkte ein leichtes Zittern an Laurents rechter Hand und wandte den Blick ab. Laurent verlangte ein zweites Glas, das er in einem Zug hinunterstürzte.

»Was ist los, Laurent? Bist du denn nicht gern gekommen?«

»Doch, klar. Sonst wäre ich ja nicht hier. Mir geht es nur darum, möglichst bald zum Grab zu kommen. Wo liegt es denn nun genau?«

Unter Nums betrübtem Blick schenkte Laurent sich noch ein drittes Mal ein. Schweigend fuhr Num sich mit den Händen durchs Gesicht.

»Fünf oder sechs Kilometer flussaufwärts kommt man an einen anderen Fluss, du gehst am Ufer entlang, dann siehst du es schon. Die Böschung ist hoch und steil; und da, wo sich das Grab befindet, bildet sie nach einem Erdrutsch fast einen rechten Winkel. Es ist ziemlich leicht zu erkennen.«

Num schaute zu Laurent hin und versuchte den fliehenden Blick seines Freundes einzufangen.

»Du solltest dich lieber ausruhen, um morgen auf der Höhe zu sein. Außerdem befürchte ich ein starkes Unwetter, es wäre klüger …«

»Mach dir um mich keine Sorgen, eine kleine Kanutour wird mir guttun.«

Mit gesenktem Kopf nahm der Schamane im Schneidersitz Platz, nachdem sein Freund schwankenden Schritts das Tschum verlassen hatte. Laurent holte sich das kleine Boot aus Seehundfell, trug es zum Fluss, setzte sich hinein und paddelte los, ohne zu wissen, wohin, weil er vor allem wegwollte und ein bisschen allein sein. Aber die Beschreibungen und Hinweise des Schamanen hallten in seinem gebrochenen Herzen wider und setzten seine ohnehin schon durch den Alkohol in Mitleidenschaft gezogene Urteilskraft vollends außer Gefecht. Also entschloss er sich, gegen den Strom Richtung Osten zu paddeln. Er wollte auf Sicht fahren, in der Hoffnung auf eine übernatürliche Erscheinung wie zu Beginn dieses Abenteuers, nachdem ihm Num von seinem Fund erzählt hatte. Wenn eine prähistorische afrikanische Königin sich ihm bei Tagesanbruch in der tiefsten Auvergne zeigen konnte, warum nicht jetzt und hier, wo er ihrem Grabmal so nahe war? Das vernebelte Hirn des Gekränkten hoffte auf ein Wunder, das ihm den Weg aus seiner Verzweiflung wiese, und drängte ihn zu einer gewagten Flucht nach vorn. Als aus dem Westen, vom Ozean her, eine Brise aufkam, die ihn vorantrieb, wurde er ganz euphorisch. Auftauchende Schuldgefühle besänftigte er mit dem Versprechen an sich selbst, sich großzügig zu zeigen, später, wenn er sich in dem auf unlautere Weise erworbenen Ruhm sonnte, nachdem er aus dem archäologischen Schatz ein Marketingprodukt zu seinem persönlichen Nutz und Frommen gemacht hätte. Kurz: Laurents Verstand driftete ab.

Obwohl das Sommerwetter auf der Halbinsel in den letzten Jahren immer launischer und unberechenbarer geworden war, hatte Laurent Nums Mahnung, Zurückhaltung und Vorsicht walten zu lassen, in den Wind geschlagen. Schon dräute ein Gewitter am Horizont. Der Himmel wurde dunkelgrau. Laurent kämpfte. Gegenströmungen durchzogen den bisher so ruhigen Fluss. Auf dem unruhigen Wasser ließ sich das kleine Boot kaum mehr steuern. Starke Böen fegten über den wilden Tanz der kleinen Wellen, die sich zu bedrohlichen Wirbeln formten. Es donnerte immer öfter, und die Wolken, die Laurent erst für simple Regenwolken gehalten hatte, kündigten eine Entfesselung der Elemente an. In der Ferne erhellte ein Blitz die Oberfläche des Ozeans, ein dichter grauer Schleier verdeckte die Sonne, es wurde dunkel, die ersten Tropfen fielen. Laurent ließ sich nicht aus der Fassung bringen, mit dem Mut der Verzweiflung trotzte er den eiskalten Schauern. Er setzte alles auf eine Karte und beharrte bis zum Schluss darauf, sein Glück zu versuchen. Irgendwann würde ein Zeichen ihn zu der Begräbnisstätte leiten, auch wenn die Sicht immer schlechter wurde. Der einsame Kanute zapfte ungeahnte innere Kraftquellen an und sprach sich Mut zu: Wenn Menschen aus der Vorgeschichte mit ihren bescheidenen Mitteln bis hierher gelangt waren, müsste er nur noch ein wenig durchhalten, dann würde auch er es schaffen. Er verdoppelte seine Anstrengungen, kämpfte, kam aber nicht mehr voran, die letzten Kräfte verließen ihn. Der zunehmende Regen nahm ihm vollends die Sicht, er machte noch ein, zwei Minuten weiter, dann gab er auf.

Er weinte. Als dann noch dicke Hagelkörner auf seinen gekrümmten Rücken prasselten, war das der Gnadenstoß. Er ließ das Paddel fallen. Geschlagen sah er ihm nach, wie es langsam in der kalten Schwärze des aufgewühlten Wassers trieb und schließlich hinabsank in das wunderbare Gewimmel des Lebens in den Tiefen, wo Meeressäuger und -räuber wohnten, Algen, Fische und Krustentiere … Laurent delirierte. Der Wasserschwall trug ihn zurück stromabwärts.

Wie Sergej das Hämmern der Hagelkörner auf die Nerven ging, die an der Windschutzscheibe seines Geländewagens zerbarsten! Eine einzige Katastrophe, dieses Land! Übelster Laune fragte er sich, was ihn eigentlich geritten hatte, sich auf diesen Mist einzulassen. Er hatte sich im Inneren des ehemaligen Militärfahrzeugs verschanzt, das in dem tobenden Unwetter und dem Sturm an seinem Platz festgewachsen war, und wartete, bis er weiter die Fährte dieses Pärchens aus einem Schwarzen und einer Japanerin verfolgen konnte, das in der Tundra Turteltäubchen spielte. Und das alles, um irgendein altes Grab zu finden, dessen Existenz ziemlich fragwürdig war. Den beiden, die ihm da gut eine Woche vor dem ersten Spatenstich die Zeit stahlen, würde er ihre Lust an Kindereien, Tänzchen unter freiem Himmel und bedeutungsschwangeren Blicken schon noch austreiben, das schwor er sich.

Sie waren ihnen heimlich gefolgt, Sergej und sein Handlanger, hatten den Beobachtungsposten gewechselt und sich dann vor den ersten Hagelschauern im Auto in Sicherheit gebracht. Wütend ballte Sergej die Fäuste. Was er alles mitansehen musste! Diese komische Ärztin, die wie eine Wilde in der Natur herumhopste und sich von dem anderen Trottel die ganze Zeit anglotzen ließ. »Pah, Ärztin!«, knurrte er, eine verkommene, stillose Schlampe war das! Warum musste er sich das antun, er, der nichts so sehr liebte wie das Raffinement, feines Essen und erhabene Musik! Er fluchte obszön in seinen Bart, beschimpfte Afrika, Asien und ganz Sibirien. Die Luft im Wagen war kühl und feucht geworden, auch Lachs und Kaviar, die er mit Wodka hinunterspülte, schmeckten nicht mehr richtig. Immerhin, so tröstete er sich, saßen diese Ignoranten gerade genauso fest wie er, bei dem Wetter würden sie nicht weit kommen, die Sicht betrug keine fünf Meter, die konnten ihm nicht entwischen. Mao hatte ein fast trockenes Plätzchen unter dem Motor gefunden, sein Herrchen hatte ihn mit einer mageren Fleischration im Magen ausgesperrt, um ihn noch aggressiver und gnadenloser zu machen, falls er ihn jemanden auf den Hals hetzen müsste.

Mischa hockte schweigend auf der Bank gegenüber, sein Gehirn arbeitete auf Hochtouren. Die Brutalität seines Chefs bereitete ihm Sorgen; der hatte seine Gewaltausbrüche immer weniger unter Kontrolle, und er fürchtete den Moment, in dem sie mit den beiden jungen Ausländern Kontakt aufnahmen. Auf den ersten Blick wirkten sie ja recht friedlich, nur dem Afrikaner traute er nicht über den Weg, seine Anwesenheit so nahe am Grab der Schwarzen Frau verhieß nichts Gutes. Wohingegen der klägliche Zustand des Franzosen, den er auf dem Weg zum Tschum seines Onkels beobachtet hatte, darauf schließen ließ, dass er keinen Schaden mehr anrichten könnte. Die Intuition des früheren Jägers sagte Mischa, dass der es nicht mehr lange machte, vielleicht würde er sich nie wieder von seinem unglücklichen Abenteuer erholen.

Die Frau aber irritierte ihn. Sie hatte so etwas Unbegreifliches an sich, das sich seinem Verständnis entzog, und ihre Anwesenheit in der Tundra hinderte ihn daran, in Ruhe nachzudenken. Er hatte sie genauer beobachtet und war zu dem Ergebnis gelangt, dass ihre Erscheinung und ihr Verhalten vollkommen anders waren als bei den Ausländerinnen, die er in Moskau gesehen hatte, oder den Touristinnen, die auf die Halbinsel kamen. Sein Interesse an ihr hatte nichts mit erotischer Anziehung zu tun, es kam eher aus einem Gefühl des Respekts oder der Bewunderung. Sie hatte die aufrechte Haltung einer Kriegerin, den Kopf stolz, fast hochmütig erhoben. Manchmal wurde sie von einem Lächeln erleuchtet, das in ihm eine Art sanfter Zärtlichkeit hervorrief. Ihr verblüffend scharfer Blick und ihre glänzenden Augen verrieten die Klugheit einer offenen, reinen Seele. Und einmal war sie ihm so nah gewesen, als sie die Arme zum Himmel erhob, wie es Schamanen tun, wenn sie ihre Liebe, ihre Verehrung der unsteten, rohen Natur des Nordens zum Ausdruck bringen wollen.

Mischa konnte sich die Vertrautheit nicht erklären, die diese Frau aus dem fernen Deutschland mit den lebendigen, ungezähmten Kräften um sie herum verband. Wie sie mit ihren ausholenden, anmutigen Bewegungen den Jungen kreisend umtanzte, hatte ihn erst verblüfft, dann sehr berührt, weil es ihn an seine Mutter erinnerte, die ihm erzählt hatte, welche Bedeutung runde Formen für die alten Nenzen hatten, das Himmelsgewölbe zum Beispiel, Vogelnester, der Lauf von Sonne und Mond, die Lebenskraft schenkten, oder der Zyklus der Jahreszeiten, die einander folgten und immer dahin zurückkehrten, wo sie begonnen hatten. Er spürte einen Stich in der Brust. Diese Fremde mit ihrer Leichtigkeit, ihrem Glück, ihrer Unbekümmertheit liebte den Landstrich, in dem Mischa und Generationen von Nenzen vor ihm zur Welt gekommen waren. Einen Landstrich, den er als Kind und Jugendlicher gemocht hatte, aber inzwischen verachtete. Jetzt zählte für ihn nur noch Technologie, modernes Leben und vor allem Geldverdienen. Diese komische Japanerin aber schien sich in der Gegend wohlzufühlen, die für ihn vollkommen uninteressant geworden war. Das verwirrte Mischa und erschütterte seine Überzeugungen. Während er sie beobachtete, wurde er von einer tiefen Sehnsucht überwältigt, er musste an die Zeiten denken, wo es seinem Volk an nichts fehlte und niemand den Hunger kannte, weil die Flüsse fischreich waren und Rentiere und Wildschweine Fleisch lieferten. Die oft drei Generationen umfassenden Nomadenfamilien konnten sich frei auf den traditionellen Routen bewegen, in dem immensen Raum der Tundra war für alle Platz. Damals, als die weiten, offenen Ebenen mit den hübschen Hügeln und den anmutig gewundenen Wasserläufen niemandem gehörten. Heute hatten sich Sergejs Genossen mit ihren Dollarbündeln das alles angeeignet, aber keiner hielt es für nötig, dort wenigstens einmal vorbeizuschauen. Sein Boss war immerhin öfter dort gewesen, er hatte alles vermessen, Fauna und Flora gesichtet und sich mit Bewohnern getroffen, aber es ging ihm bloß um die gewaltigen Investitionen, die sich mittel- bis langfristig rentieren sollten.

Mischa sah jetzt ganz klar, wie er den Kontakt und die Vertrautheit mit dem Leben, das um ihn herum pulsierte, verloren hatte. Das stimmte ihn nachdenklich. Er beneidete die junge Fremde um ihre Nähe dazu, um das Mysterium, das ihren biegsamen Körper beseelt hatte, als sie auf der Erde seiner Ahnen tanzte. War sein Herz verwelkt, seit er sich vom sanften Einfluss der Natur entfernt hatte? Wie anders wirkte doch diese Medizinfrau von weither, wie eine Frau aus dem Norden, wie eine Nenze.

Im Zelt beobachteten Cosima und Silvère den Schamanen bei seinen schweigsamen Handlungen. Er ging kurz hinaus in den Regen, kam mit einem irdenen Gefäß voll Wasser zurück, das er gesammelt hatte und nun mit ihnen teilte. Er selbst trank mit kleinen Schlucken in regelmäßigen Intervallen, nickte tief befriedigt, aber nicht ganz beruhigt.

»Wasser ist einer jener Genüsse bei uns, die man gemeinsam im Tschum genießt«, erläuterte er. »Tschum, so heißen unsere Zelte.«

Dann verstummte er wieder und schloss die Augen. Das Feuer erleuchtete schwach das Innere des Zelts. Draußen wütete das Gewitter seit Stunden, ein wildes Durcheinander aus zuckenden Blitzen, eisigem Regen und Donnergrollen.

Keiner wusste, was mit Laurent passiert war.

Ein Schatten schälte sich am Rande der zum Morast gewordenen kargen Fläche um das Lager aus dem Dunkel. Er schleppte sich durchs nasse Gras, rutschte aus, stürzte, fiel mit dem Gesicht in den Schlamm, rappelte sich hoch und nahm schwankend und schluchzend seinen Weg wieder auf, wobei er versuchte, den an Büschen und Sträuchern zu Häufchen zusammengewehten Hagelkörnern auszuweichen, die wie Schneewehen im Sommer aussahen. Sein schwankender Gang verriet einen Mann, der an asphaltierte Straßen und markierte Wege gewöhnt war. Ihm fehlte die Gewandtheit der Rentierzüchter oder der Jäger von Eisbären und Polarfüchsen. Vor allem aber waren ihm offenbar die elementarsten Regeln der Tundra unbekannt. Was für ein Wahnsinn, sich in einer fremden Umgebung ins Freie zu wagen, wenn die Gottheiten des Himmels ihrem Zorn freien Lauf ließen! Kurz vor Tagesanbruch erreichte Laurent erschöpft das im Nebel versunkene Zelt. Als er sich beim Versuch, das Eis vom Eingang wegzukratzen, die blau gefrorenen Hände aufriss, verließen ihn die letzten Kräfte. Im Tschum angekommen, brach er vor dem Schamanen ohnmächtig zusammen.

Num hob ihn vorsichtig auf und legte ihn auf sein Lager aus Rentierfellen. Wie versteinert beobachtete Silvère als hilfloser Zeuge die Szene. Er sehnte sich nach Cosimas Nähe, aber sie schüttelte seinen Arm ab und eilte ans Krankenbett. Mit einer herrischen Geste hielt Num sie auf.

»Du bleibst an deinem Platz! Ich kümmere mich um ihn.«

Bestürzt sah Cosima die zerfallenen Züge in Laurents leichenblassem Gesicht.

»Ich möchte ihn wenigstens abhorchen!«

Doch Num war beschäftigt, er suchte etwas. Aus einem Winkel seiner Höhle holte er einen Schlauch und schmierte Laurent mit einer dicken Schicht Bartrobbenfett ein, um das Fieber zu senken.

»Das Übel, das an ihm nagt, drückt sich durch seinen Körper aus, aber es ist seine Seele, die nach Heilung verlangt. Dafür hat deine Medizin kein Mittel.«

Minuten vergingen, Laurent atmete schwer, hustete viel, seine Brust hob und senkte sich in unregelmäßigem Rhythmus. Sein Gesicht verfärbte sich beängstigend grün und wurde dann violett. Num litt mit ihm. Seine pflanzlichen Arzneien zeigten offenbar nicht die erwartete Wirkung. Num runzelte die Stirn, wurde blass und wirkte unsicher. Cosima spürte, dass er zu zweifeln begann, und wurde ungeduldig.

»Esst etwas, das kann länger dauern.«

Er servierte ihnen einen Rest gesottenes Rentierfleisch. Anscheinend hatte er nicht daran gedacht, Tee zu kochen, also übernahm Cosima das für ihn, und er nickte zum Dank. Während die beiden Jungen sich stärkten, verschwand Num für eine gute Viertelstunde in seinem Alkoven und kam dann pompös ausstaffiert zurück. Er hatte sich einen langen Ledermantel übergeworfen, an dem Streifen von Tierhaut und verschiedene Gegenstände baumelten, die bei jedem Schritt klimperten. Seinen Kopf zierte ein Rentiergeweih. Als er an Silvère vorbeiging, zwinkerte er ihm verschwörerisch zu. Dann ließ er sich im Schneidersitz in der Mitte des Kreises nieder, in einer Hand eine ovale Ledertrommel, in der anderen einen hölzernen Stock. Sein Gesicht nahm einen seltsamen Ausdruck von ungeheurem Ernst an. Er war jetzt in anderen Sphären. Er konzentrierte sich, atmete tief ein und lange aus und drehte sich kurz zu Cosima um.

»Er ist sehr krank«, sagte er mit dumpfer Stimme zu ihr. »Groll und Bitterkeit haben ihn verzehrt. Die Ahnin misstraut ihm, weil seine Seele umgekippt ist und Eitelkeit und Bosheit in seinem Herzen wohnen … Möge sie ihm verzeihen.«

Cosimas Blick blieb hart, der Mund verkniffen – sie konnte nicht vergessen, was Laurent ihr angetan hatte. Dann begannen ihre Unterlippe und ihr Kinn zu zittern. Nie zuvor war sie so gedemütigt worden wie von ihm, der immer nur ihren Körper im Kopf gehabt hatte.

»Er hat sich verirrt«, murmelte Num, »er ist vom Weg abgekommen, weil er zugelassen hat, dass so hässliche Gefühle wie Eifersucht, Neid und Besitzgier in ihm größer wurden als der Wunsch zu teilen. Er hat sich selbst verloren. Und ich muss ihm dabei helfen, sich wiederzufinden.«

Bumm bumm bamm, bumm bumm bamm – in einem monotonen, immer wiederkehrenden Rhythmus schlug der Schamane die Trommel, dann kamen Worte einer unbekannten Sprache über seine Lippen, erst schwach, dann immer lauter, wie ein Gurgeln, das aus den Tiefen seiner Kehle aufstieg und eher tierischen als menschlichen Lauten glich. So sang der alte Mann lange, unerschütterlich, nur manchmal wurde sein Ton schriller. Silvère ließ sich von dem Takt mitnehmen, begleitete Num auf diese lange Reise, die ihn ganz in ihren Bann schlug. Cosima machte sich allmählich Sorgen, ihr Blick ging zwischen Num und Silvère hin und her.

»Sag mal, Silvère, was passiert da … Silvère?«

Doch Silvère hörte ihre Frage nicht, fasziniert folgte er den verdrehten Augen des Schamanen und versuchte, dessen Beschwörungen übernatürlicher Wesen zu deuten, Anrufungen von Teufeln oder Geistern, die im Zelt herumflitzten, dann wieder hinaus und über die Tundra zum Packeis schwebten, wo sie schließlich verschwanden. Als Num einen lang gezogenen, von stoßweisen Vibrationen aus seinem Bauch durchbrochenen Schrei ausstieß, verlor Cosima die Fassung. Sie packte Silvère am Arm und schüttelte ihn.

»Was ist das hier, Silvère, bitte antworte mir!«

Silvère wiegte den Oberkörper vor und zurück.

»Er fällt jetzt in Trance, Cosima, nur keine Angst, er ist ein Medium, das sich zwischen der sichtbaren und der unsichtbaren Welt bewegt. Ich weiß von meinen Eltern, dass es das auch bei uns gibt, den Bakongo …«

Silvères Stimme hatte sich verändert, sie war nun eintönig und sehr tief, aus den Augen war jeder Ausdruck gewichen, und der massive Blutandrang in seinen Kopf ließ seine braune Haut noch dunkler erscheinen. Dass sich jetzt auch noch Silvère vor ihren Augen verwandelte, war zu viel für Cosima. Von Angst erfasst, kroch sie kopfschüttelnd rückwärts in ihre Ecke des Zelts.

»Befreit Laurent von dem Übel, das ihr ihm zufügt!«, flehte der Schamane unablässig. Seine Stimme mischte sich in das Brausen des Windes, der mit wiederkehrenden Böen von oben ins Zelt fegte.

Von Zeit zu Zeit stieß Num ein durchdringendes Geheul aus, als kämpfte er gegen die Angriffe bösartiger, wilder Dämonen. Plötzlich warf ihn eine Kraft von irgendwoher zu Boden, er schlug um sich, und ein langer Seufzer entrang sich seiner Brust. Eine Woge der Kraft strömte von seinem Körper zu Silvère. Der fühlte eine Hitzewelle erst in seinen Fingerspitzen pochen, dann trübte sie seine Sicht durch starken Druck auf die dünne Haut seiner Lider, fuhr durch die Adern in seine Unterarme und verbreitete sich schließlich im ganzen Körper, drang überall ein, in all seine Organe, in die Knochen, durch die kleinste Pore seiner Haut, und übernahm das Kommando über die Bewegung seiner Muskeln. Er stand auf, von Krämpfen geschüttelt, machte ein paar taumelnde Schritte, stolperte und fiel auf sein Lager.

Zuerst hatte Silvère das Gefühl, ganz langsam in einen bodenlosen dunklen Abgrund zu stürzen. Nach und nach aber verlieh ihm das, was ihn da überkommen und von ihm Besitz ergriffen hatte, ein Gefühl der Leichtigkeit. Ihm war, als hätte er seine fleischliche Hülle abgelegt und Zugang erhalten zu übersinnlichen Wahrnehmungen. Schließlich schwang sich seine Seele auf und entschwebte zu fantastischen Visionen. So ging seine Initiation, seine Einweihung in die Geheimnisse der unsichtbaren Welt weiter. Er wandelte durch den Limbus, der die Lebenden mit der Welt der Geister verbindet, und in seiner Trance prägte sich die Erinnerung der Königin aus dem Eis in sein Gedächtnis ein.

Er reiste mehrere Tausend Jahre in die Vergangenheit und erlebte die Angst, die sie und die Ihren damals gezwungen hatte, in diese eisigen Landstriche auszuweichen, nachdem sie die baumbestandenen Ebenen der gemäßigten Zonen im Süden verlassen hatten. Viele flohen vor den Wellen der ersten Bauern, die von weither kamen und Werkzeuge aus poliertem Stein, Hacken und Dechsel mitbrachten. Bald kamen ganze Völker voll guter Vorsätze, getragen von dem Willen, dem Hunger, der ihre Reihen dezimierte, ein Ende zu setzen. Sie rodeten, gruben, machten das Land urbar und hatten bald riesige Wälder erobert. Sie begannen damit, ihre Umwelt zu zähmen und Sümpfe trockenzulegen, aber am Ende zerstörten sie die Landschaften, indem sie Wege anlegten und Fähren bauten, um die Flüsse zu überqueren, statt einfach ihrem Lauf zu folgen bis zur nächsten Furt. Um zu überleben, hatten sie einer wilden, vielfältigen und kugelförmigen Welt ein Netz aus geraden Linien übergeworfen und sie in Abschnitte aufgeteilt. Die Unterjochung der Natur hatte begonnen. Bald wurden Zäune und Palisaden errichtet, hinter denen die Neuankömmlinge sich verschanzten. Um den Grund und Boden zu verteidigen, den sie sich angeeignet hatten, errichteten sie auf dem ganzen Gelände Mauern aus kaltem Stein, bis auch ihre Herzen, in denen schon unüberwindliche Barrieren standen, gänzlich erkaltet waren. Von Angst besessen, verdächtigten sie jeden, es auf die Besitztümer abgesehen zu haben, die sie im Schweiße ihres Angesichts der Natur abgerungen und eingehegt hatten.

So verschlossen sie ihre Tore auch vor den Nomaden, diesen ewigen Reisenden und Liebhabern freier Räume, die keine Grenzen kannten; und obwohl sie nur auf der Durchreise waren, schnitten sie ihnen die Wege ab und vertrieben sie immer weiter weg. Manche verzichteten auf ihre Freiheit und versuchten sesshaft zu werden, ruinierten sich aber bei der Feldarbeit den Rücken oder versanken in tödliche Trauer. Bis dahin unbekannte Krankheiten tauchten in den Zeltlagern auf und entvölkerten die Dörfer. Haustiere, die auf engstem Raum mit den Menschen zusammenlebten, arme, den Befehlen ihrer Herren ergebene Wesen, übertrugen schreckliche Epidemien, die ganze Familien, ja, Clans hinwegrafften. Die Übriggebliebenen, die dem massenhaften Tod entronnen waren, ergriffen schleunigst die Flucht.

Das Volk der Dame aus dem Eis wählte das Exil und wanderte in den hohen Norden bis zu einer grünen, hügeligen, von Flüssen durchzogenen Ebene mit einem Teppich aus Gras und Moos, in dem da und dort geduckte Sträucher hockten. Und es gelang ihnen, in dieser rauen, menschenfeindlichen Gegend jenseits des Polarkreises zu überleben, weil sie sich an die Natur anpassten, statt den verhängnisvollen Plan zu entwickeln, die Umwelt zu verändern, um selbst zu überleben.

Ganz klar sah Silvère die aufrechte, stolze Gestalt der Dame vor sich, der die geflochtenen Haare lang über den Rücken fielen. Aus dem Schattenreich jenseits der Wolken zurückgekehrt, schritt sie an der Spitze einer tapferen Truppe in Ledergewändern entschlossen und energisch voran, dahinter ein ganzes Volk mit schwarzer Haut und blauen Augen unter struppigen krausen Mähnen. Dank der Gaben des Meeres und der Küste führten sie, nachdem sie die Verbindung mit dem ewigen Gleichgewicht wiederhergestellt hatten, das ihnen bisher Nahrung und Schutz gewährte, ein gedeihliches Leben in diesem Hafen des Friedens. Dort, in dieser großartigen Schlichtheit, wo sehr viel später Num sein Glück finden sollte. Wo er seine geliebte Einsamkeit genoss und die Stille meist seine einzige Gefährtin war. Wo er gelernt hatte, sich gelassen auf die Eiseskälte der endlosen Wintermonate unter der Polarnacht einzustimmen, der Natur zu lauschen, ihre Zornausbrüche zu ertragen, aber sich auch von der vollkommenen Ruhe ihrer heiteren Tage anstecken zu lassen. Wo freundliche Himmelsmächte Silvère hingelockt hatten, um den Ernst seiner erwachenden Spiritualität auf die Probe zu stellen. Nun lag es an ihm und den Seinen, zu verhindern, dass die Erde des Nordens vergiftet würde; dazu müssten sie Mittel und Wege finden, getragen von dem Bestreben, das Seiende zu respektieren, statt es nach Bedarf zu verändern, und einen neuen Bund mit der Natur zu schmieden.

Cosima erwachte von einem langen, klagenden Röcheln Silvères, unterbrochen von unzusammenhängenden Wörtern aus einer Sprache wie der des Schamanen in Trance. Anscheinend litt er entsetzlich. Zögernd verließ sie ihre Ecke und durchquerte unsicheren Schrittes den Raum. Das Prasseln des Regens an den Zeltwänden aus Rentierhaut übertönte das Geräusch ihrer leisen Schritte. In der Stille des Tschums herrschte eine eigenartige Atmosphäre, feierlich und schwer, ein bisschen anomal für eine junge Frau wie Cosima, die von der Vorstellung unsichtbarer Wesen wenig hielt. Ein verstohlener Blick in Nums Richtung beruhigte sie. Der alte Mann lag auf dem Boden, psalmodierte leise vor sich hin und nahm sie gar nicht wahr. Laurent schnarchte friedlich in seiner Ecke, er atmete also noch, das gab Hoffnung, dass er wieder ganz gesund würde.

In Silvères Ecke angelangt, hob sie die Filzdecke ein wenig an und schlüpfte hinein. Sie konnte nicht gleich erkennen, woher das Grunzen kam, das sie hörte. Ängstlich durchforschte sie das Halbdunkel und erblickte im Licht eines Blitzes Silvères schweißüberströmten Oberkörper. Er war wie besessen, als führe ihm ein fremdes Wesen durch Glieder und Rumpf bis in den Schädel. Er hielt sich den Kopf, bewegte ihn nach rechts und links, strampelte mit den Füßen, warf sich herum, boxte in die Luft, befragte einen unsichtbaren Gesprächspartner und beschimpfte ihn heftig.

Etwas unentschieden, weil sie nicht wusste, was mit ihm los war, näherte sie sich Silvère, setzte sich dann neben ihn und versuchte ihn zu beruhigen, jetzt sei sie ja da. Aber vergebens. Sie nahm ihn in den Arm und streichelte seine Wange.

»Silvère, schau mich an!«

»Sie sind da, Cosima, in meinem Kopf, sie reden ununterbrochen, das tut weh, es sind viele, und sie … eine Frau führt eine Gruppe durch eine endlose, eisbedeckte Ebene … unter der Morgensonne … Die Helligkeit blendet sie und überzieht die Landschaft mit einem rötlichen Glanz, der im dunklen Teint ihres Gesichts leuchtende Reflexe setzt. Die Frau lässt sich allein auf der Kuppe des einzigen Hügels nieder, der die Monotonie der Ebene durchbricht … Sie legt eine Hand an die Stirn, um die Augen vor den Sonnenstrahlen abzuschirmen, dann streckt sie den Arm zum Flussufer aus …«

Keuchend und mit starrem Blick verstummte er. Cosima war völlig verstört, weinend bat sie ihn, damit aufzuhören und still zu sein. Sie blies auf seine Lider und wiegte ihn in den Armen.

Leise fügt sie hinzu: »Das wird schon wieder, versuch dich zu entspannen!«

Als er zu zittern begann, drückte sie ihn fester an sich, um ihn aufzuwärmen, und rieb ihm den Rücken, ohne Erfolg. Er klapperte mit den Zähnen, und sie spürte, wie sich seine Muskeln unter der Kleidung spannten. Sie legte ihn wieder hin, und in einem spontanen Reflex sich neben ihn, um ihn zu wärmen. Doch sie kam gegen die Kälte nicht an, er verkrampfte sich immer mehr und war eigentlich auch zu groß, um ihn ganz zu umfassen. Hilflos musste sie mitansehen, wie sein Zustand sich verschlechterte, sein Puls schwächer wurde und seine Verzweiflung wuchs. Sie überlegte schnell. Ein Praktikum auf der Entbindungsstation fiel ihr ein und was sie dort über die wohltuende Wirkung direkten Hautkontakts auf Säuglinge erfahren hatte, vor allem die anfälligen Frühchen, die es schön warm hatten an der Brust ihrer Mutter, beide zusammen umhüllt von einem großen Tuch. Auch wenn das ein bisschen peinlich war – die Gesundheit war wichtiger. Um den Prozess der Abkühlung schnell umzukehren, war die direkte Übertragung ihrer Körpertemperatur im Notfall das Mittel der Wahl. Also zog sie erst ihn aus, dann sich selbst und legte sich neben ihn. Dann rollte sie sich mit ihm gemeinsam in eine streng riechende Felldecke ein.

Je länger er ihre Wärme empfing, desto mehr beruhigte er sich, es gelang ihm, seine Atmung zu regulieren und sich nach und nach zu entspannen. Im Halbdunkel drehte er sich zu den beiden intensiv graublauen Lichtstrahlen aus ihren Augen um, sein Gesicht berührte ihres, sie schmiegte sich an ihn und besiegte das letzte Zittern. Er rückte ein wenig ab und lächelte sie an. Die Augen der beiden gewöhnten sich allmählich an die Dunkelheit, ihr regelmäßiger warmer Atem ging stoßweise und lud sich mit Begehren auf. Er blies auf ihren Rücken, die luftigen Liebkosungen elektrisierten ihren Nacken wie glühende Salven, und ihre kurzen Haare richteten sich in ihren Wurzeln auf. Wie betäubt von der sanften Hitze dieser leichten Brise, entflammte sie ganz und gar, vom Scheitel bis zur Sohle. Ihre Brustspitzen wurden hart und, von einer unkontrollierbaren Anwandlung getrieben, begannen ihre Hüften im Takt zu kreisen. Dadurch befreite sie sich und ihn aus der Decke. Silvère öffnete die Arme, die er um sie geschlungen hatte. Als scheue Finger ihre Scham berührten, wand sich Cosima sofort, bebend schmiegte sie sich an seinen Oberkörper und ließ sich dann auf das dicke Fell sinken. Anfangs bewegten sie sich langsam und ungeschickt, zwei Seelen, die nach ihrer ersten Begegnung ihre Körper entdeckten und sich auf ihrer Suche nach gemeinsamer Lust einander offenbarten. Das fantastische, gewaltige Gefühl, das sie ihre eigenen Fehler vergessen und die Unzulänglichkeiten des anderen annehmen ließ, wurde zu einer unwiderstehlichen Kraft, die ihnen erlaubte, sich vollkommen fallen zu lassen, und ihnen Delirien grenzenloser Genüsse versprach.

Cosimas feuchte Hand fuhr langsam seine pralle Haut auf und ab, sie empfing ihn, sie seufzten im Duett, und als das Fieber sie überwältigte, sprühten ihre Augen Funken. Hart und glühend stieß Silvère vor bis zu ihrer Leiste, Speichel strömte in Cosimas Mund zusammen, beide wurden von bislang ungeahnten Empfindungen durchdrungen. Ein orangefarbener Blitz zerriss die helle Nacht der Arktis und erhellte für Sekundenbruchteile den rohen, rhythmisch kreisenden Tanz des Paars. Unempfänglich für die beißende Kälte, spürten sie nur ein sanftes Prickeln wie eine Folge elektrischer Schläge, Empfindungen aus dem Bauch, die sich im ganzen Körper ausbreiteten. Sie überhörten den Donner und bestaunten die Zuckungen, die zufällig auftauchten und sich als Schauder auf ihrer gespannten, überempfindlich gewordenen Haut verliefen. Silvère leckte Cosimas Unterarme, zuckend umschlangen ihre Beine die seinen, er drang von Neuem in sie ein und sie verschmolzen. Dann versenkte sie ihre hellen Augen, die die Nacht besiegt hatten, in seine dunklen, um zu erkunden, ob er bei ihrem gemeinsamen Aufstieg zu den Sternen auch fast ohnmächtig wurde. Im

Strudel der ausgetauschten Flüssigkeiten und den Gerüchen nach Leder, feuchter Erde, Rentierfleisch und Holz verloren sie den Boden, Haut rieb an Haut, Schreie lösten sich, ihre Zähne gerieten ein ums andere Mal aneinander, weil sie sich zu heftig liebten und ihre Zungen nicht aufhören konnten, den anderen zu erkunden.

Draußen grollte noch der Himmel, das Echo regelloser Donnerschläge erschütterte das Zelt, wie um ihre Vereinigung bis zum Firmament zu tragen. Die Minuten vergingen, dann brauchten sie eine Atempause. Aber kaum war ein wenig Ruhe eingekehrt, ging ihr Atem schon wieder schneller, wurde zum Hecheln, schnell pressten sie ihre Lippen aufeinander, um das Stöhnen zu ersticken, und prusteten plötzlich los, erstickt und leise, wie Kinder, die fürchten, bei einem Streich erwischt zu werden. Cosima erlegte Silvère noch ein wenig Geduld auf, ließ ihn zuerst den Nektar von ihren Lippen lesen, um seinen Appetit anzuregen, bevor sie von Neuem in ihren wilden, zärtlichen Pas de deux verfielen, der immer entfesselter wurde und wie das Wogen von Ebbe und Flut in einer gemeinsamen Levitation aufging, einer Reise in den Rausch des Glücks zu zweit.

Am Ende ihrer Nacht ruhte Silvères Gesicht auf Cosimas samtweicher Brust, sie kraulte ihm die Haare und flüsterte ihm Koseworte zu ... Beschützt vom schelmischen Geist der aus den Tiefen der Zeit wiedergekehrten Dame, hofften sie, auf ähnlichen Pfaden unermesslicher Wollust irgendwann, demnächst, bald wieder so ein gemeinsames Abenteuer zu erleben.

Dünne Strahlen wärmten Cosimas Gesicht, als die Sonne ihren Aufstieg begann. Das Gewitter war vorbei, ein leichter Wind fegte noch über die Ebene und pfiff um das Zelt, was direkt auf Cosimas Trommelfell traf. Aus Angst zu frieren, zog sie mechanisch die Decke über sich, und ihre Haut jubilierte über die leichte, warme Berührung des Fells. Benommen, der Körper noch schlaff, befand sie sich in dem halbbewussten Zustand, der dem Erwachen vorausgeht. Als Erstes reizten die starken Gerüche nach Leder und Holz ihre Sinne, und unter den anderen Düften, die in ihre Wahrnehmung drängten, erkannte sie auch den von Silvère. Die Bilder der Nacht kamen wieder und mit ihnen der Taumel, die Verzauberung der letzten Stunden und die Erinnerung an die köstlichen Empfindungen, die sie unermesslich lang durch die Nacht getragen hatten. Ein Lächeln umspielte ihre Lippen, sie atmete lange ein, drehte sich um und warf einen sehr zärtlichen Blick auf den Mann, der eingerollt neben ihr lag. Die vollkommene Entspannung in seinem Profil beruhigte sie, er hatte seine Seelenruhe und seine Unschuldsmiene wiedergefunden und schlief tief und fest. Cosima berührte mit ihrem Handrücken sacht seine Wange. Nach seiner merkwürdigen Verwandlung und dem gemeinsamen Liebesrausch brauchte der Arme wirklich seine Erholung. Sie schob die warme, feuchte Hand Silvères von ihrer nackten Brust, küsste ihn auf die Stirn, stand auf, sammelte ihre

Sachen ein und zog sich so leise wie möglich an. Bevor sie Silvères Alkoven verließ, versuchte sie noch, von ihrem Höhenflug in die Wirklichkeit herunterzukommen. Sie konzentrierte sich wieder auf ihre Mission, wurde davon allmählich wacher und trat an die Feuerstelle in der Mitte des Zelts.

»Guten Morgen, Num, wie geht's? Und wie geht's Laurent?«

»Das wird schon, keine Angst, das Schlimmste hat er hinter sich.«

Im Helldunkel des gemeinsamen Raums goss Num drei Tassen Tee ein. Cosima setzte sich neben ihn. Der Schamane hatte sein zeremonielles Gewand abgelegt, beobachtete die junge Frau an seiner Seite intensiv, kniff die Augen zusammen und verstummte. Cosima errötete, wich seinem Blick aus und brach schließlich das Schweigen.

»Num, nach dem starken Regen gestern wäre es unvernünftig, noch länger zu warten. Wir müssen unbedingt zu der Begräbnisstätte, bevor sich ihr Zustand verschlechtert. Sonst versinkt sie womöglich ganz unter einer Schlammlawine oder wird von einem Erdrutsch verschüttet. Glauben Sie, wir können Laurent für ein paar Stunden allein lassen?«

Der Schamane trank ruhig seinen Tee aus und erwiderte dann: »Zur Zeit meiner Kindheit gab es solche Unwetter im Sommer nicht. Jetzt verdunkeln Wolken manchmal die Mitternachtssonne so sehr, dass es richtig Nacht wird. Überall leiden die Böden; der Himmel wird verrückt. Glücklicherweise hat die Königin schon ein Wunder getan, indem sie uns zusammengeführt und damit eine fruchtbare menschliche Verbindung bewirkt hat. Sie hat uns alle hier, im Tschum, mit einem gemeinsamen Anliegen vereint: der Liebe zur Erde, die sie seit je verehrt. Unser Bund symbolisiert die brüderliche Zusammenkunft der Völker aus dem Norden, dem Süden, dem Osten und dem Westen mit der Billigung der Natur und der Geister!«

Cosima ärgerte sich ein bisschen, sie hielt nichts von übersinnlichen Wesen. Außerdem war Laurent trotz aller Gesänge und Zaubertränke mangels angemessener Therapie immer noch bewusstlos, da konnte der Schamane noch so lang erzählen, dass es mit ihm bergauf gehe. Sie hielt es jedenfalls für geboten, schnell wieder zu rationalem Handeln zurückzukehren.

»Sie haben recht, Num, aber wir müssen unsere Analysen durchführen, die Zeit drängt!«

»Alles zu seiner Zeit! Die Königin will uns helfen, das zu retten, was von der unberührten, wilden Tundra noch übrig ist, die Flüsse und den Ozean zu schützen, die Erde und ihre Gaben zu schätzen und die Rentiere, unsere ewigen Freunde, zu ernähren. Sie ist durch die Zeit gereist, um uns beizustehen, an uns liegt es, vor allem Leben zu retten … Und das beginnt hier, im Tschum, bei Laurent. Da gibt es kein Vertun, liebe junge Freundin. Zuerst muss er gesund sein, dann brechen wir auf, um uns alle um unsere Königin zu scharen.«

»Wir wären doch nur wenige Stunden weg«, widersprach Cosima und stand auf.

Num blieb ungerührt, er hatte nicht die Absicht, Cosimas Launen nachzugeben, hielt ihre Ungeduld für ein Zeichen von Unreife. Also verstummte er wieder, er hatte schließlich schon alles gesagt.

Mit einem Mal tauchte Silvère auf, in Parka, Wanderschuhen und mit einem schweren Rucksack voll Material. Hatte sein Blick schon seit seinem Kontakt mit den Geistern der Toten vor Leidenschaft und Eifer gesprüht, war sein inneres

Brodeln nach der Liebesnacht noch stärker geworden. Er strich Cosima wie zum Trost über den Rücken, trat dann vor Num hin und legte ihm überschwänglich die Hände auf die Schultern.

»Wenn du mir deinen Segen gibst, großer Bruder, dann finde ich das Grab. Es ist mir in meiner Trance gestern erschienen. Du hast recht, jemand muss sich um Laurent kümmern. Dein Platz ist hier, bei deinem Freund, sein Leben erfordert deine Anwesenheit. Ich kann Cosima mitnehmen! Wir machen unsere ersten Beobachtungen und müssen vor allem den Fundort sichern.«

Der Schamane sah in Silvères Blick so viel ehrliche Leidenschaft, dass es ihm das Herz erwärmte. Er begrüßte seinen Willen und den Mut, sich ohne erfahrene Begleitung auf unbekanntes Terrain vorzuwagen. Und er erriet den jugendlichen Eifer, der manchmal auch jene Seelen blendete, die gerade erst von der Weisheit unsichtbarer Mächte berührt worden waren.

»Ich spüre, dass ich es kann!«, beharrte Silvère. Er vertraute seiner Intuition, die ihm schon den direkten Weg zum Grab weisen würde. Die Ahnin aus dem Eis würde zu ihm Kontakt aufnehmen und ihn zu sich führen.

Num umarmte ihn wie ein Vater seinen Sohn. Er hätte ihm das gern ausgeredet, ihm zu mehr Geduld und Vernunft geraten. Er hielt ihn für noch nicht stark genug, ohne sein Beisein mit der Ahnin in Kontakt zu treten. Aber er wusste, dass Silvère in seinem Eifer das Ausmaß der Gefahren unterschätzte und außerdem Cosima imponieren wollte; keine Weisheit kommt gegen die Flamme eines leidenschaftlich liebenden Herzens an. Also fasste er Silvère bei der Hand und führte ihn bis zum Eingang des Zelts. Dann nahm er aus einem Säckchen, das er in der Tasche hatte, ein paar getrocknete Blütenblätter und Körner und streute sie vor ihm auf den Boden.

»Mögen die Erdgeister euch gewogen sein! Wenn ihr das Tschum verlasst, reibt eure Füße in meiner Opfergabe!«

Dann kehrte er zu Laurent zurück und psalmodierte weiter vor sich hin.

»Lass uns gehen, Cosima, es ist Zeit! Mach dich fertig, vertrau mir, alles wird gut, wir finden sie schon!«

»Aber wie wollen wir das anstellen? Niemand findet einen Weg durch Zauberei. Wenn Num nicht mitkommt, bringt das überhaupt nichts!«

Sie setzte sich mit verschränkten Armen hin. Silvère streckte seine Hand aus, doch sie wandte den Kopf ab. Er verließ das Zelt, nahm sich Zeit, die Gestorbenen zu ehren, wie Num ihn geheißen hatte, blieb ein Dutzend Meter vor dem Eingang stehen und wartete. Cosima wurde wütend. Nach einer Zeit des Schweigens kam Num zu ihr und erklärte in feierlichem Ton: »Er täuscht sich. Es ist viel zu früh für ihn. Aber lass ihn nicht allein gehen, er wird dich brauchen! Ihr folgt dem Fluss gen Osten, bis zum Ufer des anderen Flusses, den geht ihr Richtung Norden entlang. Das sind gut zwei Stunden Weg. Dort, wo sich das Grab befindet, ein paar Meter über dem Wasser, ist die Böschung fast rechtwinkelig abgebrochen, es ist leicht zu erkennen.«

Ungläubig schüttelte Cosima den Kopf und rührte sich nicht.

»Er wird dich brauchen!«

Ohne ein Wort zu sagen, gehorchte sie schließlich, machte sich fertig und packte ihr Analysematerial. Als sie aufbrechen wollte, hielt Num sie zurück, legte ihr eine Decke aus

Rentierfell um und knotete ein mit einer Perle verziertes Lederband um ihre Haare. Sie bedankte sich, indem sie die Augen niederschlug, und ging hinaus.

Überrascht, Silvère so nahe beim Tschum stehen zu sehen, deutete sie ein schiefes Lächeln an, weigerte sich aber, seine ausgestreckte Hand zu ergreifen. Schweigend kehrten sie dem Zelt den Rücken und gingen den Fluss aufwärts, wobei ihre Schuhe bei jedem Schritt im Morast der Ebene versanken.

Die wilde Natur entzieht sich oft der Logik, daher vielleicht der unbesiegbare Wunsch der Menschen, sie zu zähmen. Sie erweist sich als ungreifbar und wartet stets mit Überraschungen auf, darin zeigt sich ihr ganzer Zauber. Sie ist majestätisch, wunderbar, chaotisch und verändert sich ständig unter dem Einfluss starker Energien, die von archaischen Mächten aus der Entstehungszeit des Planeten vor mehr als vier Milliarden Jahren herrühren.

Auf ihrem Marsch durch das instabile Hügelland des hohen Nordens, einer im Verhältnis zur Erde jungen Formation, die sich in ständigem Wandel befindet, waren Cosima und Silvère großen Gefahren ausgesetzt. Manchmal bewegte sich der Boden unter ihren Füßen plötzlich; doch die beiden Liebenden wussten nichts davon, dass unter der Oberfläche Erschütterungen großen Maßstabs schlummerten.

Sie kamen schnell voran, trotz des schwierigen, aufgeweichten Bodens. Silvère war bester Dinge, überzeugt davon, dass seine Vorahnungen ihnen schon den richtigen Weg weisen würden, Cosima dagegen zog ein Gesicht, sie hielt es für unvernünftig, sich ausschließlich auf Nums vage Hinweise zu verlassen. Die Wendung der Ereignisse irritierte sie umso mehr, als Silvère in seiner Begeisterung unerschütterlich war und die Absurdität der Situation gar nicht wahrzunehmen schien. Auch die schlechten Wettervorhersagen änderten nichts an seinem Tatendrang und seiner Gelassenheit.

Ununterbrochen ließ er seinen Blick über die Landschaft rechts und links ihres Weges schweifen, um nur ja nichts zu übersehen, und wenn er sich zu ihr umdrehte, dann immer mit einer so glückseligen Miene, dass sie hätte schreien können. Da irrten sie hier mitten im Nirgendwo ziellos herum, am Ende der Welt, unter diesem tief hängenden Himmel mit den riesigen dunklen Wolken, das Gesicht gepeitscht von der eisigen Feuchtigkeit, die in der Luft hing und sich auf der Haut äußerst unangenehm anfühlte. Der Feindseligkeit des arktischen Klimas ausgesetzt, überfiel sie mitten im Sommer eine beißende Kälte. Cosima mummelte sich in ihre Felldecke ein. Abwegig war das, immer weiterzugehen, verloren in einer öden weiten Ebene! Die Natur des hohen Nordens, die sie erst bezaubert hatte, offenbarte nun ihre herbe Seite, die trüben Farben einer Landschaft ohne jede Anmut. Es war eine ungastliche Gegend, wo der Mensch einen unerschöpflichen Erfindungsreichtum entwickeln und alles nutzen musste, was die Natur ihm gewährte, um dem sicheren, schnellen Tod zu entgehen. Der Imperativ des Überlebens, dachte Cosima, trieb einen hier mehr als anderswo zu einem räuberischen Umgang mit der Natur.

Immer wieder versuchte Silvère während ihres anstrengenden, schweigsamen Marsches, sich Cosima anzunähern. Er bedurfte ihrer Worte, um das erst vor wenigen Stunden geschaffene Band zwischen ihnen zu festigen, doch sie weigerte sich, auf seine zärtlichen Blicke zu reagieren. Als gewissenhafte Rechtsmedizinerin hätte sie es lieber gesehen, wenn er ihre nächtliche Nähe vergessen und sich etwas abgekühlt hätte, wenigstens, bis das Grab gesichert war. Ihr junger Begleiter wirkte immer irrationaler, wie abgekoppelt von der Realität, sie dagegen war angespannt und besorgt, weil ihr erster Kontakt mit ihrem Studienobjekt ohne Laurent und Num stattfinden sollte. Konzentriert und mit großem Ernst bereitete sie sich darauf vor, die Verantwortung für den Schutz eines archäologischen Erbes von vielleicht unschätzbarem Wert allein zu übernehmen, und ging zum x-ten Mal die einzelnen Schritte durch, die für eine vorschriftsmäßige Probenentnahme zwecks Datierung und DNA-Bestimmung notwendig waren. Bloß nichts übersehen und keine Fehler machen, durch die das Untersuchungsmaterial womöglich verunreinigt oder unbrauchbar würde.

Als sie am Zusammenfluss der beiden Flüsse angelangt waren, erreichte Silvères Übermut seinen Höhepunkt. Überwältigt blieb er stehen.

»Schon wieder spüre ich so eine starke Energie, Cosima. Wir werden bald einen unvergesslichen Moment erleben. Das Grabmal der Königin ist nicht weit, da bin ich mir sicher. Sie ruft nach uns«, verkündete er und ging mit ausgebreiteten Armen auf Cosima zu.

»Hör mal, Silvère«, sagte sie abwehrend, »wir hatten eine wunderbare Nacht miteinander, aber jetzt solltest du unbedingt ein bisschen rationaler denken. Ohnehin sind die Arbeitsbedingungen nicht gerade ideal, umso mehr müssen wir ernsthaft und methodisch vorgehen … bitte!«

Als die ersten Erdstöße den Boden unter ihnen zum Wanken brachten, brach das Gespräch jäh ab. Cosima schwenkte die Arme, um wenigstens vorübergehend ihr Gleichgewicht zu halten, Silvère versuchte taumelnd, sie aufzufangen, und fiel dabei selbst fast hintenüber. Ein Dutzend Meter unter der Oberfläche ballten sich außerordentliche Kräfte zusammen. Die Tiere zu Wasser und zu Lande, die ihre Verbindung zum rätselhaften Universum der Mineralien bewahrt haben, können eine Naturkatastrophe stundenlang vorab spüren und fliehen, bevor sie ausbricht. Menschen wie Cosima ist die Fähigkeit, die Felsen zürnen zu hören, abhandengekommen, besonders, seit die Gesellschaft sich damit brüstet, jede Erinnerung an das im Menschen schlummernde Tier ausgelöscht zu haben. Als ihr Instinkt endlich meldete, dass sie sich in großer Gefahr befand, und all ihre Sinne in Alarmbereitschaft versetzte, damit sie reagierte, sich bewegte, flüchtete, war es längst zu spät. In den lichtlosen Tiefen hatten Risse den Aufbau der Sedimentschichten durcheinandergebracht, ein im Bauch der Erde plötzlich aufgetretener Bruch setzte sich rasend schnell bis an die Oberfläche fort, und die Erde bebte. Cosima fürchtete, dass sich der Boden unter ihren Füßen auftun könnte. Silvère, der nichts von der Sprache der Steine und des Schlamms verstand, wurde von panischer Angst erfasst. Er wollte Cosima gern beruhigen, ihr versichern, dass alles gut würde … »Bleib ruhig, ich bin ja da …«

Aber er erreichte sie nicht mehr. Sie war zu einem gehetzten Tier geworden, hechelnd suchte sie nach einem schnellen Entkommen, nur fliehen, überleben, der Falle entgehen. Sie schnaufte. Silvère hatte das Gefühl, die Zeit wäre stehen geblieben, aber in Wahrheit ging alles viel zu schnell, er erschrak vor dem entsetzlichen Grollen, das immer lauter wurde, bis ihm fast die Trommelfelle platzten, die ganze Gegend wankte! Die Erde bebte nicht, nein, viel schlimmer, sie zog sich zurück, löste sich unter seinen Füßen auf, Hilfe unmöglich, außer er könnte sich in die Luft erheben. Pflanzen versanken im Torf oder im Sand, ganze Blöcke brachen ab, als wollte ein Riese unter ungeheurem Getöse die Welt nach seinem Geschmack neu modellieren. Das Desaster, das sich gerade noch in den Tiefen abgespielt hatte, trat nun vollends zutage.

Der Boden riss über zehn Meter auf. Der Spalt begann die Landschaft zu teilen, unwiderruflich, wurde immer tiefer, breiter, länger. In einer ersten Reaktion umarmten sich die beiden Liebenden, um einander zu trösten und zu stärken, um einander glauben zu machen, dass nicht alles verloren sei, oder auch nur, um die Wärme des anderen Körpers vielleicht zum letzten Mal zu spüren. Minuten verstrichen, mit ihnen wuchs die Angst, sich in die Augen zu schauen und das Entsetzen zu teilen, das sich auf dem Gesicht des anderen abzeichnete. In einer zweiten Reaktion ließen sie sich los, entfernten sich schweigend voneinander, weil der betäubende Lärm ohnehin jedes Wort übertönte. Jeder versuchte allein sein Glück, es ging nur noch darum, dem gigantischen Trichter zu entkommen, der beide zu verschlingen drohte. Auf dem Höhepunkt des Albtraums, als die Erde aufplatzte, kam ein kurzbeiniger Kampfhund mit silbergrauem Fell und schäumendem Maul auf sie zugerast. Von Panik erfasst murmelte Silvère: »Ihr Kongo-Königinnen und du, Herrscherin über das ewige Eis, die Eingeweide der Hölle haben sich geöffnet, rettet uns, damit sie uns nicht verschlingen!«

Silvère, der Cosima losgelassen hatte, weinend, denn er liebte sie, stürzte sich in einem Anfall von Kühnheit oder Wahnsinn auf den Pitbull. Der, aufs Töten dressiert, blaffte wütend, das Maul aufgerissen, die scharfen Reißzähne glänzend von Speichel, nahm Anlauf und setzte zu einem gestreckten Sprung an. Die unerhörte Wucht des Zusammenpralls von Mensch und Tier, in dem sich das Gewicht des großen Rucksacks mit der durch den Schwung vervielfachten Masse Maos multiplizierte, warf Silvère nach hinten um. Die Erde tat sich auf, Hund und Mensch stürzten ins Nichts … Reflexhaft versuchte Silvère, sich an der

Kraterwand festzuhalten, doch sie wich zurück. Während er in den Abgrund fiel, hörte er die Bestie, die ihren Tod kommen fühlte, jaulen.

Auch unter Cosimas Füßen riss die Erde und tat sich der Abgrund auf, sie fiel zu Boden, schaffte es aber, sich halbwegs aus dem gähnenden Loch herauszuhalten, das ihren Freund und dieses aus dem Nichts aufgetauchte Monster verschluckt hatte. Mit ihren schwachen Kräften stemmte sie sich gegen den Fall, sie kämpfte, versuchte nach oben zu kommen, und krallte sich panisch fest, als die Erde unter ihrem Bauch zu bröckeln begann. Um zu überleben, befreite sie sich widerwillig von ihrem Material, das zur Bürde geworden war, und ließ es in die Schlucht fallen. Dann begann sie zu weinen.

Die entfesselten Elemente trugen Silvère bis zum Grund der Höhle, die sich gerade gebildet hatte und Wasser ausschwitzte, das bedrohlich stieg und manchmal wieder fiel. Das Toben beruhigte sich etwas, hörte aber nicht ganz auf. Schlamm sammelte sich und drohte ihn zu begraben. Binnen weniger Minuten hatte sich die Landschaft vollkommen verändert, eine Art umgekehrter Vulkan war entstanden, auf dessen Grund sich ein kleiner See bildete.

Nach dem erschreckenden Toben kehrte so etwas wie Stille ein, die aber gleich wieder von den pfeifenden Böen eines Nordwinds hinweggefegt wurde, der gesättigt war von der Kälte und Nässe der überflogenen verstreuten Weiher. Cosima kämpfte, ihre Nase rann, Tränen und Speichel vermischten sich. Ihre Leiste schmerzte, aber sie biss die Zähne zusammen, um durchzuhalten. Sie schaffte es, sich an eine fest in der Erde verankerte Wurzel zu klammern, versuchte sich daran hochzuziehen, mit blutigen Fingern, sie zog und zog, litt Höllenqualen, aber schließlich gelang es ihr, dem Sturz zu entgehen.

Unter Schock, weil sie so knapp dem Tod entronnen war, erschöpft und dem eisigen Wind ausgesetzt, sah Cosima, dass ein Hosenbein bis zum Schenkel aufgerissen war, und begann zu schluchzen. Verwirrt hörte sie in der Ferne das Geräusch eines Motors, dann tauchte das Lächeln Silvères vor ihr auf, bevor seine Züge unter den Klauen eines Zerberus zu einer Maske des Grauens zerfielen. Silvère war verletzt, vielleicht auch schon tot, und sie hatte ihm nicht helfen können. Der heftige Schmerz, der daraus folgte, aber vor allem ihre schreckliche Hilflosigkeit bewirkten eine Art Verpuffung in ihrem Herzen, von der sie ohnmächtig wurde.

Rund zweihundert Meter vom Epizentrum entfernt hatte Mischa an der Seite seines Chefs die Ereignisse verfolgt. Er hatte ihn und sich aus der Gefahrenzone gerettet, indem er in Höchstgeschwindigkeit rückwärts bis zu ihrem Lager gefahren war, um die Katastrophe im Blick zu haben. Er hatte Sergej angefleht, im Wagen zu bleiben, damit sie schnell reagieren könnten, falls auch ihr Standort in Gefahr geriete, schließlich hatte Sergej nachgegeben. In den letzten Jahren hatte er Rentierzüchter öfter von gewaltigen Rissen in der Tundra erzählen gehört, er selbst war allerdings nie Zeuge solcher Ereignisse gewesen. Der Anblick der von entfesselten Naturgewalten ausgelösten Apokalypse hatte ihn zutiefst erschüttert. Die Geschichte, dachte er, wird ein tragisches Ende nehmen. Dabei war ihm das Schicksal des jungen Mannes herzlich egal, aber er betete dafür, dass wenigstens die Frau überlebte. Die Finger um das Lenkrad gekrallt, saß er bewegungsunfähig da, wie festgewachsen.

Angesichts dieser Phänomene, die sein Verständnis überstiegen, zweifelte Mischa an Sergejs Methoden, der ohne zu zögern Mao auf den Fremden gehetzt hatte, als sich gerade der Boden unter ihm auftat. Seit den heftigen Unwettern der vergangenen Nacht hatte Mischa böse Vorahnungen, die er seinem Boss aber nicht zu erzählen wagte. Solche Zeichen verhießen nichts Gutes. Wenn er gekonnt hätte, hätte er den beiden jungen Leuten geraten, die Hügelkämme und Uferbereiche zu meiden, denn an diesen Orten, sagten die alten Nenzen, sei der Boden oft brüchiger als anderswo. Aber am meisten wunderte Mischa, dass der Hund, auch wenn er aufs Töten dressiert war, lieber in den sicheren Tod sprang, als zurückzukommen und sein Leben zu retten. Dieses Verhalten verblüffte Mischa, der Vielfraße, Polarfüchse und Eisbären gejagt und das Verhalten der Tiere jahrelang beobachtet hatte. Soviel er wusste, ahnten Tiere solche Ereignisse voraus; doch für Sergejs Pitbull schien diese Regel nicht zu gelten, und das machte ihm Sorgen. Er verstand einfach nicht, wieso Mao dem Befehl seines Herrn gehorcht hatte. Ohnehin fand Mischa schon seit Längerem, dass dieser Hund – wie die beiden anderen übrigens auch – etwas Abartiges, ja, Dämonisches an sich hatte. Er kniff die Augen zusammen. War er vielleicht von Anfang an auf dem Holzweg gewesen? Der Mann, von dem er sich Fortschritt und Geld im Überfluss versprochen hatte, war in der Lage, Frauen zu quälen und seinen Hund so sehr der Natur zu entfremden, dass der seinen Überlebensinstinkt verloren hatte und quasi Selbstmord beging. Und das alles, um einen Menschen zu beseitigen, der gar keine unmittelbare Gefahr darstellte. Was sein Onkel bei ihrem letzten Treffen gesagt hatte, hörte sich für Mischa jetzt ganz anders an. Tatsächlich fragte er sich zum ersten Mal, ob das Auftauchen der Dame aus dem Eis vielleicht wirklich ein Versuch der Ahnen war, den Nachfahren eine Botschaft zu übermitteln.

So versunken war Mischa in seinen Gedanken, dass Sergej, der ausgestiegen war, um die Schäden zu begutachten, ihn regelrecht anschreien musste. Auch Sergej war einen Moment lang wie angewurzelt stehen geblieben, sprachlos angesichts dessen, was sich vor seinen Augen abspielte. Der Macht dieser zerstörerischen Kräfte gegenüber fühlte er sich winzig klein, und die Vorstellung, dass ein unsichtbarer, aber Furcht einflößender Feind überall unter seinen Füßen lauern konnte, bereit, jederzeit hervorzubrechen, war nicht gerade angenehm.

Wenigstens würde ihn niemand dafür verantwortlich machen, wenn eine Naturkatastrophe den ersten Spatenstich verhinderte, das war ja nicht sein Fehler, für den man ihn umstandslos verurteilen könnte. So getröstet, fasste sich Sergej schnell wieder.

»Dieses verdammte Land«, zischte er, »so wild wie seine Bewohner! Andererseits kann man sich hier das Reisen sparen, der Szenenwechsel passiert ja ganz von allein, einfach so ...«, er schnippte mit den Fingern, »zack, wumms! ... Gib mir mal das Fernglas, Mischa, ich kann Mao gar nicht mehr sehen!«

Mischa erbleichte, unkontrollierbare Zuckungen durchliefen seinen Körper, und als ob er mit sich selbst spräche, stammelte er: »Ja, das kommt vor, in der letzten Zeit öfter, die Alten sagen, die Fabriken im Osten fabrizieren Gasblasen und Stollen im Boden, und der bricht dann ein, dreht sich wie ein Pfannkuchen in der Pfanne und hinterlässt Riesenlöcher, so das ist ... Andere halten es für einen Zauber, um die Menschen zu bestrafen, weil sie keinen Respekt mehr vor der Erde haben ... Vielleicht sollten wir die Geister besänftigen, Boss!«

Das Entsetzen stand Mischa ins Gesicht geschrieben, als er sich zu Sergej umwandte und ihm das Fernglas reichte, er wirkte fassungslos, panisch, wie besessen und unfähig zu rationalem Denken. Sergej wurde von dem Fatalismus, den sein Mann fürs Grobe gerade ausstrahlte, so wütend, dass er ihn am liebsten geschlagen hätte. Diese Eingeborenen nehmen einfach alles hin, als ob es normal wäre und man nichts dagegen tun könnte, dachte er abfällig, als er Mischa das Fernglas abnahm und sicherheitshalber auch gleich die Wodkaflasche, die in der Tasche seines Parkas steckte. Sonst käme der womöglich noch auf die Idee, das kostbare Nass in unnützen Trankopfern zu vergeuden. Das fehlte noch, dass Mischa den guten Wodka verschüttete, um die Geister milde zu stimmen!

Sergej machte sich Sorgen, dass er womöglich seinen besten Hund verloren hatte und seine Pläne gescheitert seien. Als er die beiden »Erleuchteten«, wie er sie bei sich nannte, auf dem Hügel gesehen hatte, schien ihm der Moment günstig, sie zu trennen, indem er Mao auf sie hetzte. Er hatte mit Silvères Reaktion gerechnet – natürlich würde der junge Hahn sich dazwischenwerfen, den Helden spielen und seine Holde verteidigen. Der Hund hätte ihn in Stücke gerissen, der Frau wäre angesichts seines grausamen Todes klar geworden, mit wem sie es zu tun hatte, und danach wäre sie aus Furcht allen Wünschen Sergejs klaglos nachgekommen und hätte all seine Fragen vorbehaltlos beantwortet. Was für ein Kindergarten! Uns das in diesem Drecksland, wo nichts so lief wie vorgesehen. Er hasste es. Jetzt musste er wieder ganz von vorn anfangen, es war aber auch nicht zu erwarten gewesen, dass man sich vor Einbruch des Winters mit Naturkatastrophen herumschlagen musste.

Sergej wiederholte sich mehrfach, bis sein Handlanger ihn hörte.

»Träumst du oder was, Mischa Malewitsch? Lass nachschauen, ob Mao den Mist überlebt hat! Zack, zack!«

Monumente in der Arktis gab es kaum, die Menschen hier hatten weder zur Feier der Siege noch zum Gedenken an die Opfer oder Generäle Denkmäler errichtet. Diese lokale Besonderheit hatte sofort Silvères anthropologisches Interesse geweckt: Ein wildes Land, das Überflüssigem keinen Platz einräumte, in dem sich aber das Leben, auch das der Menschen, seit Langem erstaunlich gut entwickelt hatte – das bewies die hier in prähistorischer Zeit begrabene Dame afrikanischer Herkunft. Das Trauma seines schwindelerregenden Sturzes und die Angst, erdrückt oder von dem Pitbull zerrissen zu werden, hatten Silvère in eine Art Trance versetzt, die ihn an seine Verfassung nach der Einnahme von Antidepressiva erinnerte: seltsam leicht und wie durch einen Kokon vor der Welt geschützt. Bloß nicht der Realität ins Auge blicken, lieber träumen! Den Schrecken fernhalten und keinesfalls sein empfindliches Gehirn überlasten!

Der im Bauch der Erde Gefangene dachte, es sei mit seinem Leben vorbei. Doch da die ewige Erneuerung der Natur mit dem Tod nicht aufhört, war er gespannt darauf, was nun mit seiner Person geschehen würde. Die Psalmodien kamen wieder: Den Nordpol retten, das Packeis, das gefrorene Land … Was auch immer ihm passierte, konnte nicht das Ende bedeuten, es war nur eine Etappe, eine vorübergehende Phase. Das Leben ging doch immer weiter, sprach er sich Mut zu, von den primitivsten Organismen bis zu den am höchsten entwickelten Säugetieren, und wenn sie einmal vom Leben in den Tod übergegangen waren, entstanden aus ihren Überresten neue Ökosysteme, die wiederum eine erstaunliche Vielfalt von Arten beherbergten. Silvère glaubte gehört zu haben, wie das Rückgrat des Hundes neben ihm brach, auch er würde zum Gefäß neuer biochemischer Prozesse werden, so wollte es das Gesetz des Organischen, jenseits des Polarkreises wie überall auf der Welt.

»Nichts ist je endgültig vorbei«, murmelte er. »Auch der Tod ist nur ein Vorwand zur Verwandlung, zur Anpassung … Wir müssen das gefrorene Land retten …«

Rund um ihn war ein ununterbrochenes Geplätscher, und je klarer sein Denken wieder wurde, desto deutlicher hörte er es. Bloß nicht zu schnell!, flehte er innerlich, denn gleichzeitig wurde es immer kälter. Er musste sich vergewissern, dass nichts unwiederbringlich vorbei war, auch wenn er in den Tiefen der aufgeplatzten Erde steckte und nur der Hund und Cosima sein Unglück miterlebt hatten. Cosima war bestimmt stark und tapfer, aber allein in einer tobenden Natur und fern von ihm. Beim Gedanken daran zog sich sein Herz zusammen. Wie sehr hätte er sie jetzt gebraucht, hier und jetzt, in dieser Dunkelheit, wo der widerliche Gestank der Verwesung in seine Nase drang. Silvère hatte Angst. Ein kindlicher Schrecken lähmte ihn, am liebsten hätte er laut geschrien. Warum war er denn nur hier, und wo waren die Königinnen von einst, jetzt, da er sich in so einem aussichtslosen Zustand befand?

Falls Cosima die Katastrophe überlebt hatte, hielt sie ihn bestimmt für verloren, sonst hätte sie doch alles Menschenmögliche getan, um ihm zu Hilfe zu kommen. Silvère fühlte sich isoliert, handlungsunfähig, kurz vor dem Untergang. Niemand kümmerte sich um ihn, den jungen Mann, der von den Herrscherinnen vergangener Epochen erst verführt, dann verlassen worden war. Mutterseelenallein steckte er kopfüber in einem tiefen Schlammloch irgendwo in der nordsibirischen Tundra, nicht weit entfernt von einem Arm des Polarmeers. Er war der Welt gleichgültig, niemand interessierte sich für sein Leid. Er schlug die Augen auf und stellte fest, dass es um ihn herum stockfinster war. Eine schreckliche Angst befiel ihn. Als seine tastende Hand an die Reißzähne im aufgerissenen Maul der toten Bestie neben ihm stieß, schrie er auf. Von Panik erfasst, am ganzen Körper zitternd, schlug er um sich und manövrierte sich so wieder in die Senkrechte. Seine Füße versanken im Schlick, seine Zähne klapperten, und in seinem Kopf drehte sich alles. Schwer abzuschätzen, wie weit er von der Oberkante der Spalte entfernt war, zehn Meter vielleicht oder ein bisschen weniger. Nur jetzt nicht schwach werden, sondern handeln, alles wagen!

Im Licht eines hauchdünnen Strahlenbündels, das die aufsteigende Sonne des ewigen Tages bis zu ihm hinunterschickte, sah er, was er für ein Glück gehabt hatte. Er war an der Wand der Spalte gelandet, und der leblose Körper des Hundes, der vor ihm gefallen war, hatte den Aufprall abgefedert. Jetzt stand Silvère auf einem schmalen Absatz über dem kleinen See, der sich in den Tiefen bildete und immer höher stieg. Silvère rührte sich nicht, er war wie betäubt, gelähmt. Er brauchte Hilfe, er musste sich irgendwo festhalten, um sich aus dem Schlick zu ziehen, und vor allem müsste er an seine Rettung glauben. Aber es sah nicht gut aus, die Luft kühlte immer weiter ab, und wenn es womöglich fror, würden die Wände der Schlucht glatt und überhaupt nicht mehr zu bezwingen sein. Reglos in seiner Panik erstarrt, kämpfte Silvère gegen die Wiederkehr seiner Visionen und Halluzinationen, während er mit geschlossenen Augen an den uralten geologischen Schichten lehnte, die in die Gegenwart eingebrochen waren.

Die im Eis konservierte Erde bewahrte treu die Geschichte des Planeten seit seinen Anfängen, samt Vulkanausbrüchen und Meteoritenabstürzen, ebenso wie die Erinnerung an das Tun und Treiben der Menschen aller Zeiten. Die in ihr lagernden uralten organischen Teilchen aus den zersetzten Kadavern kleiner und größerer Tiere waren jetzt Bakterien ausgesetzt, die sich davon ernährten und dabei einen unbeschreiblichen Gestank verbreiteten. Wenn alte Sedimentschichten an die Oberfläche treten, integriert sich das darin gespeicherte Gedächtnis der Vergangenheit in die ökologischen Kreisläufe von heute. Seit Langem verschwundene Viren und Mikroben, ein ganzes Universum aus fauligen Dünsten und unsichtbaren Gefahren wimmelte rund um Silvère. Er dachte an seine Tage auf der geschlossenen Station zurück, wo er sich verzweifelt in seinem Bett verkrochen und sich wochenlang allein gequält hatte, weil er nicht in die Welt zu passen schien. Dann erinnerte er sich an die Worte der Kongo-Königin, an all das, was ihn die Afrikanerin aus der Arktis lehren würde, und an den Geschmack von Cosimas Lippen. Er riss sich zusammen, schluckte seine Tränen hinunter und richtete sich auf. Nein, er wollte nicht in diesem Abgrund bleiben, der Geist der Rebellion erfasste ihn. Er fand die Kraft, die Ängste, die den Flug seines Willens bremsten, zu besiegen, und seine Glieder lösten sich.

Silvère begann mechanisch an der Wand zu kratzen und bohrte die steifen Finger in die entstehenden Vertiefungen. Dann zog er sich unter unglaublichen Mühen ein wenig nach oben und tastete mit den Füßen nach einem Vorsprung, auf den er sich stützen könnte. So schaffte er vielleicht einen Meter und machte weiter. Eine unglaubliche Zeitreise begann. Hunderttausende Echos vergangener Stürme und Laute einer längst vergessenen Fauna trugen ihm eine Flut von Botschaften zu. Er solle hier an der Wand hängen bleiben und aufmerksam dem Gedächtnis der Jahrtausende lauschen. Uralte Erinnerungen sammelten sich um Silvère. Er sättigte sich mit neuen Geschichten von Menschen aus friedlichen, gerechten und harmonischen Zeiten, als die Beziehungen zwischen den Menschen wie die zwischen den Arten nicht hierarchisch waren, sondern jedes Wesen seinen Platz hatte. Silvère stärkte sich mit den außergewöhnlichen Heldentaten der ersten Völker, die dank ihrem Mut, ihrer Hoffnung und Hartnäckigkeit in die Arktis kamen, verführt von der magischen Anziehungskraft des hohen Nordens, jenes Landstrichs am Ende der Welt, der Göttliches in sich barg. Wo über Monate eine endlose Nacht herrschte, die man ertragen musste, um dann wochenlang den hinreißenden Anblick nie versiegenden Lichts zu genießen. Wo die menschliche Art, um zu überleben, mit anderen Arten kooperieren musste und unendlich viele Verbindungen herstellte, ohne das natürliche Gleichgewicht zu gefährden. Um mehr davon zu erfahren, bremste sich Silvère und lauschte Felsen, Sand und Lehm. Vertiefungen in den Wänden boten ihm genug festen Halt. Er gewann an Höhe, seine Hände umklammerten den Stein, seine Finger drangen in die Erde, die seine aus Afrika stammenden Vorfahren am Ende ihrer Entdeckungsreise betreten hatten.

Die Wand bröckelte und bedeckte ihn, je weiter er nach oben kam, mit derselben Materie, aus dem das Lager der Schwarzen Königin Sibiriens bestand und in der auch die Kongo-Königin begraben war. Je mehr er erfuhr von der Legende der Völker, desto näher kam er seinem Ziel. Gewandt, auf seinen Aufstieg konzentriert, die Sonne als Blickpunkt, schaffte er es immer besser, sich im Inneren des Spalts emporzuhangeln. Schließlich ließ er die unterirdischen Welten hinter sich und kam wieder ans Licht. Er fühlte sich schwerelos, grenzenlos, wie neu belebt, nachdem er dem Tod von der Schippe gesprungen war. Sein erster Gedanke galt Cosima. Er dachte an den verführerischen Duft ihrer Haut, an das Gefühl ihrer feuchten Lippen auf seiner Brust, an ihren nackten Körper, den er so bewunderte und fest umarmen wollte. Er hatte jetzt eine unglaubliche Lust auf Leben, sie pulsierte in seinen Muskeln, Adern und Venen. Ein Teil von ihm, davon war Silvère überzeugt, gehörte diesem Volk an, das sich einst über Grenzen hinweggesetzt hatte, die Idee des Grundbesitzes nicht kannte und den Boden lieber mit allem Lebendigen teilte, dem Volk, das einen dichten Wald durchquert hatte, bevor es freudig die Tundra entdeckte und sich dort niederließ. Mit offenem Ohr für die Stimmen der Vergangenheit war er auf der Suche nach seinen Ursprüngen bis nach Zentralafrika an den Äquator gereist, nur um sie in der kalten Erde der Antipoden zu finden, indem er sich von der gemeinsamen, vieltausendjährigen Geschichte der Menschheit durchdringen ließ.

Er kroch aus dem Krater, ohne sich zu dem eisigen Abgrund umzudrehen, der ihm sein Wissen und seine Mysterien verraten hatte. Jetzt musste er zuerst seine Liebste finden und sich dann von seinem Instinkt zum Grab der Königin aus dem Eis führen lassen, um seine Mission zu erfüllen.

Die Decke, die Num Cosima mitgegeben hatte, lag ein paar Meter von der Schlucht entfernt auf dem Boden. Er legte sie sich um die Schultern, um sich aufzuwärmen. Als er schweigend und ohne große Hoffnung seinen Blick über die Tundra schweifen ließ, entdeckte er in der Ferne das gelbe Licht einer Straßenlaterne wie einen strahlenden Stern am Horizont. Sein Herz tat einen Sprung. Dorthin musste er, um Cosima zu retten … die Gefangene im Land des Eises.

Keine Spur von Mao. In Erinnerung an das viele Geld, das er jahrelang den besten Hundeabrichtern Moskaus in den Rachen geworfen hatte, um seine Pitbulls in ebenso effektive wie unerbittliche Kampfmaschinen zu verwandeln, stöhnte Sergej auf. Er schäumte über diese Verschwendung ebenso wie über die im Sumpf dieses verdammten zurückgebliebenen Landes untergegangenen Investitionen. Die Idioten, die solche Hürden auf seinem Weg errichtet hatten, würden für diese Verschwendung teuer bezahlen, das schwor er.

Mischa näherte sich der Gestalt, die ein paar Schritte vor ihm auf dem Boden lag. Vergebens versuchte Cosima sich aufzurappeln, jedes Mal fiel sie wieder zurück auf die durchweichte Erde. Wütend über den Verlust seines Hundes, folgte Sergej schimpfend und beobachtete die Szene mit hochmütig verschlossener Miene. Sein Blick fuhr Cosimas nackten Schenkel entlang, wo ihre Hose zerrissen war. Mühsam robbte sie vorwärts. Mischa ging zu ihr hin, hockte sich neben sie und zog seinen Parka aus, um ihre Beine zu bedecken.

»Was machst du da?«, blaffte Sergej ihn an. »Lass das, du wirst mir noch krank. Ich brauche dich in Topform!«

Liebenswürdig fragte er Cosima, ob sie seine Gastfreundschaft annehmen würde, in seinem ganz in der Nähe geparkten Wagen gebe es genug Decken, um sich aufzuwärmen.

Mischa gehorchte und nahm den Parka wortlos wieder an sich. Die beiden Männer beugten sich über die Frau und halfen ihr vorsichtig auf die Beine. Sie kam ihnen so schwach vor, dass sie beschlossen, sie erst einmal hinzusetzen. Benommen schaute sie zu den zwei Männern auf, die sie kaum erkennen konnte, und bat fast unhörbar auf Englisch: »Silvère, bitte, wir müssen ihn retten, er ist in Gefahr … der Hund!«

Sergej ärgerte sich, dass diese Person selbst in seiner Gegenwart als Erstes an ihren blöden Gefährten dachte, heuchelte aber Mitgefühl. Sanft erwiderte er in rudimentärem Englisch, dass da leider nichts zu machen sei, ihr Freund sei in den Krater gestürzt und wahrscheinlich ertrunken. Er würde sie gern in Sicherheit bringen, bevor sich die Erde wieder öffnete, ob sie ihm folgen wolle? Sie nickte schaudernd. Widerwillen stieg aus ihrem Bauch auf und schnürte ihr die Kehle zu. Trauer im Herzen, weinte Cosima bittere Tränen. Folgsam ließ sie sich von den beiden Männern führen, die sie unter den Achseln stützten, um sie aufrecht zu halten. Ihr Schluchzen mündete in einem Schluckauf, der ihre Brust rundete und sie üppiger als sonst erscheinen ließ. Sergej schob seinen Unterarm ein wenig unter ihren Busen und malte sich aus, wie er ihn zum Klang der 7. Sinfonie zum Schwingen bringen würde. Er würde ihr schon zeigen, was ein richtiger Mann war. Virile Kraft, Heroismus und große Musik, das war doch was anderes als so ein schlichter Schönling mit dreckigen Füßen, der auf romantischen Intellektuellen machte. Aber zuerst die Arbeit! Er musste sie zum Reden bringen, um möglichst schnell mit diesen prähistorischen Überbleibseln aufzuräumen, danach könnte er sich immer noch mit seiner Trophäe amüsieren. Er gratulierte sich, so schnell ihr Vertrauen gewonnen zu haben. Und da ihr Hirn von dem Schock durchgerüttelt war, würde er ihr bestimmt die Informationen entlocken können, die er brauchte, um die Sache mit dem Grab schnellstmöglich zu beerdigen.

»Schlepp du sie weiter«, befahl er Mischa, »ich kann nicht mehr!«

Mischa gehorchte und versuchte es der jungen Frau, die sich widerstandslos hochheben ließ, so angenehm wie möglich zu machen. Er wusste um seinen harten Griff und versuchte ihn abzumildern, indem er ihr Gewicht auf seine Schultern verteilte. Und obwohl sie nicht ganz bei sich war, versuchte er, ihre Brüste nicht zu berühren, indem er sein Kreuz durchdrückte, so weit es ging, vielleicht spürte sie ja sein Bemühen, sie respektvoll zu behandeln. Eine Frage interessierte ihn brennend: Aus der Nähe betrachtet, sah sie den Frauen seines Volkes unglaublich ähnlich: die schrägen Augen, die hohen Wangenknochen, die kaum sichtbare Taille – und dann noch das Stirnband aus Seehundfell mit einer Perle in der Mitte, das exakt so um ihren Kopf geknotet war wie bei den Frauen der Nenzen. Ein verrückter, beunruhigender Gedanke beschäftigte ihn: Was, wenn diese Fremde von seinem Blut wäre, eine Cousine womöglich, von Num auf einer seiner zahlreichen Reisen durch die weite Welt mit einer westlichen Geliebten gezeugt? Die letzten Worte seiner Mutter kamen ihm wieder in den Sinn, kalter Schweiß rann an seiner Wirbelsäule entlang, und in seinem Kopf herrschte Chaos.

In einem plötzlichen Anfall von Klarheit bedankte sich Cosima für ihre Rettung. Mischa musste an den Hund denken und wankte, von Scham überwältigt. Am Geländewagen, dessen Windschutzscheibe die Strahlen der sinkenden Sonne spiegelte, stellte er die junge Frau vorsichtig auf und half ihr bei den ersten Schritten. Sergej öffnete lächelnd die Wagentür und lud sie ein: »Los, Baby, setz dich rein und wärm dich ein bisschen auf.«

In ihrer Erschöpfung schaffte es Cosima gerade noch, sich aufzurichten, indem sie sich an dem Wagen abstützte. Dann fiel ihr der halb leere Napf ins Auge und die an einem Pflock im Boden befestigte Leine. Das Bild des Hundes, der sich auf Silvère stürzte, kam ihr in den Sinn, sie begriff, erschauderte, wich zurück und starrte dem Mann, der sie mit stählernem Blick fixierte, wütend ins Gesicht.

»Wer sind Sie überhaupt?«, fragte sie schließlich.

Mischa hielt den Kopf gesenkt und tat so, als wäre er gar nicht da. Sergej behielt sein Pokerface und zog den Pelzmantel fester um sich. Sie war ihm ausgeliefert, ohne Chance zu entkommen, auf Dutzenden Kilometern war hier keiner außer ihnen. Es war ihm ein Fest.

»Wir haben dir das Leben gerettet, Schätzchen, und jetzt bist du ein bisschen nett zu uns. Ich will dir nichts Böses, nur ein paar Informationen. Wenn du meine Fragen beantwortest, wird alles gut.«

Cosima wich zurück, aber Sergej war schneller, er packte sie am Arm und zerrte sie in den Wagen. Sie war zu schwach, um sich zu wehren, und fiel auf den Boden. Ganz ruhig nahm er ihr gegenüber Platz, während sie zu seinen Füßen lag und versuchte, ihr Bein zu bedecken. Sergej hatte es nicht eilig, er war es gewohnt, gefürchtet zu werden, die Angst, die er Cosima ansah, genügte, um seinem Ego zu schmeicheln, die Kleine würde nicht lange Mätzchen machen. Er hatte so lange auf diesen Moment gewartet, dass er gar nicht mehr wusste, womit er anfangen sollte. Er zwang sich, Ruhe zu bewahren, überlegte und sagte dann ganz ruhig: »Ich habe noch knapp eine Woche bis zur Einweihung meiner Baustelle. Die Arbeiten dafür kosten ein Vermögen … Und dann findet so ein Erleuchteter, den du auch kennst, an genau dieser Stelle eine Mumie. Dir ist bestimmt klar, dass das eine sehr schlechte Nachricht ist, und zwar nicht nur für mich, wie ich hinzufügen muss, sondern für uns. Ich bin nämlich nicht allein, und das macht es nicht besser. Gewisse Leute könnten diese Entdeckung zum Vorwand nehmen, um mir ins Handwerk zu pfuschen. Du verstehst, was ich meine, ja?«

Er schenkte sich ein großes Glas Wodka ein, während er auf ihre Antwort wartete, ohne sie anzusehen, benetzte seine Lippen, richtete sich auf und zündete sich eine Zigarre an.

»Komm rein, Mischa, und mach die Tür zu. Bei diesem verfluchten Wind zieht es wie Hechtsuppe.«

Unsicher kam Mischa in den Fahrgastraum. Cosimas Blick ausweichend, zog er sich die Schuhe aus und hockte sich auf die Bank hinter ihr. Dann schob er seine gefalteten Hände zwischen die Schenkel und wiegte den Rumpf vor und zurück – Zeichen eines inneren Konflikts mit noch ungewissem Ausgang. Er schwankte, ob er weiter mitmachen sollte bei etwas, das er für Unrecht hielt, diese entwürdigende Art, eine erschrockene junge Japanerin zu behandeln, oder gegen seinen Boss aufbegehren und damit die Verheißung eines besseren Lebens zu gefährden; angesichts dieses Dilemmas zog er es vor zu schweigen.

»Was wollen Sie eigentlich von mir?«, fragte Cosima und rappelte sich mühsam auf, um aus dieser Unterwerfungshaltung herauszukommen, die sie verabscheute, vor allem gegenüber einem Individuum vom Schlage Sergejs. »Ich begreife überhaupt nichts von dem, was Sie sagen.«

»Dann sag ich es eben noch einmal, ich will dir nichts Böses, du interessierst mich nicht, aber ich kann nicht anders, hilf mir, dieses Grab zu finden, und ich kümmere mich um den Rest.«

Cosima mobilisierte ihre letzten Kräfte, um sich zu konzentrieren und zu verstehen, wer ihr Gegenüber war und was er eigentlich von ihr wollte. Schnell wurde ihr klar, dass dieser Kerl mit den Manieren eines Zuhälters sie brauchte, um seine Ziele zu erreichen. Deshalb war ihr Leben wohl nicht in Gefahr, auch wenn die Erinnerung an den Angriff des Kampfhundes zeigte, zu welchem Grad an Grausamkeit dieser Russe offenbar fähig war. Erst einmal Zeit gewinnen, um ihn einzuschätzen, seine Schwächen herausfinden, ohne ihn allzu sehr zu provozieren, und irgendwie aus der Geschichte herauskommen. Sie würde die Naive spielen.

»Ich weiß gar nicht, was Sie von mir wollen …«

Die Ohrfeige überraschte sie und schnitt ihr das Wort ab, sie wankte, richtete sich aber gleich wieder auf, spuckte ihn an, ohne ihn zu treffen, und warf ihm einen verächtlichen Blick zu, der ihn zum Lachen brachte. Er liebte solche Situationen, überzeugt, dass diejenigen, die ihn scheinbar verachteten, ihn heimlich um seine Macht und seinen Reichtum beneideten. Wenn er mit einer seiner Luxuskarossen durch die Straßen Moskaus fuhr, angetan mit einer bordeauxfarbenen Weste, der Farbe der Mafia, die allen klarmachte, welchen Kreisen er angehörte, senkten die Menschen den Blick. Mit einem präzisen, aber nicht übertriebenen Schlag schickte er Cosima wieder zu Boden und ergötzte sich daran, sie vor ihm im Staub kriechen zu sehen. Der Schlag und der Schrei, den sie nicht unterdrücken konnte, ließen Mischa zusammenzucken. Cosimas Halsstarrigkeit machte Sergej ungeduldig, er musste zu härteren Mitteln greifen.

»Du bist hübsch, und du hast Charakter, aber ich habe dir ja gesagt, dass ich keine Zeit habe, in weniger als einer Woche muss alles fertig sein. Das ist wie in einer Sinfonie von Schostakowitsch: Eine einzige falsche Note, und das ganze Gebäude kracht in sich zusammen. Ich bin nicht zum Spaß hier, also pass besser auf. Du bist Ärztin, ja? Gut, dann kannst du vernünftig denken. Also sagst du mir jetzt, wer außer dir, dem Schwarzen und den beiden alten Irren noch von dem Grab weiß. Und für wen du arbeitest.«

Cosima runzelte die Stirn, bohrte ihre graublauen Augen in seine, schüttelte den Kopf und gab ihm mit einem leicht ironischen Lächeln zu verstehen, dass sie von nun an kein Wort mehr sagen würde. Mischa, der alles verfolgt hatte, hockte aufgelöst auf der Rückbank, die Wange an der Scheibe, und murmelte Unhörbares vor sich hin. Ein halb menschlicher, halb tierischer Schrei zerriss das lastende Schweigen. Sergej ließ sich seine Überraschung nicht anmerken. Mischa zuckte zusammen, verzog das Gesicht und hielt sich die Ohren zu. Dank seinem an den Geräuschen der Tundra geschulten Gehör vermutete er einen Menschen am Kraterrand. Cosima meinte, Silvères Stimme erkannt zu haben, und erbebte. Trauer löste ihre entschlossene Miene ab. Sergej deutete das als Eingeständnis ihrer Schwäche. Er beugte sich über sie, ließ vor ihren Augen die Havanna zwischen Zeige- und Mittelfinger kreisen und sagte: »Schade um dich, Baby!«

Dann richtete er sich wieder auf und befahl Mischa, sie an Maos Platz draußen anzubinden. Doch sein Mann fürs Grobe rührte sich nicht, verweigerte einfach den Gehorsam. Das sei unmenschlich, argumentierte er, nur Hexen und manche Schamanen überlebten die kalten Stunden unter der Mitternachtssonne. Er flehte um Erbarmen für die arme Frau, sie würde es nicht aushalten und erfrieren. Sergej spießte ihn mit mörderischen Blicken auf, vermied es aber, ihn zu beschimpfen. Er hatte sich wieder beruhigt und köpfte eine Champagnerflasche. Dass er diesem Idioten, der beim geringsten Problem durchdrehte und ihn im entscheidenden Moment im Stich ließ, jemals Vertrauen geschenkt hatte, würde er sich nie verzeihen. Der käme als Letzter dran, er musste verschwinden, weil er zu viel wusste und kein Zeuge überleben durfte.

»Ich bezahle dich nicht für deine Skrupel!«, fuhr er ihn an. »Irgendwas solltest du für dein Geld schon tun! Was glaubst du eigentlich? Fortschritt muss man sich erarbeiten. Wenn man die Frau nicht ein bisschen schüttelt, kriegt man nichts aus ihr heraus, und dann ist es mit der Baustelle vorbei. Das heißt aber auch, mit deinem Lohn, Freundchen … und mit mir!«

Das Gesicht in den Händen vergraben, die Mittelfinger in die Ohren gestopft, drehte Nums Neffe energisch den Kopf von rechts nach links, rührte sich aber weiter nicht. Cosima schaute von einem zum anderen und überlegte, wie sie aus der Uneinigkeit der beiden Männer Profit schlagen könnte, aber schon holte Sergej tief Luft, leerte sein Glas in einem Zug und packte sie am Hals.

Brutal zerrte er sie aus dem Auto. Cosima wehrte sich, so gut sie konnte, doch gegen die durch Wut verdoppelte Kraft Sergejs hatte sie keine Chance. Während der Sturm ihr ins Gesicht peitschte, streifte er ihr das Halsband seines toten

Pitbulls über den Kopf und zog es zusammen. Dann schlug er sie wieder, küsste sie gewaltsam und fesselte sie dann an den Handgelenken.

»Ich bin ja nicht weit, mein Herz, gleich da, ganz nah bei dir … Ruf mich einfach, wenn du was brauchst. Dein Schicksal liegt in deiner Hand!«

Er stieg wieder ins Auto, knallte die Tür zu und beschimpfte als Erstes Mischa, der zusammengekauert auf dem Rücksitz hockte. Er sei so was von undankbar und habe überhaupt keine Ahnung, weder vom Fortschritt noch von den Frauen. Es würde nicht lange dauern, in weniger als einer Stunde würde sie frieren und hungrig sein und ihn anflehen und bereit sein zu allem für einen Bissen Brot.

»Irgendwann geben sie alle klein bei, das ist nur eine Frage der Zeit. Die war auf den kleinen Schwarzen heiß, und du glaubst ernsthaft, dass sie einem Mann wie mir lange widerstehen kann?«

Durchhalten um jeden Preis, befahl sich Cosima, ungeachtet der Kälte, die mit der sinkenden Sonne zunahm und ihren Körper jetzt schon quälte. Das Schwein durfte auf keinen Fall gewinnen! Da Sergej sie und ihre Antworten brauchte, konnte er sich vermutlich nicht erlauben, sie erfrieren zu lassen. Sie beschloss, die schreckliche Herausforderung anzunehmen, ihren Folterknecht nicht um Hilfe zu bitten – unter welchem Vorwand auch immer –, und ihr Leben aufs Spiel zu setzen. Sie versuchte, alle Kräfte zu mobilisieren, um so lange wie möglich durchzuhalten ... Die erste Stunde verging in unerträglicher Langsamkeit. Das Licht nahm nicht ab, obwohl es schon lange Nacht sein musste, das war irritierend und verdoppelte ihr Leiden, das seinesgleichen suchte, da die Zeit sich ins Unendliche dehnte; sie begann zu zweifeln, ob sie das schaffen könnte. Mit zusammengebissenen Zähnen bewegte sie ihre Finger und Zehen, um sie am Abfrieren zu hindern. Rief sich Kindheitsbilder ins Gedächtnis, um der Gegenwart zu entfliehen. Sah sich im Sommer am Wannseestrand oder beim Versteckspielen in den Alleen des Charlottenburger Schlosses. Summte Mozart vor sich hin, um sich zu trösten. Auch ihre Studienjahre an der Freien Universität in Dahlem fielen ihr wieder ein, und damit kam etwas von der Energie ihres Engagements bei den Klimaschutzdemos zurück. Und auch ein wenig von der Ausdauer ihres Kampfes für den Feminismus. Hier und jetzt galt es die Schlacht zu gewinnen, den gemeinen, brutalen Macho zu schlagen, das Monster zu besiegen! Die Prüfung war grausam, ein Wettlauf gegen die Zeit. Aber es musste sein, feuerte sie sich an, im Namen aller Frauen, zu Ehren der unterm Eis entschwundenen Königin, die der Herrschaft der Männer getrotzt und ihr Volk auf dem endlosen Weg bis ans Ende der Welt geführt hatte. Unmerklich verging die Zeit. Cosima schloss Mund und Augen, um ihr Inneres vor der eisigen Luft zu schützen. Irgendwann musste Sergej sie doch befreien, schon weil er Antworten auf seine Fragen brauchte, aber nichts passierte.

Einmal hatte sie im Fernsehen eine Reportage über tibetanische Mönche gesehen, die auch im Winter bei minus fünfundzwanzig Grad eine Nacht im Freien durchhielten. Sie glaubte sich zu erinnern, dass sie behaupteten, mit irgendwelchen unsichtbaren Teilchen zu paktieren, aus denen die Winde bestanden, und osmotisch mit den kalten Steinen zu kommunizieren, auf denen sie saßen. Cosima begann ihren Verstand zu verlieren, sie hielt es an dem Pfosten nicht mehr aus, ihr Bewusstsein wankte und löste sich von ihrer fleischlichen Hülle, sie atmete nur noch schwach, ihr Sein zog sich ganz auf ihren Geist zurück, der sich in diffusen Träumen und Trugbildern verlor. Langsam driftete sie Richtung Jenseits, auf die andere Seite der Wolken, in eine mildere Wirklichkeit, wo Silvères Silhouette sie vor den Strahlen der rotgoldenen Sonne über dem Ozean schützte. Mit leisen Schritten kam er näher, die Füße von Schlick bedeckt, und seine Finger verschlossen ihr den Mund.

»Ich bin hier, Liebste«, flüsterte er, »sag nichts …«

Mischa, als erfahrener Jäger gewohnt, Tag und Nacht die geringsten, auch weit entfernten Bewegungen in der Tundra wahrzunehmen, hatte den Schritt des Mannes, der sich fast lautlos anschlich, gehört. Er spitzte die Ohren, stand aber nicht auf. Nachdem er sich vergewissert hatte, dass Sergej, vom Alkohol gefällt, fest schlief, fand Mischa, erleichtert, dass die Frau außer Gefahr war, auch endlich etwas Ruhe.

Silvère umarmte Cosima sacht, löste ihre Fesseln, hüllte sie ein und küsste die aufgeschürften Innenseiten ihrer Hände.

Es kommt in der Geschichte nicht selten vor, dass Schlachten und Gemetzel neue Blutbäder zeugen, weil die Erfahrung des Grauens die bösen Triebe, die sonst im Herzen schlummern, zu rasenden Wahnsinnstaten ermuntern. Solche waren ins Gedächtnis der Afrikanerin aus der Arktis wie auch in das der gesamten Menschheit eingeschrieben, auch die Verheerungen und die Verzweiflung, die darauf folgten. Menschen lernen nicht aus ihren Fehlern; gefangen in ihrem Stolz und geblendet von ihrem Glauben, begehen sie sie wieder und wieder von Neuem. Der Westen der Jamal-Halbinsel, in den sich Num zurückgezogen hatte, war der Schauplatz der Begegnung von Cosima, Silvère, Mischa und Sergej. Ein paar Stunden hatten genügt, um alle den härtesten Prüfungen zu unterziehen, in den Seelen Hass zu schüren und einen von ihnen vollkommen aus dem Ruder laufen zu lassen.

Lügen wurden verbreitet, unerhörte Grausamkeiten verübt und unmenschliche Martern verhängt; zu viel Intelligenz aufgewandt und Energie vergeudet, um Leid und Groll hervorzurufen. Man hätte meinen können, die Frau und die drei Männer hätten nun genug durchgemacht, um Frieden und Vernunft den Vortritt zu geben. Doch das Gegenteil war der Fall, das schreckliche Durcheinander konnte den Eintritt neuen Unheils nicht verhindern.

Kurz bevor die Sonne wieder ihren Aufstieg begann, hatte Silvère die halb tote Cosima befreit. Entsetzen und Zorn hatten sich in den Eingeweiden und dem Herzen des sonst so sanften und liebenswürdigen jungen Mannes eingenistet. Jetzt sann er auf Rache an den Fremden, die es gewagt hatten, seine Geliebte so grausam zu misshandeln. Sergej wiederum wütete nach dem Erwachen zuerst gegen sich selbst, weil er eingeschlafen war und um das Leben seiner Geisel fürchtete. Als er aus dem Auto stieg, war sie verschwunden, nur Maos Leine hing noch an dem Pfosten. Wahrscheinlich war sie inzwischen über alle Berge und verhöhnte ihn aus sicherer Entfernung. Das war eine Niederlage zu viel, Sergej bekam panische Angst. Nicht nur, dass er so gedemütigt worden war, er wusste ja auch immer noch nicht, wo sich das vermaledeite Grab befand. Das schlimmste aller Szenarios zeichnete sich ab: ein Scheitern des Projekts, gefolgt von blutigen Vergeltungsmaßnahmen. Dieser schlechte Scherz dauerte für seinen Geschmack schon viel zu lange. Das Gespenst der Niederlage vor Augen, zu viel Alkohol im Blut – sein Herz raste, er bekam keine Luft mehr. Hechelnd legte er seine Hand auf die Brust und versuchte, Atem und Puls zu beruhigen, um wieder klar denken zu können. Als er sich wieder im Griff hatte, war er wütender und entschlossener denn je. Diese Frau und ihr Kompagnon machten ihn zum Gespött, ausgerechnet in dem Moment, wo seine Karriere den alles entscheidenden Aufschwung nehmen sollte. Das musste er verhindern, alles andere bedeutete Abstieg, Degradierung, Tod … Er ballte die Fäuste. Er wollte seine Haut retten und die beiden für die Schmach, die sie ihm zugefügt hatten, büßen lassen. Er träumte von einem gnadenlosen Schlachtfest mit explodierenden Granaten, die seine

Feinde zerfetzten, und Dynamit, das Sibiriens Erde aufriss und das Grab samt den Fossilien, die vielleicht seit einer Ewigkeit darin ruhten, pulverisierte. Hauptsache, er könnte sein Gasfeld ausbeuten.

»Zack, zack, Mischa, aufstehen!«

Sergejs mühsam beherrschte Stimme klang so bedrohlich, dass Mischas Muskeln sich spannten. Anscheinend blendete Panik den gekränkten Russen, und sein Rachedurst machte ihn taub für jede Vernunft, jeden Versuch einer friedlichen Lösung. Sein wilder Blick beunruhigte Mischa so sehr, dass er einen Moment lang zögerte, sich neben ihn zu setzen, doch dann nahm er doch ohne Widerworte auf dem Beifahrersitz Platz, auch wenn ihm bewusst war, dass Sergej die Vernichtung der beiden Ausländer im Sinn hatte. Mischa ballte die Fäuste und sammelte seine Kräfte. Cosima, die so tapfer dem Grauen getrotzt hatte, war zu seinem Vorbild geworden, ihr wollte er nacheifern.

Sergej machte ihm keine Angst mehr. Er war froh, dass er nachts durch seine Passivität der jungen Frau das Entkommen ermöglicht hatte. Er bereute seinen Verrat nicht, im Gegenteil, er gratulierte sich sogar dazu, nichts getan zu haben, als der junge Fremde sich der Gefangenen näherte, wodurch er indirekt zu ihrem Fluchthelfer wurde. Diese Frau hatte eine Situation durchgestanden, die jeden normalen Sterblichen das Leben gekostet hätte, sie musste also eine außergewöhnliche Persönlichkeit sein. Und außerdem hatte sie als Frau den großen Moskauer Paten herausgefordert, um ein uraltes Grab zu beschützen, das sie für die Ruhestätte einer ihrer Ahninnen hielt. Er bewunderte sie dafür, dass sie nicht klein beigegeben hatte, sie besaß die Charakterstärke der Matriarchinnen früherer Zeiten, von denen ihm seine

Mutter voller Stolz erzählt hatte. Seine Entscheidung war gefallen: Er war auf ihrer Seite. Bestimmt würde sie, kaum dass sie wieder auf den Beinen wäre, weiter nach dem Grab forschen. Und er, Mischa, würde ihr bei Bedarf zu Hilfe eilen. Sergej konnte er ohnehin nicht mehr leiden. Abgesehen vom Geld brachte der nichts als Unglück.

»Pack die Granaten ein!«, befahl er gerade.

Instinktiv krümmte Mischa den Rücken, zog die Stirn kraus und schob wachsam den Kopf vor, so wie er früher hinter den Sträuchern der Tundra Wolfsrudel ausgespäht hatte. Der Wagen setzte sich röhrend in Bewegung, an Bord zwei Bestien, die einander misstrauisch aus den Augenwinkeln belauerten.

Obwohl er sich nur mit übermenschlicher Anstrengung aus dem Abgrund hatte befreien können, trug Silvère Cosima in den Armen durch die unwirtliche Landschaft, immer weiter, weiter weg von ihren Peinigern. Am Abhang eines Hügels legte er eine Pause ein, um das bleiche Gesicht seiner Liebsten in den Sonnenstrahlen zu baden. Ihre Lippen waren violett, an ein paar Stellen sogar schwarz gefärbt, und feine Eiskristalle hafteten an ihren geschlossenen Lidern. Immerhin weiteten sich ihre Nasenlöcher regelmäßig. Silvère rollte sich mit ihr in die Decke ein, die Num ihr geliehen hatte. So wärmten sie sich gegenseitig an der Sonne und ihrer Haut. Irgendwann schlief Silvère vor Erschöpfung ein.

Cosima erwachte als Erste. Sie warf einen zärtlichen Blick auf Silvère, der den Arm um ihre Taille gelegt hatte, sie im Schlaf umarmend, um sie zu schützen und warm zu halten. Obwohl ihr geschundener Körper bei der geringsten Bewegung schmerzte, gelang es ihr, sich vorsichtig zu befreien, ohne ihn aufzuwecken, und auf den Gipfel des Hügels zu klettern, wobei sie dem Rauschen des Flusses auf der anderen Seite folgte. Oben angekommen, lag ihr der Fluss zu Füßen, und vor ihren Augen erhob sich die gegenüberliegende Böschung, die einen fast rechtwinkligen Abbruch aufwies. Sie schaute genauer hin und wusste sofort, dass das die Begräbnisstätte war. Sie drehte sich um und rief: »Silvère, komm schnell, wir haben es geschafft!«

Sie bog ihren steif gewordenen Ellbogen, Silvère sah von unten, wie sie mit einer Hand ihre Augen vor der Sonne abschirmte und mit der anderen auf den Ort zeigte, an dem die Afrikanerin der Arktis ruhte. Trotz seiner Müdigkeit erkannte Silvère die verschwommenen Bilder aus seiner Trance wieder, er reckte sich und folgte Cosima auf den Gipfel.

Auf einmal erblickten sie am Horizont ein tarnfarbenes Fahrzeug, das in ihre Richtung raste. Es war so schnell, dass es über den Morast zu fliegen schien, aber es rutschte nie ab, sondern hielt exakt die Spur. Hinter dem Lenkrad Sergej, dessen düstere Miene von einem kindlichen Lächeln erhellt wurde. Erleichtert tätschelte er die Schulter seines Handlangers.

»Wir haben sie gefunden, das ist die Rettung! Ich hab's dir ja gleich gesagt, Mischa Malewitsch: Am Ende krieg ich von ihr doch, was ich will! Jetzt ist dieser Albtraum bald vorbei!«

Am Ende ihrer Kräfte angelangt und vor Schreck erstarrt, konnten die beiden Liebenden weder fliehen noch Widerstand leisten. Entzückt hielt Sergej auf sie zu und trat das Gaspedal durch.

»Pass auf, Mischa, jetzt rumpelt's gleich ein bisschen! Dann sprengen wir das ganze Ding in die Luft und fahren beruhigt nach Hause.«

Ein leises Klicken riss Sergej aus seinem Siegestaumel. Verblüfft drehte er sich zu Mischa um und sah, wie er langsam bis vier zählte, sich vorbeugte und die entsicherte Handgranate neben dem Bremspedal deponierte.

»Zu Ehren der Königin von Sibirien, zum Ruhme Nums!«, schrie er euphorisch. Dann spuckte er Sergej ins Gesicht und setzte ihn mit einem brutalen Fausthieb auf die Schläfe außer Gefecht. Sergej verlor die Kontrolle, die Räder schlitterten über den Morast, der Wagen brach aus und schlug einen irrwitzigen Zickzackkurs ein, drehte sich um die eigene Achse, überschlug sich einmal und noch einmal. Beim dritten Mal prallte er so hart auf, dass er durch die Luft zum Fluss flog, vielleicht zwanzig Meter an der vor Schreck bewegungslosen Cosima vorbei. Silvère brachte sie vor den rötlichen Blitzen in Deckung, die aus den Seitenfenstern und der Windschutzscheibe schlugen, als die Granate explodierte. Dann folgten mehrere Detonationen der Dynamitstäbe im Kofferraum, bis das Fahrzeug, in eine riesige Feuerkugel verwandelt, am gegenüberliegenden Ufer zerschellte und liegen blieb.

Teile brachen aus der Böschung und stürzten ins Flussbett, gigantische Fontänen schossen empor, der Wasserspiegel stieg rasant. Cosima und Silvère mussten ohnmächtig mitansehen, wie das Grab der Schwarzen Königin von den Fluten verschlungen wurde. Die Fluten rissen menschliche Überreste, Grabtuch, Collier und Zepter aus Mammut-Elfenbein mit, alles ging unter und war für immer verloren. Die Wassermassen drohten die ganze Ebene zu überschwemmen. Schließlich brachten die Liebenden sich in Sicherheit und flohen, um nicht zu ertrinken.

Ein paar Meter vor seinem Zelt saß Num auf seinem Walknochen und meditierte. Mit großen Anstrengungen war es ihm gelungen, seinen Geist auf das Leiden Laurents einzuschwingen, dem es inzwischen ein bisschen besser ging: Das Fieber war gesunken, er war wieder bei Bewusstsein, sein Leben nicht mehr in Gefahr. In der Übergangsphase, kurz bevor er wieder ganz im Hier und Jetzt angekommen war, überrollten Wellen schmerzhafter Empfindungen den Schamanen. Eine seltsame Vision von seinem Neffen, der mit geschlossenen Augen auf einen strahlend hell leuchtenden Tunnel zu levitierte, riss Nums Geist in einen Strudel. Er sah drei Frauen, eine davon Cosima, Mischa willkommen heißen und ihn ermutigen, hinaufzukommen hinter die einzige Wolke an einem strahlend blauen Himmel. Jenseits dieser Wolke eröffnete sich ein grenzenloses Reich voll spiritueller Schätze, in dem die Quellen der Freude nie versiegten.

Die rätselhaften Bilder beunruhigten den alten Mann, aber er kam nicht dazu, sich weiter damit zu beschäftigen, denn zwei verdreckte Schreckgespenster wankten mit hängenden Armen und verstörtem Blick auf das Lager zu. Benommen vom Ausmaß an Gewalt, dessen Opfer und Zeugen sie geworden waren, standen Silvère und Cosima noch unter Schock. Nie hätten sie sich vorgestellt, dass ihre Gegner sie beseitigen wollten, weil so mächtige Interessen auf dem Spiel standen. Cosima war bitter enttäuscht, ihres großartigen Studienobjekts so kurz vor dem Ziel beraubt worden zu sein, und betrauerte den unschätzbaren Verlust von Belegen für einen noch zu erforschenden Abschnitt der Menschheitsgeschichte. Silvère wurde nach seinem anfänglichen Überschwang von Zweifeln heimgesucht, denn die gewagte Interpretation seiner Eingebungen hatte ihn, statt ihn zu warnen, erst in die Katastrophe hineinlaufen lassen. Seine Initiation in die Rätsel der unsichtbaren Welt war anscheinend härter, als er sich das vorgestellt hatte. Mit gesenktem Blick blieb er vor dem alten Mann stehen.

»Das Grab …«, begann er.

Mit einem gebieterischen Wink schnitt Num ihm das Wort ab.

»Laurent geht es wieder besser, er ist noch schwach, aber er ist zu uns zurückgekehrt, und ich habe die begründete Hoffnung, dass er bald wiederhergestellt ist. Ihr beide solltet euch erst einmal reinigen und saubere Sachen anziehen, dann gibt es zu trinken und zu essen. Und dann reden wir!«

Cosima und Silvère wuschen sich im klaren Wasser des Flusses den Schmutz von ihren Körpern voller Blutergüsse, Wunden und Prellungen. Num, im warmen Wollpullover, beobachtete sie und sah, wie sehr sie gelitten haben mussten, und es tat ihm leid, dass sie so auf sich allein gestellt gewesen waren. Als sie zum Zelt zurückkamen, um sich umzuziehen, drehte er ein paarmal den Kopf hin und her, um die steifen Muskeln seines trockenen, mageren Halses zu dehnen. Er wirkte besorgt und traurig, angespannt aufgrund der schlechten Vorzeichen, die ihm zu schaffen machten. Er stellte einen großen Topf in die Mitte, ließ sich im Schneidersitz am Feuer nieder, legte die Hände auf die Knie und schaute ins Leere. Cosima und Silvère setzten sich zu ihm,

Laurent wollte aufstehen, um sie zu begrüßen, doch Num hielt ihn mit einer Handbewegung davon ab.

»Nur Geduld, du bist noch nicht ganz gesund!«

Der Schamane reichte jedem eine Portion gekochtes Rentierfleisch, goss Tee ein und ging zu Laurent, um auch ihm zu essen zu geben. Sie kauten schweigend.

»Und?«, fragte Num schließlich, als alle fertig gegessen hatten.

Silvère berichtete von der Tragödie, die sie erlebt hatten. Cosima präzisierte und ergänzte gelegentlich, vor allem, wenn es um Mischa und Sergej ging, mit denen er nicht direkt zu tun gehabt hatte.

Num versuchte, stoisch zu bleiben, doch bei jeder Erwähnung seines Neffen schwoll eine Ader an seinem Hals und seine Stirn runzelte sich. Als er von dessen schrecklichem Tod erfuhr, musste er sich mit beiden Händen abstützen, um nicht in Ohnmacht zu fallen. Sein Herz blutete für den Sohn seiner kleinen Schwester. Bevor er zum Wilderer wurde, der Mammutstoßzähne verkaufte, war Mischa ein sanftes, hilfsbereites Kind gewesen, später dann ein neugieriger, aktiver Jugendlicher und glücklich in der Tundra. Als Erwachsener aber hatte er sich wie viele seiner Generation nach zahllosen Enttäuschungen und der Demütigung, als Wilder am Rande der Zivilisation, als Ausschuss der Moderne angesehen zu werden, durch das kapitalistische Propagandamärchen vom leicht verdienten Geld korrumpieren lassen. Wenigstens ruhte er jetzt nahe der Königin. Mochte sie in der Ewigkeit über ihn wachen.

»Das Grab haben wir nur aus der Ferne gesehen«, schloss Cosima den Bericht. »Unser Material ist verloren, es wird keine Ausgrabungen geben. Ich wüsste nicht, wie man die

Gasförderung in der Region noch verhindern kann. Der Russe war vermutlich eine Schlüsselfigur in diesem industriellen Projekt, wir könnten die Umstände seines Todes publik machen. Und mit einer guten Pressekampagne wäre es vielleicht möglich, eine Untersuchung loszutreten, die wenigstens den Beginn der Arbeiten verzögert. Für die Wissenschaft ist leider nichts mehr zu holen.«

»Ach, Cosima, weißt du, das Wichtigste ist doch, dass ihr heil geblieben seid«, ließ sich Laurents gebrochene Stimme aus dem Hintergrund vernehmen.

»Danke, Laurent. Es freut mich zu hören, dass es dir besser geht. Du hast uns einen ganz schönen Schrecken eingejagt.«

Silvère beschwor die Möglichkeit, noch etwas zu retten, er könnte sich ja mit Tauchern zusammentun … Ein Aufschrei unterbrach ihn. Der Schamane fiel auf die Knie und streckte die Arme zum Himmel.

»Menschen sind gestorben«, flüsterte Num. Tränen rollten langsam über seine von der Polarsonne gegerbten Wangen, er suchte kopfschüttelnd nach Worten, um seinem vollkommenen Scheitern Ausdruck zu verleihen, fand aber keine. Gram, Reue und Bitterkeit schnürten ihm die Kehle zu, sein gequältes Gesicht anzusehen war so schwer erträglich, dass Silvère und Cosima den Blick abwandten. Auch wenn sein Neffe einer groben Verwechslung von Freund und Feind aufgesessen war, nahm der alte Mann die Verantwortung für den Tod von Mischa und dem Russen auf sich. Das alles war seine Schuld. Kein Ideal, so nobel es auch sei, verdiente es, über die Natur erhoben zu werden! Alles Lebendige zu respektieren war der wichtigste Grundsatz für einen, der zwischen der sichtbaren und der unsichtbaren Welt wandelt. Er hatte das Leben der Menschen, die er in den hohen Norden gerufen hatte, in Gefahr gebracht. Und wie viele Lebewesen, wie viele Pflanzen und Tiere zu Lande und zu Wasser waren ertrunken, untergegangen, zerrissen worden durch die Explosion! Selbst die Erde hatte gelitten.

Num kniete nieder, breitete die Arme weit aus, und noch immer kam kein Ton aus seinem Mund. Abgrundtiefe Traurigkeit stand in seinen Augen. Er hatte verabsäumt, die jungen Wissenschaftler vor ihrem Aufbruch daran zu erinnern, dass alles miteinander zusammenhing: der Sand der Strände, der Saft der Blattnerven, der Nebel, der sich wie ein Schleier um einen Hügel legte, die Tauperlen, die morgens an den Blütenstängeln hingen, das kleinste Insekt, Mischa, Sergej, seine Gäste, alles. Die Gesamtheit dessen, was auf der Welt existierte, alles, was entstand, wuchs, lebte, verging und schließlich im Sediment der Erde versank, verdiente immerwährende Verehrung, jede Pflanze, jedes Tier – und deren Feinde. Das Wasser der Bäche zirkulierte in jedem lebenden Wesen. Statt sie zu bekämpfen, hätte er die beiden Unglücklichen zu Verbündeten machen, ihre Herzen erobern, sie für seine Sache gewinnen sollen! Sie lehren, die Vielfalt der vom Wind herangetragenen Gerüche zu unterscheiden, das Rauschen der Vogelflügel, den reinen Geschmack der Luft. Alles, was Num eigentlich schützen wollte, war durch Sturheit, Rachedurst oder Besitzgier in den Teufelskreis der Vernichtung geraten, bevor überhaupt der erste Spatenstich erfolgt war. Sein Fund hätte dem Schutz der Natur dienen sollen, stattdessen war sein Land binnen kürzester Zeit in einem Chaos aus Brutalität und Grausamkeit untergegangen, die Bewahrung des Erbes war zum Vorwand geworden, zum Instrument, um Leben zu vernichten.

»Ich habe vollkommen versagt«, bekannte der Schamane.

Dann erhob er sich mit gesenktem Kopf – ein gebrochener Mann.

Mit tränenverschleiertem Blick schleppte er sich aus dem Zelt und ließ eine trübe, lastende Atmosphäre hinter sich. Cosima nahm Silvère an der Hand. Verunsichert von der Haltung und den Worten des Schamanen, legten sie sich nebeneinander hin. Viel zu erschöpft für einen neuen Liebesreigen, fielen sie bald in einen tiefen, traumlosen Schlaf.

Nach Stunden der Meditation kehrte Num zum Feuer in der Mitte des Tschums zurück. Silvère und Cosima erwachten und setzten sich zu ihm. Betrübt berichtete der Schamane von der Einsicht, wie sehr seine Furcht vor den Verheerungen durch die Gasförderung sein Urteilsvermögen beeinträchtigt hatte. In seiner Kopflosigkeit habe er viel überstürzt, habe die Worte ebenso wie das Auftauchen der Ahnin aus dem Permafrostboden falsch gedeutet. Und er habe die Mäßigung vergessen, die seinen Entscheidungen in allen Dingen zugrunde liegen sollte. Ein Schamane schöpfe seine Kraft aus der Kontemplation und handle mit Fingerspitzengefühl in steter Sorge um die Gerechtigkeit. Die Geister der Toten möchten ihm seinen Irrtum vergeben. Der alte Mann suchte nach Worten, strich sich manchmal über den Bart und redete noch langsamer als sonst. Er hätte es machen sollen wie Wind und Wasser, die – egal, ob als Sturm oder Lüftchen, als Rinnsal oder gewaltiger Strom – unermüdlich die von Naturkatastrophen verwüsteten Landschaften heilten und neu gestalteten, ohne Gewalt, nur mittels Dauer und Sanftmut.

»Der Feindschaft wurden Wege gebahnt ... und auf denen wandeln stets Trauer und Groll!«

Er dankte Silvère und Cosima, dass sie bereit gewesen waren, Laurents Vorschlag zu folgen. Und dass sie voll Aufrichtigkeit und Großmut, von vernünftigen Absichten getrieben, ihre Kräfte gebündelt hätten, um ihm zu helfen. Die lange Reise auf die Jamal-Halbinsel hätten sie bestimmt nicht unternommen, um irgendjemanden zu bekämpfen, sondern um zu informieren, zu sensibilisieren und diesen Landstrich im Norden Sibiriens zu bewahren. Leider habe er, Num, sich als unfähig erwiesen, sie zu beschützen, und er wisse auch nicht, wie es weitergehen könnte, er sei geschwächt, ohne Eingebung und Voraussicht. Deshalb wäre es ihm lieber, wenn sie heimkehrten, um dort Ruhe und Sicherheit zu finden, bevor noch andere Tragödien einträten.

Nach diesen Worten schwieg er lange.

Dann sagte er: »Laurent ist auf meine Bitte hin gekommen, es ist also meine Aufgabe, ihn durchzubringen, und das hat jetzt für mich Vorrang. Sein Gesundheitszustand erlaubt mir nicht, ihn allein zu lassen, also werde ich an seinem Lager bleiben, bis er wieder bei Kräften ist, bevor ich über einen anderen Weg nachdenke, die Errichtung der Fabrik auf der heiligen Erde unserer Ahnen zu verhindern.«

Für Cosima und Silvère sei es nun Zeit zu gehen. Wenn sie erst einmal zu Hause wären und Lust dazu hätten, stehe es ihnen ja frei, der Welt zu erzählen, dass einst, vor sehr langer Zeit, ein Volk mit einer Frau an der Spitze aus Afrika kam und sich jenseits des Polarkreises niederließ. Und warum nicht auch französische, deutsche oder andere Universitäten ins Boot holen und den offiziellen Weg beschreiten, um für Ausgrabungen in der Umgebung zu werben, auf der Suche nach weiteren Überresten als Zeugnis für die unbekannte Existenz dieses geheimnisvollen Volkes.

Mit dem bitteren Gefühl des Unvollendeten im Herzen und kaum erholt von ihren Strapazen, müssten sich Silvère und Cosima ein letztes Mal führerlos in die wilde Natur wagen, doch diesmal mache er sich keine Sorgen um sie. Auch wenn viele Kinder der Tundra die weiten Ebenen verließen, um in die Städte zu gehen, knüpften die Nenzen, die dieser Versuchung widerstanden, entsprechend der Tradition dichte Netze gegenseitiger Hilfe. Auf sie könne er vertrauen, sie würden seine Gäste nicht im Stich lassen und sich ihrer annehmen. Um von etwaigen Komplizen Mischas oder des Russen unbehelligt den Flughafen zu erreichen, sollten sie sich unter den Schutz eines Num bekannten Clans begeben, der meist an den Ufern des Polarmeers und ein bisschen weiter nördlich jagte und fischte. Der würde seine jungen Freunde, den Sitten und Gebräuchen entsprechend, gastfreundlich mit Essen und Trinken bewirten, bevor man nach ihren Namen fragte. Wenn sie sich auf den Schamanen beriefen, würde alles reibungslos vonstattengehen. Aber sie müssten sich beeilen, bevor die Nomaden womöglich weiterzögen.

»Und nun bereitet euch für die Reise vor«, mahnte er lächelnd. »Um Laurent braucht ihr euch keine Sorgen zu machen, die Königin hat ihn mir anvertraut, und ich werde mich um ihn kümmern. Ist er erst einmal wieder auf den Beinen, wird er mich durch die Tundra begleiten. Dank seiner Wissenschaft und meiner Zauberkraft werden wir Mittel und Wege finden, gemeinsam über das nährende Land und den bergenden Himmel zu wachen!«

Die flammenden Strahlen der sinkenden Sonne ließen die wenigen Hügel ringsum erröten und blendeten Cosima. Ihr ebenso kurzes wie dramatisches Abenteuer hatte sie erschöpft. Sie freute sich schon darauf, in Ruhe ihre Wunden zu verbinden, in der vertrauten Welt ihrer bescheidenen Wohnung in Friedrichshain die kühle Glätte der Kacheln unter ihren nackten Füßen zu spüren und eine warme Dusche zu genießen ... Aber davor stand noch die gefährliche Reise durch unbekannte Gegenden! Ihr Herz war schwer, einerseits, weil ihr die Gelegenheit entgangen war, ein prähistorisches Grab zu erforschen, andererseits, weil sie Angst um ihr Leben hatte. Was wäre, wenn sie die Jäger, von denen Num gesprochen hatte, gar nicht fänden? In der Ferne legte sich ein Schleier aus glühenden Funken über das Packeis. Ihre Melancholie und der bedrückende Anblick der Wolken, die fast bis zum Boden hingen, säten Trauer und Furcht in Cosimas Seele. Schneller als gewöhnlich zogen Kumuli über den Himmel und verliehen dem Panorama, das sie in der hellen arktischen Nacht hinter sich lassen wollten, um zu dem Lager der mit Num befreundeten Jäger zu gelangen, bezaubernde und erschreckende Züge. Immer Richtung Norden, hatte der Schamane gesagt. Doch dort lag wie ein Brand ein purpurner Streifen, der Täler und Ebene verzehrte und die Wirbel des Flusses wie die Wellen des Meeres mit unwirklichen Farben überzog.

Silvère und Cosima sahen nun selbst wie Rentierzüchter

aus. Num hatte ihre Gesichter fürsorglich mit einem Fettfilm gegen den kalten Wind versehen und ihnen die Stiefel, Kapuzenmäntel und Hosen seiner Eltern aufgedrängt, denn etwas Dichteres und Wärmenderes als diese auf traditionelle Weise mit Knochennadeln und Robbensehnen zusammengenähte Kleidung aus Robbenfell sei noch nicht erfunden. Zum Abschied warf sich der alte Mann ein Pelzcape aus weißem Vielfraßfell über, das seinem Großvater gehört hatte. In dieser Aufmachung, fand Cosima, sei er eine noch imposantere Erscheinung.

»Man könnte meinen, ich gefalle dir immer besser, junge Frau!«, scherzte der Schamane.

Doch der Moment war zu ernst, um zu lachen. Laurents Gesundheitszustand hatte sich noch nicht wesentlich gebessert, und den beiden jungen Leuten stand die gefährliche Kanufahrt über den Fluss nach Westen und dann durch das arktische Eismeer Richtung Nordpol bevor, bei der sie auf Eisberge gefasst sein mussten, auf Eisbären, die ihre Jungen verteidigten, auf Hagel und extremen Frost, in dem sie schockgefroren würden. All ihre Hoffnungen hingen am seidenen Faden ihres Lebens, das den Unbilden der Natur ausgesetzt sein würde.

Der Schamane bat die Königin, die Gedanken und Gefühle der Scheidenden zu besänftigen und sie zu stärken. Auf dem Weg zum Ufer schlug er seine Trommel und stimmte ein fröhliches Lied an, doch die Tremoli aus den Tiefen seiner Kehle verliehen seiner Stimme düstere Akzente. Cosima und Silvère ließen das Boot zu Wasser, stiegen ein, winkten ein letztes Mal, während sie aufmerksam der Melodie des Liedes lauschten, und folgten seinem Rhythmus, um ihre Schläge zu synchronisieren.

Hintereinander sitzend, paddelten sie Richtung Horizont, gestärkt von ihren gemeinsamen Gefühlen und elektrisiert von der Vorstellung, dass sie einen Teil der magischen Reise wiederholten, die das Volk der Afrikanerin aus dem Eis einst unternommen hatte: auf der Suche nach einem friedlichen Hafen, einem Land, in dem sie bleiben konnten, durch unzählige, von Menschen völlig unberührte Gegenden bis in den hohen Norden. Sie müssten ihren Weg ohne Kompass finden, wie es den früheren Bewohnern der Arktis lange vor ihnen gelungen war, indem sie sich mit den Gestirnen verbündeten, die Sternenkarte lesen lernten und sich an die jahreszeitlichen Umstände anpassten. Doch trotz der späten Stunde war kein Anflug von Dunkelheit am Himmel zu sehen, kein Zeichen, kein Orientierungsmal, kein Mond im hellen Blau des Firmaments. Um sich Mut zu machen, schmiegten sie sich aneinander. Das Behagen der Körper wirkte entspannend, die Reise wurde fröhlicher. Silvère schnüffelte an Cosimas Halsansatz und atmete ihren Geruch tief ein, ohne zu wissen, dass er damit einen Willkommensgruß nach alter Sitte der Völker des Nordens nachahmte. Das freute die immateriellen Königinnen Kongos und Sibiriens, die sie schweigend begleiteten.

Trotz ihrer Waschungen im Bach war ihre verhärtete Haut von einer schmierigen Schicht überzogen. Sie umarmten sich und kosteten von den starken, verwirrend wilden Gerüchen, die sie umgaben. Eigentlich hätte in diesem Moment die geringste Berührung, ein Duft oder ein verstohlener Blick schon gereicht, um köstliche, starke Triebe zu provozieren. Doch Cosima gestand Silvère, dass sie nicht mehr über seinen von dichten, borstigen Haarbüscheln bestandenen Schädel streichen könne und außerdem weder

Insektenstiche noch die Schürfwunden auf ihren Händen spüre. Unter dem azurblauen Mitternachtshimmel zerbarsten sie vor Lachen.

Der Seegang wurde stärker, die Paddel durchstießen nicht mehr so leicht die Oberfläche des Wassers, und sie begriffen, dass sie nun den Ozean erreicht hatten. Sie navigierten durch gigantische, vom Packeis losgerissene Blöcke, die sich manchmal mehrere Meter über der Wasserlinie türmten. Es war ein Albtraum. Jeden Moment konnten sie mit einer dieser großen Eismassen kollidieren. Sie wussten nicht, wohin ihr Vorstoß in unerforschte Gebiete sie noch führte, dazu kam die wachsende Angst, diese Irrfahrt würde niemals enden. Lange bevor das Ziel ihrer Reise in Sicht kam, wurden sie von dieser extremen Erfahrung verwandelt. Nach und nach fanden sie ihren Platz in der ungezähmten, unermesslichen Weite der Schöpfung, die hier so extravagant war, dass es nicht einmal eine Nacht gab, was dem Ganzen einen unwirklichen, fast magischen Charakter verlieh. In diesen kostbaren, einmaligen Momenten verkörperten sie zwei lebendige Varianten im ewigen Gedächtnis der Welt. Cosima zeigte auf eine Gruppe Vögel, die sich auf einem Eisberg niedergelassen hatte und ohne eigenes Zutun durch den Meeresarm driftete. Die Liebenden folgten ihnen mit den Augen bis zu dem Ort, an dem der Himmel den Ozean berührte. Die Schmerzen in Cosimas von den ständigen Anstrengungen krummen und steifen Schultern weckten in ihr, die vor Müdigkeit wie gelähmt war, bald den Wunsch, sich einfach treiben zu lassen.

»Sollen doch andere unser Schicksal in die Hand nehmen, Num, seine prähistorische Dame aus dem Eis, die Kongo-Königin oder wer auch immer. Vor allem aber darf der

Wind seine Richtung nicht ändern ... Silvère, ich kann nicht mehr!«

Für diese Welt, für diesen Landstrich im hohen Norden, den sie gerade entdeckt hatte, hätte sie alles gegeben, auch ihr Leben, doch sie war am Ende ihrer Kräfte. Eine lustige Welle oder ein schlecht gelauntes Tier konnte ihren sofortigen Tod bedeuten. Ihr gesamtes Handeln – wie nobel oder heroisch auch immer – war nicht wichtiger als eine Möwe, die durch Wattewolken glitt, oder Moosknospen an einem Felsen. Cosima erkannte, wie lächerlich das Tun und Treiben der Menschen war angesichts der Kräfte der Natur.

Also einigten die Liebenden sich darauf, nicht mehr gegen die Elemente anzukämpfen und sich mit wachen Sinnen der Dynamik der Strömungen auszuliefern. Silvère nahm die Magie zu Hilfe: Er rief seine Ahninnen um Beistand an. Und siehe da, die beiden Urmütter fuhren in seine Träume und Gedanken und trafen sich in seiner Seele. Durch die Verschmelzung ihres Erbes, fühlte Silvère, segneten sie die Einheit der Menschen über die Grenzen von Raum und Zeit hinaus.

Die Liebenden streckten sich im Boot aus, genossen jede gemeinsam verbrachte Sekunde und erwarteten geduldig die nächste Minute. Als die Sonne wieder aufzusteigen begann, erblickte Silvère im Nebel ein Ufer. Dorthin wollten sie. Sie richteten sich wieder auf und griffen zu den Paddeln. Silvère meinte, durch den Dunst etwas verschwommen, Feuer zu sehen. Cosima gab ihm recht: Dort brannte etwas. Sie küssten sich mit spitzen, kalten Lippen, um einander zu ermuntern – und los. Immer schneller, im Einklang, im Takt, ihr Ziel vor Augen, flogen sie dahin. Und dann – der Stoß. Vor lauter Geradeausschauen hatten sie die Eisscholle übersehen, die sie von der Seite her rammte. Das Kanu schwankte, driftete ein paar Meter ab, kenterte fast. Das konnten sie gerade noch verhindern, doch Silvère verlor sein Paddel. Allein gelassen, paddelte Cosima wie wild, sie wurde panisch, stieß sogar einen Schrei aus. Silvère schloss die Augen. Das Boot machte weiter Fahrt. Doch die Eisschollen, die der Westwind in der Bucht zusammentrieb, hatten sich ineinander verkeilt und blockierten den Weg zum Festland.

Cosima und Silvère blieb nichts anderes übrig als auszusteigen und sich auf den unsicheren Untergrund dieses anarchisch wogenden Konglomerats von gefrorenen Inselchen zu wagen. Hand in Hand tasteten sie sich voran, vorsichtig einen Schritt vor den anderen setzend. Mühsam hielten sie das Gleichgewicht und passten höllisch auf, nicht auszurutschen und ins kalte Wasser zu fallen. Ab und zu riss das geriffelte Eis, das unter ihren Stiefeln furchterregend knirschte und quietschte. Doch sie gingen weiter, es gab kein Zurück. Dann sahen sie Zelte, aus denen Rauch aufstieg, ein ganzes Lager, das noch schlief am verrammelten Eingang der kleinen Bucht. Die Hoffnung kehrte wieder, sie drückten sich enger aneinander, das war die Rettung, da, in Reichweite, direkt vor ihren Augen. Die Uferböschung, knapp ein Meter hoch, wäre leicht zu bewältigen. Silvère hievte sich hinauf, bald hatte er feste Erde unter den Füßen und ging geradewegs weiter.

Cosima hatte größere Probleme, sie verlor an Boden, blieb zurück, hastete voran, um ihn einzuholen, aber je näher sie dem Festland kam, desto größer wurden die Risse unter ihren Füßen. Die opake Oberfläche des Eises löste sich auf und verwandelte sich in ein instabiles, wogendes Gebilde aus lauter kleinen Kristallbröckchen, in dem sie bis zu den Waden versank. Sie hielt den Atem an, um ihre letzten Kräfte zu mobilisieren. Festhalten, egal woran, bloß nicht untergehen! Cosima verzog das Gesicht vor Schmerz und Verzweiflung; gleich würde der feine Film unter ihr nachgeben, sie würde bis zum Grund versinken und auf der Stelle ertrinken. Silvère drehte sich um, sah sie kämpfen, lief zurück, warf sich bäuchlings auf die vereiste Erde und streckte die Arme nach ihr aus. In einer ungeheuren Anstrengung schaffte sie es, sich an seine Handgelenke zu klammern. Er spannte all seine Muskeln an, damit das Polarmeer nicht sie beide verschluckte. Doch das Eis unter ihm bot keinen Halt, es würde ihm nicht gelingen, sie herauszuziehen. Dann, in einem letzten verzweifelten Aufbäumen, rief er Num und die unsichtbaren Mächte zu Hilfe.

Und Num antwortete, mit tiefer, ruhiger Stimme erzählte er einen Traum, in dem die Schwarze Königin Silvère freundlich anlächelte, ihn tröstete und ihn wissen ließ, dass nichts verloren sei. Sie habe sich aus eigenem Antrieb dazu entschlossen, nicht weiter zu stören und das Grab samt ihren Überresten dem Zugriff einer Wissenschaft zu entziehen, die unter dem Vorwand der Aufklärung die Heiligkeit ihrer letzten Ruhestätte mit Füßen treten würde. Silvère könne sich mit ihr darüber freuen, dass ihre ewige Ruhe nicht länger gestört würde und die geweihte Stätte, an der sie die Ihren ebenso liebe- wie mühevoll beerdigt hätten, um sie dem Zugriff der Zeit zu entziehen, nun unantastbar war. Keines ihrer Geschenke könne durch Grabräuber zertrampelt oder auf Fotografien eingefroren werden. Niemand würde Splitter aus ihren Zähnen sägen oder in ihren Knochen bohren, um Material für Analysen zu sammeln. Die schamlose Zurschaustellung privater Gegenstände für ihre Reise ins Jenseits auf den Bildschirmen der Welt sei damit ebenso unmöglich geworden wie die ihres Körpers im Museum oder in der Kältekammer einer Universität. In der Stille ihres unterirdischen Reiches, in Schweigen und Dunkelheit bleibe sie nun bis zur ewigen Ruhe mit der Erde vereint.

Doch sie schätze sich glücklich, so unterschiedliche Menschen wie Cosima, Laurent, Mischa, Sergej, Silvère und Num zusammengebracht zu haben. Laurent habe sie die Erkenntnis vererbt, dass das Streben nach persönlichem Ruhm eine oberflächliche, vorübergehende Suche sei, im Gegensatz zum ernsthaften, leidenschaftlichen Eintreten für eine Sache, das eine edle Seele, Geduld und Beharrlichkeit verlangte. Sergej, eine verirrte Seele voller Groll und Verachtung für andere Menschen und alles, was um ihn herum existierte, sei ohnehin dem Untergang geweiht gewesen, sie habe diesen lediglich beschleunigt. Mischa habe seinen Frieden gefunden und ruhe jetzt bei seinen Ahnen. Silvère habe sie die wunderbaren Pforten der Spiritualität geöffnet und ihm so dabei geholfen, die Dämonen zu besiegen, die ihn auf die Irrwege des Wahnsinns zerren wollten. Die Gefühle, die sie in Cosimas Herz gepflanzt habe, hätten sie besänftigt, ohne ihre Entschlossenheit zu mindern, und ihr die instinktive Klugheit der Empfindungen eingehaucht, ohne sie am Denken zu hindern. Trotz der von diesen Begegnungen ausgelösten Dramen, der Konflikte und Verabsolutierungen persönlicher Standpunkte habe sie das Wesentliche gefördert: eine andere Art, zusammen zu sein und gemeinsam zu handeln. Aus dieser Wirrnis sei es zur zärtlichen Vereinigung zweier Wesen gekommen, die auf dem Kurs ihrer Liebe stets die wilde Mischung der Hautfarben als schönstes Mosaik und die Begegnung der Unterschiede unter dem Siegel der Harmonie feiern würden – ein Versprechen an alle, dass das Leben auch über die widrigsten Umstände triumphiert. Auch wenn Cosima und Silvère am Ende ihrer Reise durch den ewigen Polartag nicht wüssten, ob sie nach dem Grab einer Königin, einer Fürstin oder einer Person ohne speziellen Rang gesucht hatten, könnten sie doch sicher sein, es mit einer mitfühlenden Seele zu tun gehabt zu haben, die den Ihren zuhörte und sich um deren Wohlergehen sorgte. Ihr kurzer

Besuch auf Erden erinnere nur daran, dass es in weit zurückliegenden Zeiten Frauen und Männer gab, die den heutigen ähnlich waren, aber auf völlig andere Weise dachten und handelten. Andere Welten sind möglich; das würde sie ihnen gern mitgeben, um sie dazu zu bringen, ihre Überzeugungen zu hinterfragen und neue Wege des Nachdenkens zu finden, damit sie angesichts der Gefahren, die den Norden bedrohten, reifere Entscheidungen treffen könnten.

Von Num erwarte sie mehr Weisheit und Weitblick: Mithilfe spektakulärer Erscheinungen wie Gespenstern aus der Vergangenheit lasse sich die Welt nicht retten. Es bedürfe tiefgreifender Veränderungen im Bewusstsein und Handeln aller Menschen, wenn die Natur des Nordens eine Zukunft haben solle. Er habe zu wenig Vertrauen in die Frauen und Männer, die von alters her in dieser Gegend lebten, und ihnen fälschlicherweise die Fähigkeit abgesprochen, aufzustehen und selbst Mittel und Wege zu finden, ihren größten Schatz zu heben und zu bewahren: das Erbe ihrer Vergangenheit. Er täte besser daran, künftig erst die Meinung der Nenzen über sie betreffende Angelegenheiten einzuholen, bevor er sich unter Berufung auf wissenschaftliche Qualifikationen auf vorgefertigte Lösungen anderer verlasse. Er habe vergessen, die massenhafte Beteiligung der indigenen Bevölkerung als Grundlage seines Handelns zu betrachten, doch ohne ihre Unterstützung könne niemand das Gebiet, in dem sie lebten, dauerhaft verteidigen. Unter Menschen in ständiger Bewegung, wie es die Nomaden seien, verbreiteten sich Neuigkeiten schnell. Dank deren althergebrachten Kommunikationsformen sei die Nachricht vom Auftauchen einer uralten Königin aus dem Permafrost von Zeltlager zu Zeltlager bis in die Stadt gelangt und würde bald auch unter den wenigen noch im Westen der Insel verstreuten Familien die Runde machen. Er solle ruhig an seine Brüder und Schwestern glauben, an sie herantreten, mit ihnen sprechen, um ihre Zustimmung werben, indem er ihnen die unglaubliche Geschichte vom Finden und Verschwinden der Afrikanerin in Sibirien erzählte, um den letzten Nomaden zu offenbaren, dass ihre geheimnisvollen Vorfahren schwarz waren und seit Ewigkeiten in der Tundra gelebt hatten. Auch sie wären davon überrascht und fasziniert, sie würden mehr darüber erfahren und verhindern wollen, dass die Spuren dieser Geschichte ausgelöscht würden. So ein unerhörtes Gerücht fliege von Mund zu Mund und erfordere, wenn es zur Sensation geworden sei, auch das Eingreifen der Vereinigung zur Verteidigung der Rechte der indigenen Völker, die am unschätzbaren Wert ihrer Ahnen festhielten.

In den ersten Morgenstunden traten die Männer aus ihren Zelten, um Tee zu trinken. Sie unterhielten sich, putzten und prüften ihre Waffen, bis merkwürdige Geräusche sie misstrauisch machten. Das Echo menschlicher Stimmen aus dem Nebel am Ufer ließ sie verstummen. Ob das Feinde waren? Auf den Befehl des Ältesten luden sie die Gewehre und formierten sich zu einer rund zehn Meter langen Reihe.

Die Sonne stand schon hoch am Himmel, als Cosima und Silvère die Landschaft aus angemessener Entfernung zum Ozean betrachteten. Sie hatten es geschafft – dank einem Wunder, wie Silvère behauptete. Cosima zuckte mit den Schultern, bog seinen Kopf nach hinten und küsste ihn. Silvère umfasste ihre Taille, ohne die drei Männer zu bemerken, die sich vorsichtig näherten. Irritiert von diesem unerwarteten Anblick, legte einer auf sie an. Silvère erstarrte, Cosima hob die Hände, um zu zeigen, dass sie in friedlicher Absicht gekommen waren, und rief: »Wir sind Freunde von Num, er hat uns geschickt!«

Verblüfft blieben die Jägernenzen stehen, dann erhellte ein strahlendes Lächeln ihr Gesicht. Sie breiteten die Arme aus, um die Fremden aufzunehmen, die ihnen ein Gott gesandt hatte, der Gott des Himmels und der großen Stürme.

Wilfried N'Sondé wurde 1968 in Brazzaville (Kongo) geboren. Er wuchs im Großraum Paris auf, studierte an der Sorbonne Politikwissenschaften und lebte 25 Jahre lang als Autor, Musiker und Komponist in Berlin.

Er ist Autor von sechs bei Actes Sud erschienenen Romanen, darunter *Le Coeur des enfants léopards* (2007, Prix des Cinq Continents de la francophonie und Prix Senghor de la création littéraire), *Un océan, deux mers, trois continents* (2018), der mit einem Dutzend Literaturpreisen ausgezeichnet wurde – u.a. mit dem Prix Ahmadou Kourouma, dem Prix France Bleu / Page des libraires und dem Prix des lecteurs de L'Express / BFMTV – und *Femme du ciel et des tempêtes* (2021).

Wilfried N'Sondé erforscht in seinen Erzählungen historische Abenteuer, die Erfahrung des Exils und der Alterität sowie die Beziehung zwischen sichtbarer und unsichtbarer Welt. Er hat u. a. die Texte für die Fotobücher *Homo Détritus* von Stéphan Gladieu (Actes Sud, 2022) und *Borders* von Jean-Michel André (Actes Sud, 2020) verfasst, welches bei den Rencontres d'Arles 2021 ausgestellt wurde.

Wilfried N'Sondé lebt in Lyon. Seine Romane wurden in mehrere Sprachen übersetzt.

Brigitte Große, 1957 in Wien geboren, lebt als Übersetzerin aus dem Französischen in Hamburg. Sie überträgt unter anderem Amélie Nothomb, Frédéric Beigbeder und Georges-Arthur Goldschmidt ins Deutsche.

1994 und 2015 erhielt Brigitte Große den Hamburger Förderpreis für Literatur und literarische Übersetzungen sowie 2021 den Hamburger Literaturpreis. Sie war Trägerin des Hieronymusrings und wurde 2017 mit dem Österreichischen Staatspreis für literarische Übersetzung ausgezeichnet.